纳兰词选

[清]纳兰性德 ◎ 著

子艮 ◎ 译注

江苏人民出版社

图书在版编目（CIP）数据

纳兰词选 /（清）纳兰性德著；子艮译注 . — 南京：
江苏人民出版社，2023.5
ISBN 978－7－214－26479－4

Ⅰ . ①纳… Ⅱ . ①纳… ②子… Ⅲ . ①词（文学）–作
品集–中国–清代②《纳兰词》–译文③《纳兰词》–注
释 Ⅳ . ① I222.849

中国版本图书馆 CIP 数据核字（2021）第 164153 号

书　　　　名	纳兰词选	
著　　　　者	［清］纳兰性德	
译　　　　注	子艮	
责 任 编 辑	胡海弘	
装 帧 设 计	凤凰含章	
出 版 发 行	江苏人民出版社	
地　　　　址	南京市湖南路 1 号 A 楼，邮编：210009	
印　　　　刷	文畅阁印刷有限公司	
开　　　　本	710 mm×1 000 mm　1/16	
印　　　　张	21	
插　　　　页	4	
字　　　　数	426 000	
版　　　　次	2023 年 5 月第 1 版	
印　　　　次	2023 年 5 月第 1 次印刷	
标 准 书 号	ISBN 978-7-214-26479-4	
定　　　　价	49.80 元	

（江苏人民出版社图书凡印装错误可向承印厂调换）

悲莫悲兮生别离，乐莫乐兮新相知

第一次读《纳兰词》究于何时，已经记不大清楚了。但，第一次被《纳兰词》深深吸引却是记得颇清楚的。那是距现在有些遥远的日子，北上入学报到的前夜。在整理行囊之余，无绪之中，拿来一本词选，信手翻看，竟看到了纳兰性德的那首《长相思》：

> 山一程，水一程，身向榆关那畔行，夜深千帐灯。
>
> 风一更，雪一更，聒碎乡心梦不成，故园无此声。

当时的年岁颇有些"少年不识愁滋味"，便自忖找到了知音。于是捧着他的词，在初秋的院子里且行且吟，感觉自己仿佛已经受了几多山程水驿，来到了北方，再也听不见来自故园的声音，眼前是一更的风、一更的雪和茫茫的夜。于是一种伤感之情兀自戳中了我的心，至于纳兰性德是谁，这首词好在哪，却没注意到。

如今想来，这些做法固然有些孩子气。然而"喜欢"，究竟是难以言说的。恰如纳兰《少年游·算来好景如斯》中所言："称意即相宜。"当然，纳兰这句说的是爱情：深爱一个人的时候，我们便常常要问——"你喜欢我什么啊？"答案其实真的颇简单，爱就爱"称意"这两个字啊！看着你，眼睛觉得舒服；听到你，耳朵觉得舒服；摸到你，手指觉得舒服；闻着你，鼻子觉得舒服……就是称意。称意了，便相宜了。然而以此解释我们缘何喜欢某一首诗词，我以为尚不足也。诗词有意舍弃了文学和生活的表象，直指人的灵魂，与我们的情感最微妙之

1

处相连，与人类的生命节奏相关。我们每个人的内心，其实常常都会有一种朦胧的韵律，如清波之渺渺、荷香之淡淡、杨柳之依依。当我们读到某一首诗词时，内心的这种韵律便会涌出，与诗词中的节奏、旋律产生共鸣，每逢此时，我们便会被一首诗词打动了，尽管它们在艺术技巧方面有时并没有多么高明。

然而，对于这两种心灵韵律的契合，我们并不总能详加体察。诗人本人风花雪月的故事，爱恨情愁的演绎反而更能打动我们。这其实也是一种心灵的共振、情感的共鸣、灵魂的对话。我们喜欢某个人，一定是他或他生命中的一部分打动了我们。就纳兰来说，尤是如此。严格说来，纳兰的词是"仿"出来的，若依启功先生的说法："唐以前的诗是淌出来的，唐朝的诗是嚷出来的，宋朝的诗是想出来的，宋以后的诗是仿出来的。"然而这并不妨碍三百多年后我们进入纳兰的心灵世界：其"绝域生还吴季子"式的"诚"，"天上人间情一诺"式的"真"，"情在不能醒"式的"索性多情"，如斯种种，至情至性，拨动了我们内心深处那根"一往情深深几许"的琴弦，让我们为卿痴狂，"共君此夜须沉醉"。

正是在这种有些无来由的"喜欢"中，我买来了中华书局出版的《饮水词校笺》，开始逐字逐句地阅读。大概是文字竖排的缘故吧，有一点辛苦、一点不习惯。两个多月过去了，可是心中的纳兰反而模糊起来：这位公子究竟在何处呢？是在淅沥的风雨中，寂寂的金井旁，为伊人葬落花？还是在月明星稀的渌水亭畔，窃窃私语的合欢树下，与朋友赏花观荷？抑或是在深秋的黄昏，萧瑟的西风中，怀揣一卷诗词，按剑垂鞭，慢慢地走进那半透明的深深的蓝里……然而不管在何处，就是"喜欢"，诚如一位网友所说：想去为他伤，为他悲，为他痴，为他狂，"爱"上他，是颇容易的事情，一如清澈见底的溪水，映出每一个人的身影。譬如"人生若只如初见"，譬如"当时只道是寻常"，譬如"记当时垂柳丝，花枝，满庭蝴蝶儿"。

相遇总是太美。至情如纳兰者，倾其一生，苦苦诉说，却不脱离殇二字。《楚辞》中云："悲莫悲兮生别离，乐莫乐兮新相知。"生命存在从未永恒，总也无法超越这个平常的字眼。然而我们还有相知，一如三百年后，我们与纳兰结缘，听他，懂他……

是为序。

子艮

目录

3

梦江南 昏鸦①尽

昏鸦尽，小立恨因谁？急雪乍翻香阁絮②，轻风吹到胆瓶③梅，心字④已成灰。

词解

又是黄昏。乌鸦的翅膀再也无法安慰你这位千古伤心的书生。一声又一声，四季的风呼喊心上人的名字。你伫立的幽恨，是一泓清泉，流不进千里之外，她的眼眸。

你说，柳絮是飘在春夏之交的另一场雪，是春与夏的定情信物。只是宫闱里的伊人，很难对她说，相思相见知何年，此时此夜难为情。

于是，你想起李商隐："一寸相思一寸灰。"只是不知，他的这句诗，原是写在一堆骨灰上的……

想你，你比银河还远。所以，就点燃自己。想你一寸，就燃烧一寸自己，就落下一寸自己的灰。

评析

此为《饮水词》开篇之作。"昏鸦尽"一句语简意明，渲染全篇气氛。古人写飞鸟，多是杜宇、金衣、乌鸦。国人谓鸦为不祥之鸟，但以鸦入境者却有颇多佳句、点睛之笔，

---

① 昏鸦：黄昏时分，昏暗不明的乌鸦群。

② 急雪乍翻香阁絮：柳絮好像飘飞的急雪，散落到香阁里。香阁：青年女子所居之内室。

③ 胆瓶：长颈大腹，形如悬胆的花瓶。

④ 心字：心字香，炉香名。

如"时见栖鸦，无奈归心，暗随流水到天涯""枯藤老树昏鸦"等。词开篇气势陡出，即以"鸦"入境。昏鸦已逝，词人临风而立，是等候？是沉思？不得而知。

"小立恨因谁？"因谁？其实词人自己知道，除了表妹谢氏，还有谁曾在他心中播下甜蜜而苦涩的种子？他与表妹青梅竹马，一起玩耍嬉戏，一起吟诗作赋，虽然没有挑明爱情关系，但纳兰性德心中一直深深地爱着她。可如今，表妹走了，走进了皇宫，当了妃子。一场朦胧的初恋就这样成了泡影，谁人不心痛？表妹走后，纳兰性德曾经装扮成僧人进宫去见过表妹一面，可此种举动，何其危险！一旦被康熙皇帝发现，定然杀头！匆匆一面，而且还隔着宫廷里的帏幔，他思念表妹的心情谁又能了解呢？于是，他便经常一个人在黄昏时小立，望着宫廷的方向出神。

可是这一番守望，终成徒劳。于是，他悲愤，他痛苦，他怨恨，他心如刀割，他心灰意冷。且看这句"心字已成灰"——"心字成灰"并非仅指心字檀香成灰，还指内心世界的黯然神伤。此小令不经雕饰，全无绮丽言语，韵味凄苦悲凉，久读伤人至深矣！

002

赤枣子 寄语酿花①风日好

惊晓漏，护春眠②。格外娇慵只自怜。
寄语酿花风日好，绿窗来与上琴弦。

词解

　　窗外屋檐在滴水，在演奏着大自然的协奏曲。滴滴答答，那是春天的声音。这一首新曲，是谁谱就？

　　每一个少女，都是一本唤不醒的日记。因为春暖花开，因为有些事情，她们喜欢。少女闭上眼睛。满脸的睡意，也是芳龄十八岁，无法抗拒。还是起床吧。先打开你的眼睛。万物已为我备好，少女的眼睛才缓缓打开。趁着明媚春光，和园中的花朵都打声招呼。告诉她们不能贪睡，要早些绽放。推开碧纱窗，让那古琴的琴声再优雅一点，飘得再远一点……

评析

　　此篇以少女的形象、口吻写春愁春感，写其春晓护眠，娇慵倦怠，又暗生自怜的情态与心理。

　　春晨，窗外屋檐滴水的声音将她唤醒。一个"惊"字分明写出了女主人公些许娇嗔恼怒之意，分明睡得香甜，谁料漏声扰人清梦，十分该死。本就恋梦，这一醒来方知春

---

① 酿花：催花开放。
② 惊晓漏，护春眠：清晓，人被雨漏声惊醒，却依然贪睡。

暖花开，正是春眠天气，遂倦意再次袭来，无法抗拒。且看这句"格外娇慵只自怜"，"娇慵"
谓柔弱倦怠的样子，李贺诗作《美人梳头歌》中就有"春风烂漫恼娇慵，十八鬟多无气力"
的句子，想必本词的女主人公也同这位女子一样，满脸睡意，别有一番风韵。而"格外"
一词，更是把这位慵懒的女子渲染得楚楚动人，似有千般柔情。是也，春天是生命生长、
万物复苏的季节，却也是春愁暗滋、风情难抑的时候，少女们面对着春日美景而暗自生怜，
也是十分自然的事情。

现在，这位女子醒了。那么醒后干什么去呢？"寄语酿花风日好，绿窗来与上琴弦。"
原来，起床的第一件事，就是趁着明媚的阳光，和园中的花朵打招呼，催促它们早点绽放。
的确，"草树知春不久归，百般红紫斗芳菲"，春天是美好的，亦是短暂的。遂要这个
晨起的小女子，去催促百花你争我赶竞相开放，免得错过了这春意盎然的季节而后悔不
迭。然后推开碧纱窗，好让自己优雅的琴声飘得更远一些。词写到此处，这位少女的春感，
已转悠远、朦胧，同时又挟有一分淡淡而莫名的愁思，可谓言尽意不尽，含蓄蕴藉而留
白深广了。

退方怨·欹角枕①

欹角枕，掩红窗。梦到江南伊家，博山②沉水香③。
湔裙④归晚坐⑤思量。轻烟笼翠黛⑥，月茫茫。

词解

你是荷花，江南是你心底的一滴清露。而我已远离了江南。在你走过的雨巷，我再也闻不到丁香的芬芳，迷离的彷徨。

我只有梦，只有将梦视为一种藤蔓般的呼唤，听为一种神灵的感召。而你，必是我踏破铁鞋，寻遍大千世界的千年之莲。

我只愿双手合十，醉于你的韵里。且不管，千年之后，水是否还是江南的水，梦是否还是北国的梦……

评析

小词若能婉能深，自是妙品。

此篇前二句为实出之笔，写其疏慵倦怠、相思无绪的情态。白日已经消匿，孤独寂

---

① 欹角枕：斜靠着枕头。欹（qī）：通"倚"，斜靠着。角枕：角制或用角装饰的枕头。
② 博山：博山炉，一种香炉。
③ 沉水香：沉香，一种香料。
④ 湔裙：浣衣，洗衣。
⑤ 坐：犹"自"。
⑥ 翠黛：用黛螺淡画的眉毛。此处代指美丽的女子。

寞的夜晚又来临了。词人斜倚角枕，百无聊赖，而红窗已掩，伊人难归。于是只有睡觉，希冀在梦中与伊人相会。

"梦到江南伊家"一句说明词人想念的人家在江南。而这位"伊人"其实就是沈宛。沈宛系江南才女，为纳兰性德好友梁汾觅带入京，纳兰性德与其一见钟情。可惜这段美好的恋情甚是短暂。可能是由于性德是皇帝的贴身侍卫，娶一社会关系复杂的汉族民间女子为侍妾于机要的禁卫工作有碍，也可能是其父明珠认为性德与这样的女子结合会影响性德的仕途，他与沈宛相处了三四个月，就不得不分手了。但是纳兰性德始终难以割断那份情思，这使他非常痛苦。纳兰词中有几首思念沈宛的词，《遐方怨》便是其中一首。

回到这首词里，"梦到江南伊家"以后就全写梦境了，写于梦中见到伊人的情景。"博山沉水香"一句是虚写，只见博山炉一片青烟缭绕，状如愁思，伊人何在？"湔裙归晚坐思量"，原来伊人洗衣晚归，正在思量。那么，她思量什么呢？此一追问，思念的当然是词人自己了。因此，伊人之行止也是情有所思的形象。虽只是几句淡淡的描绘，但婉转入深。尤其是结尾二句，含蓄要妙之至。"翠黛"乃为女子，而今这位女子被淡淡的雾气笼罩着，彰显朦胧之色，一如词人对她的思念，行若江水，连绵不绝。而"月茫茫"三字，给全词增添千百韵味。这种"心已神驰到彼，诗从对面飞来"（浦起龙《读杜心解》）的写法，确实将诗人的一往情深表达得极为生动形象。

如梦令 正是辘轳金井①

> 正是辘轳金井，满砌落花红冷。蓦地一相逢，心事眼波难定。
> 谁省？谁省？从此簟纹灯影②。

词解

那似是一个梦境。在忧伤的金井旁，一位冰雪般的白衣女子，长发飘飘，在阶前葬花，葬下落红的心事。

蓦然回首，背后凝睇的男子，他的内心发生了一次地震。伊人的笑靥，在每一泓心泉中粲然绽放。从此，曾经沧海难为水。从此，他把短暂的相逢，种在了小园香径中。

只是没有想到，自别后，红窗前，自己孤单的身影瘦过黄花。然而思念如珠，永远都不再断线。

评析

纳兰性德这首初恋情词极为精巧雅致，细细读来如观仕女图般，字虽简练，情却绵密，可与晏几道的"落花人独立，微雨燕双飞"一比。

小令首句点明了相遇的地点。纳兰性德生于深庭豪门，对他而言辘轳金井本是极常见的事物，但从词的一开始，这一再寻常不过的井台在他心里就不一般了。"正是"二字，托出了分量。"满砌落花红冷"既渲染了辘轳金井之地的环境浪漫，又点明了相遇的时

---

① 辘轳金井：装有辘轳的水井。辘轳：井上汲水的起重装置。金井：指装饰华美的雕栏之井。
② 簟（diàn）纹灯影：空房独处，寂寞无聊。簟纹：指竹席之纹络，这里借指孤枕难眠的景况。

节。金井周围的石阶上被层层落红铺砌，使人不忍践踏，而满地的落红又不可遏止地勾起了词人伤感的心绪。常人以落红喻无情物，红色本是暖色调，"落红"便反其意而用，既是他自己寂寞阑珊的心情写照，也是词中所描写的恋爱的最终必然结局的象征吧。最美最动人的事物旋即就如落花飘坠，不可挽留地消逝，余韵袅袅。

在这阑珊的暮春时节，两人突然相逢，"蓦地"是何等的惊奇，是何等的出人意料，故而这种情是突发的、不可预知的，也是不可阻拦的。在男女授受不亲的古代，一见钟情所带来的冲击无法想象。

然而，恋人的心是最不可捉摸的。"心事眼波难定"，惊鸿一瞥的美好情感转而制造了更多的内心纷扰，所以，"谁省？谁省？从此簟纹灯影"这一直转而下的心理变化，正是刹那间的欣喜浸入了绵绵不尽的忧愁和疑惑中——对方的心思无法琢磨，未来的不可测又添上一分恐慌。于是，深宵的青灯旁、孤枕畔，又多了一个辗转反侧的不眠人儿。

如梦令 纤月黄昏庭院

纤月黄昏庭院，语密翻教醉浅①。知否那人心？旧恨新欢相半。
谁见？谁见？珊枕②泪痕红泫③。

词解

多情自古空余恨，好梦由来最易醒。这句话，是谁说的，他已经忘记。只记得当年，依稀的黄昏，依稀的庭院，依稀的情人，像一朵水莲花不胜凉风的娇羞。月牙、枕头、窗户，这些曾经的美好已不再盛开。而你们，曾是彼此的美酒，而现在却是彼此的针，思念的时候，就扎入骨髓。

远方的伊人啊，你可知道自你走后，多情公子种下的绿草，蓝天和柳絮已经凋零。只有眼泪，还在生长，开出尘世中最美丽的花。

评析

在《饮水词》中，纳兰性德记录他与恋人相聚一处的情景，每多"黄昏""灯影""深夜"等语。好像只有晚间才能与恋人相见，只有晚间的印象在他记忆里最为鲜明深刻。这大约是富贵人家本有迟眠晏起、俾昼作夜的习惯，况且纳兰性德是个公子，日间要在书房读书，要学习骑射，放学归来时，往往天色已晚，所以所记情景以"夜景"为多。这首《如梦令》即是如此。

---

① 语密翻教醉浅：意思是对方情意深厚，使自己的醉意顿时消退。翻：反、却，表示转折语气的副词。

② 珊枕：珊瑚枕。珊瑚多红色，故此指红色枕头。

③ 红泫（xuàn）：红泪。

小令前两句是回忆旧情。想那时，正值黄昏，一弯新月映照庭院，虽无落霞孤鹜，却有秋水长天。词人大概是心有所萦，便借酒沉醉。然而恋人翩然而来，悦然相伴，情话绵绵，缠绵缱绻，本来浓浓的醉意都被这浓情蜜意驱散了。这回忆的甜美，如饮醇醪。

　　然而"知否那人心"一句将词人从甜蜜的回忆拉回了残酷的现实。真不知道分别以后，恋人此时内心若何，说不定早就把自己忘了，虽言"旧恨新欢相半"，实际上可能迷于新欢，而忘旧恨。这里的语气似乎是句句埋怨、声声质问了。然而多情自古空余恨，埋怨亦有何用？于是词人只能幽独孤单，相思彷徨，以泪洗面而难以成眠。词人写到此，一定想起了南宋诗人陆游与其妻唐琬的爱情悲剧。陆游初娶唐琬，琴瑟和谐，感情弥笃，但其母不悦，终于两人分离。几年后一个暮春时节，重游沈园时邂逅，陆游无限惆怅，唐琬为之敬酒，陆游追忆往昔，情不自禁地赋词一阕，题为"钗头凤"。这首《钗头凤》里就有"春如旧，人空瘦，泪痕红浥鲛绡透"的句子。这句"泪痕红浥鲛绡透"，其实就是此处的"珊枕泪痕红泫"，谓因为流泪过多，脸上的红脂粉和着泪把手帕浸透了，足见内心之悲痛。至此，词人之悲伤已自不待言，然而亦是空惆怅，徒奈何，所以只能对浩渺苍天发一声：谁见？谁见？以决绝之问收尾全篇。

如梦令 木叶纷纷归路

木叶纷纷归路。残月晓风何处①。消息半浮沉②，今夜相思几许。秋雨，秋雨，一半西风吹去③。

---

① "残月"句：此句借用前人意象。宋代柳永词作《雨霖铃·寒蝉凄切》中句："今宵酒醒何处，杨柳岸晓风残月。"

② 浮沉：消息隔绝。

③ "秋雨"句：此句借用前人意象。清代朱彝尊词作《转应曲·安丘客舍对雨》中句："秋雨，秋雨，一半因风吹去。"

词解

昨夜的星辰，昨夜的风。昨夜，烂漫的春花和你一个季节的守候，都因那个女子而憔悴。

"同是天涯沦落人，相逢何必曾相识。"你却没有江州司马的幸运。你们相识，你们相知，却终生不能相逢。

今夜，没有晓风残月，只有曲终人散。只有那凄婉忧伤的夕阳，掩不住残红滴泪，失落地流淌成一黄昏。只有清弦半月，淡夜飞烟，把万般相思尘化成一叶扁舟。一桨一桨，你又沉醉在昨日伊人的风姿摇曳里。那些美丽的落叶，你试图挽留，她们却化作一声叹息，飘走了。

评析

这是一首朦胧婉约的别致小令。开篇呈现的是一幅"无边落木萧萧下"的秋景。值得考究的是这个"木叶"。《九歌》中就有"袅袅兮秋风，洞庭波兮木叶下"，可以说自屈原始，中国古代诗人就开始把"木叶"准确地用在一个秋风叶落的季节中，展现疏朗的清秋气息。于此词，透些微黄的叶子窸窣飘零，纷纷飘落在词人的归途中。我们可于此秋景之中，听到离人的叹息，想起游子的漂泊，也可以联想到古代文人"自古逢秋悲寂寥"的悲秋情怀。

然而"残月晓风何处"这句一出，就说明这分明是一首思念之词，思念的对象当是自己的妻子或恋人。想那晓风吹动，西天残月，如此美景，谁人与共？而某一个地方，同样是弯弯的淡月和初秋的寒风，牵挂的人，她还好吗？可是，谁知道呢，因为离别之后，音信早已断绝。此处虽有"半"，其实是"无"。如斯夜晚，遂只有几许相思加倍滋长。然而，相思苦，苦相思，思到深处人成痴。况且秋雨又落，已倍增其哀愁。唉，那刻骨铭心的恋情，在无奈的现实中，又何时能诉呢？

"一半西风吹去"，明说是秋雨被西风吹散，实际上是说自己的一半心思被西风吹走了，去跟随远方的人儿。结尾看似平淡，实则意蕴深藏，亦虚亦实，可谓清空绝妙。

纳兰词选

天仙子 梦里蘼芜青一剪①

> 梦里蘼芜青一剪，玉郎②经岁音书断。
> 暗钟③明月不归来，梁上燕，轻罗扇④，好风又落桃花片。

词解

有一种芳草，她有着美丽的名字。想你的时候，就开遍满山。枝枝叶叶，年年岁岁。

有一种岁月，她曾灿烂得动人心弦，又曾零落得一去无迹。曲曲折折，分分秒秒。

而你，究竟是一盒钉子，甜蜜地钉在我肋骨的深处，还是一座雪山，冰冷地立在我魂牵梦系的远方？

你的远去不归，让月亮等得都有些老了。而那些燕子，仍然不离不弃，重温着那些长出皱纹的海誓山盟。

评析

这是一首苍凉清怨、缠绵悱恻的别离词。

纳兰性德是一个至情至性之人。他二十岁时与两广总督、兵部尚书、都察院右副都御史兴祖之女（徐乾学《纳兰君墓志铭》），时年十八岁的卢氏成婚。卢氏出身名门，

---

① 梦里蘼芜青一剪：此句意为梦中所见到的是一片青青齐整的蘼芜。蘼芜：一种香草。

② 玉郎：古代对男子之美称，或为女子对丈夫、对情人之爱称。

③ 暗钟：夜晚之钟声。

④ 轻罗扇：质地极薄的丝织品所制之扇，为女子夏日所用。诗词中常以此隐喻女子之孤寂。

知书达理，才貌双全。少年夫妻相亲相爱，感情甚笃。纳兰性德深爱自己的妻子，可是作为康熙皇帝的御前侍卫，须经常入值宫禁或随皇上南巡北狩，与妻子厮守的时间不多。于是只能让万缕情丝萦绕心头，倾泻在词章里。纳兰性德这首《天仙子》就是设想妻子含嗔带恨，埋怨累岁不返的天涯游子。

此词开篇展示的是一幅梦里的图画：一片青青齐整的蘼芜，一位略含忧愁的女子，寂寞的心事，满山的春景。这里的"蘼芜"不仅指一种香草，还具有象征意味，因为在古诗词里，"蘼芜"一词多与夫妻分离或闺怨有关。比如《玉台新咏·古诗八首》中就有"上山采蘼芜，下山逢故夫"这样的诗句。

"玉郎经岁音书断。"果不其然，丈夫走后，音信全无，已有一年。语气似乎很平静，但是其中的哀怨，自是不可断绝如缕。这比"鸿雁在云鱼在水，惆怅此情难寄"更显沉重，因为"此情"虽然"难寄"，但是毕竟还可以一怨雁鱼，一腔愤愤，终有所泄，而此处音讯全无，何人何物可怨？

写到此，闺人的孤寂哀伤之情怀已经初露。而"暗钟明月不归来，梁上燕，轻罗扇，好风又落桃花片"这几句便将这种落寞心事渲染铺张开来，使其浓醇似酒，沉沉难以慰藉。你看，夜晚的钟声敲响了，明月是那样圆满，梁檐之间，燕子也在呢喃，可远方的丈夫为何不归？尤其是这句"轻罗扇"，扇出一片轻罗小扇的温软之风，于愁怨之中又带着丝丝怀恋与怅惘。整体情调可称"雅隽绝伦"。难怪陈廷焯评价说："不减五代人手笔。"（《词则》卷五）又说："措词遣句，直逼五代人。"（《云韶集》卷十五）总之，整首小词以闺人口吻表达了伤春伤别之情，自然恬淡，明白如话，又意蕴悠长。

天仙子 好在^①软绡^②红泪^③积

好在软绡红泪积，漏痕^④斜罥^⑤菱丝^⑥碧。
古钗^⑦封寄玉关^⑧秋，天咫尺，人南北，不信鸳鸯头不白。

词解

你一直是一根生锈的针，尖锐而犀利，刺在我的心头。

你曾经帮我缝补过去，也能帮我刺穿未来，但是曾经刺绣在心头的思念，已经变成了一朵在午夜悄悄流泪的红玫瑰。

我曾经以为，自己是一个出色的裁缝，能用一根线和一枚小小的针，刺成一句永恒的誓言。誓言，不会流泪。

评析

这阕小词是纳兰性德写给其妻子卢氏的。纳兰性德二十岁时与时年十八岁的卢氏成婚。卢氏出身名门，知书达理，才貌双全。更重要的是，卢氏也是一位解诗情、识风雅

---

① 好在：犹依旧。

② 软绡：柔软轻薄的丝织物，即轻纱，此处指轻柔精致的衣物。

③ 红泪：伤心之泪。

④ 漏痕：屋漏痕，原形容书法用笔，此处用典的意思是眼泪和着书信。

⑤ 斜罥（juàn）：斜挂着。

⑥ 菱丝：菱蔓。

⑦ 古钗：古钗脚，原形容书法笔力遒劲，这里暗指眼泪和着书信。

⑧ 玉关：玉门关。古代以玉门关代指遥远的征戍之地。

的知性女子，能与纳兰性德产生心灵上的共鸣。因此，纳兰性德与卢氏夫妇琴瑟和谐，甜蜜无限。但纳兰性德身为御前侍卫，身不由己，常与爱妻分居两地，只能以词抒怀，发其幽恨。这首《天仙子》就是词人在扈从出塞期间写就的。

此词开头两句以浑朴古拙之笔写妻子寄来的轻纱，浅叙白描，情致动人。且看，你寄来的轻纱上凝聚的泪痕还依稀可见，那斑斑点点的红泪，犹如菱蔓斜挂一般的行行草字。此处用一锦城官妓灼灼之典："灼灼，锦城官妓也，善舞《柘枝》，能歌《水调》，御史裴质与之善。后裴召还，灼灼以软绡聚红泪为寄。"（《丽情集》）显然，此处软绡，饱含款款相思之情。"古钗封寄玉关秋"亦用古钗之典，深切委婉地表达了思乡之情，表达了他对爱妻的深情怀念。而结尾一句情真意切，"不信鸳鸯头不白"，语出欧阳修所著的《荷花赋》中的"已见双鱼能比目，应笑鸳鸯会白头"，亦是"梧桐相待老，鸳鸯会双死"之意。常言咫尺天涯，何况词人已和妻子遥隔千里。然而不管相隔多远，词人始终坚信，他和他的妻子一定会像鸳鸯一样，一起白头偕老。

天仙子 渌水亭①秋夜

水浴凉蟾②风入袂，鱼鳞触损金波碎③。

好天良夜酒盈樽，心自醉，愁难睡，西南月落城乌④起。

词解

渌水亭，那是你的家。家中的秋夜，你可是独眠一舟，静听秋雨，陪寂寞看浪花？

此刻，所有的欢乐都消失了，只剩下这些月色，绿波，天风吹来。此刻，你围着它们，像围着与她西窗剪烛的日子。你挥挥手，连月亮都退到云层里失眠。可你哭不出来。你只是忧伤而沉默的多情书生，捻着一根将断的线。而夜的乌鸦，又飞走了。

评析

此篇纤秾而不繁腻，王静安言纳兰性德"以自然之眼观物，以自然之舌言情"，可见纳兰性德内心感受之敏锐。

词人置身家居环境之中，但见月色映水，荡起金波，天风吹我。"水浴凉蟾风入袂，鱼鳞触损金波碎"一句，极生动地写出了由于见到水波中被风吹碎的月影，词人所引发出的一份敏锐纤细的感受。此时此刻，面对如此良辰美景，词人手中杯盏自是满斟，但

---

① 渌水亭：指池畔之园亭。渌水，清澈之池水，池在纳兰性德家中。

② 凉蟾：水中之月。

③ 鱼鳞触损金波碎：水中鱼儿游泳，搅碎了水中的月色。金波：指水中之月光。

④ 城乌：城楼上的乌鸦。

是酒未入唇，人心已醉，忧愁袭上心头。大概在词人看来，如此天赐美景只醉旁人，与自己倒是无甚关系，正所谓"绿酒朱唇空过眼"。所以即使面临如此景色，可词人仍不能释怀。

词写至此，词人对渌水亭秋夜之景已描摹如画，而面对如此好天良夜，却又"心自醉，愁难睡"，直至通宵不眠。那么词人究竟为何愁萦身心、无计可消除呢？或许他是想到了亡妻，酒盈樽，却愁煞人。此时的酒想必是越喝越苦涩、越喝越愁，譬如"红酥手，黄縢酒，满城春色宫墙柳"。

或许他忧的是壮志难酬。词人在作此词前不久，曾接受康熙皇帝诏令，奉使出塞。奉使出塞固然实现了他"慷慨欲请缨"的志向，但此行是否能改变他做侍卫的处境，尚有疑问。而后来的事情也证明，他的忧虑果然不是多余的。虽然他万里西行，并且凯旋，即使是"功高高过贰师"，却"归来仍在属车边"。直到去世，仍任侍卫之职。"奉使"不过昙花一现而已。所以他的愁也就如"冰合大河流"一样，茫茫无尽期了。

然而不管是何种愁绪，词人终究无能为力。于是"西南月落城乌起"，秋风终起，斜月西沉，词人的希望也像城楼上的乌鸦一样，消逝于无边的黑暗之中了。

长相思 山一程

> 山一程，水一程，身向榆关那畔行①，夜深千帐灯。
>
> 风一更②，雪一更，聒碎乡心梦不成③，故园无此声。

词解

长相思，相思有多长？是"天涯地角有穷时，只有相思无尽处"，还是"长相思兮长相忆，短相思兮无穷极"？

如今行走在关外，你说你知道，一驿复一驿，思亲头易白。只是关外的天，苍凉的蓝。遍地都是橙黄的叶子，三两凄然，三两惆怅。一更，一更。所以明月落下的时候，浮起的是你的悲伤。

家乡还在，只是山高水长，路途残缺。四季还在，只是花开有时，昨日不再。这个异地的夜晚，寒冷温柔着你的骨头。乡关何处是？魂梦依稀时。

评析

一程山水一程歌，一更风雪一更愁。纳兰性德在去往山海关途中，写下了这首思乡之曲，成就千古名篇。

"山一程，水一程"描写的是一路上的风景，仿佛是一个赶路的行者骑于马上，回

---

① 身向榆关那畔行：榆关：山海关。那畔：那边。谓此时正向关外行进。

② 一更：一阵。

③ 聒碎乡心梦不成：吵闹声把思乡的梦搅碎。聒（guō）：吵闹声。

头看看身后走过的路而发出的感叹；又仿佛是亲人送了词人一程又一程，山上水边都有亲人送别的身影。

如果说"山一程，水一程"写的是身后走过的路，那么"身向榆关那畔行"写的就是词人往前瞻望的目的地，也激荡出一种"万里赴戎机，关山度若飞"的萧萧豪迈情怀。而"夜深千帐灯"则写出了皇上远行时的壮观景象。且想象一下那豪壮的场景，风雪之中，夜空之下，一个个帐篷里的黄色油灯透出暖色的光，在群山里一路绵延过去。多么壮观的景象！难怪王国维会将此与"澄江静如练""落日照大旗""大漠孤烟直"相提并论。

"夜深千帐灯"既是上阕感情酝酿的高潮，也是上下阕之间的自然转换。夜深人静，正是想家的时候，更何况"风一更，雪一更"。这里的"一更"是指时间，和上面的"一程"所指的路程两相映照，又暗示出词人对风雨兼程人生路的深深体验。风雪夜，词人失眠了，于是数着更数，感慨万千，又开始思乡了。不是故园无此声，而是故园有家有亲人，有天伦之乐，有画眉之趣，让自己没有心思细听这风起雪落，没有机会思忖这温暖家门之外还有侵入骨髓的寒冷。而此时此地，远离家乡，才分外地感觉到风雪夜异乡旅客的情怀。

总的来说，此词写得传神动情，既有韵律优美、民歌风味浓郁的一面，如出水芙蓉纯真清丽；又有含蓄深沉、感情丰富的一面，如夜来风潮回荡激烈。

相见欢 落花如梦凄迷

落花如梦凄迷。麝烟①微，又是夕阳潜下小楼西。

愁无限，消瘦尽，有谁知？闲教玉笼鹦鹉念郎诗②。

词解

落花有意随流水，流水无心恋落花。花儿落了，伊人的心，如小小寂寞的城，上了一把生了红锈的铜锁。

你的梦，早已不是一把锋利无比的剑。无法斩断情网的它，已经老去，静默地躺在剑鞘里。

"夕阳无限好，只是近黄昏。"夕阳多像伊人的脸庞，可它一个微笑也未曾给过你，十几年了。如今，李商隐从地平线上赶来，带走了它，只凭一声叹息。

花落，愁浓。从此，人比黄花瘦。从此，你一心一意，教不知思念为何物的巧嘴鹦哥，念，情人的名字。

评析

这首词写的是宫怨。词人以女子的身份入笔，于词中塑造了宫中女子伤春念远的形象。

词之首句"落花如梦凄迷"借用了秦观《浣溪沙》词中的"自在飞花轻似梦，无边丝雨细如愁"，营造出一种春花飘落、如烟似梦的迷离氛围。这是室外的景象。而室内，

---

① 麝烟：焚烧麝香所散发的香烟。

② "闲教"句：此句借用前人意象。宋代柳永词作《甘草子·秋暮》中句："却傍金笼共鹦鹉，念粉郎言语。"

熏炉的香烟袅袅，女子斜倚门廊，静默地看着夕阳又一次慢慢溜下了小楼。此情此景，不禁让人想起晏殊的"无可奈何花落去，似曾相识燕归来。小园香径独徘徊。"这其中浸润的愁思怕是与这位女子相同吧。前三句是对环境氛围的渲染，并没有正面对女主人公进行刻画，但是读者可以想象她日日如此消磨时光，心境如水般迷离的落落寡欢。

"愁无限，消瘦尽，有谁知？"这三句是正面的心理刻画和情态描摹，鲜明生动，细腻深刻。她日夜思念心上人，可是有一道宫墙横亘，便是隔断了千山万水，终无法将青丝织成同心结，寄给那人。于是只有"为伊消得人憔悴"。可是这一份幽怨又有谁知道呢？

其结尾处明显系柳永"却傍金笼共鹦鹉，念粉郎言语"之句而来，极传神，极细致。因为相思无可排遣，遂只有调弄鹦鹉，教它念意中人的诗，这看似风雅的消遣，其实落寞和无奈，是她对心上人无尽的想念。

总之，这阕小令描写人物外部的细微动作，反衬人物内心的波动，感情细腻婉曲，饱含无限情韵。风格绮丽，凄婉缠绵。语言的锤炼也是纳兰性德所注重和擅长的。

昭君怨 深禁①好春谁惜

012

深禁好春谁惜？薄暮瑶阶②伫立。别院管弦声，不分明。
又是梨花欲谢，绣被春寒今夜。寂寂锁朱门，梦承恩③。

词解

世界上最遥远的距离，不是生与死，而是深宫的高墙阻断了我和你。

春蚕到死丝方尽。这次你离开了我，是风，是雨，是夜晚，是相思成茧。你笑了笑，我刚摆一摆手，一条寂寞的路便展向两头了。这个梨花飘零的季节，正是我们相信爱的年纪。可是我没能唱给你的歌曲，让你一生中常常追忆……

评析

这首词深挚动人，委婉缠绵。词人省略了主语，从宫禁女子的角度，抒写了对已入深宫的表妹的相思苦恋。（参见《梦江南·昏鸦尽》评析）

词以宫禁女子口吻疑问语气开篇：在这深深的皇宫里，如此美好的春色又有谁去珍惜？如此一来，词人就把他的想象与表妹的实际处境关联起来，增添了艺术魅力。这也是纳兰性德经常使用的艺术手法，明明是作者在想象，而口吻却是所描写之人的，有时候简直分不清是谁在写。"薄暮瑶阶伫立"这几句是说，傍晚时分，她伫立在瑶台的台

---

① 深禁：即深宫。宫廷门户皆设禁卫，故云。
② 瑶阶：宫殿中台阶的美称。
③ 承恩：受到皇帝的宠幸。

阶上，只听到后宫里管弦音乐声传来，怎么听都不太分明。显然纳兰性德的表妹并未受到皇上的宠幸，但是又由于她与纳兰性德之间的款款深情已经被宫墙隔断，遂内心落寞冷清，在一片丝竹之声的衬托之下，越发凄凉孤寂起来。此几句明里是写她的心怀，暗里表达的却是纳兰性德对其表妹的深切关怀。

词至下阕，发生了微妙的转折，纳兰性德由对表妹表示关切转为暗生疑虑。"又是梨花欲谢"，是啊，一年过去了，又是梨花要谢的季节。值得注意的是这个"梨花"，梨花在古诗词里常常是形容女子容貌美丽的专用词汇，比如白居易的《长恨歌》中就用"梨花一枝春带雨"来形容杨贵妃的美貌。而女子的命运亦如梨花，梨花易谢，女子的青春复有几何？纳兰性德不禁怀疑表妹能否耐住青春的寂寞，能否守住"梧桐相待老，鸳鸯会双死"的誓言。"莫非她真会有盼望皇上临幸之心？"纳兰性德不禁对其表妹心生怨尤。然而从另一方面想，他的惊恐疑惧，又何曾不是源于一片深情？可以说，纳兰性德把这份对表妹的复杂情感表达得千回百转，凄婉缠绵。

当然，这首《昭君怨》除了以上这种解读，还有其他的解读。比如有人觉得这首词是纳兰性德借嫔妃之怨抒写自己十年青春耗费在"御前侍卫"繁琐而机械的公务中，以致有书难读，有忿难抒，虽蒙皇恩，却内心孤寂、郁郁寡欢的复杂心绪。也有人认为这首词表达了宫女对生活的渴望，因为"好春"无人怜惜，宫女在怅怅伫立中引领"望幸"，等来的却是失望，而年年苦恨又不断重复，在春寒料峭中，无望的宫女只好回到内室去做一个"承恩"的梦了。幻觉中的一点点安慰，无异于镜花水月，既可悲又可叹。这两种解读，亦是"仁者见仁，智者见智"，因为诗词鉴赏，本无定论，作者所以作之，心也；读者所以鉴之，亦心也。

013

昭君怨 暮雨丝丝吹湿

暮雨丝丝吹湿，倦柳愁荷风急。瘦骨不禁[①]秋，总成愁。

别有心情怎说？未是诉愁时节。谯鼓[②]已三更，梦须[③]成。

词解

剪不断，理还乱。是什么样的心事，让你在寂寞如水的夜晚里忧愁如许？

窗外，秋雨已在夏天的绳头上打了结。所有的夏花，一夜之间，不再烂漫。清风吹来，一个人的孤独，就是二胡的低低沉吟，就是琵琶的依依哀怨。

曾几何时，你们的唇间藏尽湖光山色，张开是鸟鸣，合拢是夕阳。而今，飘满的落叶，已有长城万里。琴师不弹《梁祝》，也已有多年。

冬天即将来临，芦花盖满两岸。可你仍然打不开梦的大门。思念的人在远方。而大雁，大雁，又飞过了连绵的群山。

评析

这是一首哀感顽艳的伤秋之作，上景下情，只轻轻地勾抹，却情致深婉，有不尽之意令读者去咀嚼。

词从黄昏的秋雨入手，这亦是伤秋词作的常见写法。词人静静伫立在暮雨中，任凭冰冷的秋雨打湿自己的衣裳，看见曾经郁郁的杨柳被秋风吹弯，而亭亭的荷叶也被秋雨

---

① 不禁：不能经受。

② 谯（qiáo）鼓：古代谯楼城门之上瞭望楼上的更鼓。

③ 须：应。

淋得悲愁，心中一片忧伤。这两句作为景语，写词人眼里的美好景物在秋风秋雨肆虐之下，不能经受之状。

而秋夜雨紧风急，仍不间断。在如此令人伤感的氛围里，词人很自然地由"倦柳愁荷"联想到自己的境遇。于是词人感觉自己瘦弱的身躯，再也不能经受这寒秋。一句"瘦骨不禁秋"，形象精警地将自己茕茕孑立、销魂无限的情态表现出来，用词十分通俗省净，读后却让人顿生哀怜。而词人之所以"人比黄花瘦"，是因为愁绪萦绕心间，正如词中所言"别有心情"，绝非单纯为秋风秋雨而伤怀。不过这愁又"怎说"？是因为爱不可得，还是亲人亡故，抑或是壮志难酬？词人并没有明说，这反而留下广阔的想象空间。"谯鼓已三更，梦须成。"实在寂寞，唯有去梦中消解，然而夜已三更，梦又不成，此情难诉，更是愁上加愁了。

纳兰性德的大部分词，皆若此阕，篇篇含愁，卷卷成悲，倾其一生，写尽了情深与悲伤，一曲弦歌，弹到最后，依旧是曲高和寡，而纳兰性德的寂寞，终究无人能懂。

014

酒泉子 谢却荼蘼①

谢却荼蘼，一片月明如水。篆香消，犹未睡，早鸦啼。

嫩寒②无赖③罗衣薄，休傍阑干角。最愁人，灯欲落，雁还飞。

词解

荼蘼的花期已过。曾经的浪漫，曾经的美好，都在绚丽而孤寂的盛放中，归为片片落花，汩汩流水。

人生是否也如四季？春夏时，百花盛开，带给你满眼的姹紫嫣红，然后又一朵朵地消失，空留寻花人疲倦的踪影？天涯流落思无穷。是这样吗？

想起王菲的歌……最后剩下自己舍不得挑剔，最后对着自己，也不大看得起，谁给我的世界，我都会怀疑。心花怒放，却开到荼蘼。

评析

古语曰："开到荼蘼花事了。"所谓"开到荼蘼"即荼蘼开败之日，便是一年的花季结束之时，所有的花就不会开放了。此首《酒泉子》一开篇就用了"荼蘼"这一意象，并且还特意把凋零、开败的意味突出一番——用了"谢却"二字。我想纳兰性德用这个意象，并不是纯粹描摹自然景物，而是有所象征。因为荼蘼是夏天最后的花，它的开放代表着

---

① 荼蘼（mí）：落叶小灌木，攀缘茎，有刺，夏季开白花，清香洁美。

② 嫩寒：轻寒、微寒。

③ 无赖：犹无情无义。

夏日花季的终结。一切事，不管结局如何，都得在这白色微香中曲终人散，而现在连茶蘼花也凋谢了，可见在纳兰性德看来，所有的精彩和芬芳也随之消融在渐凉的秋意里，一切归于黯然，走到了尽头。这样，词作一开篇就奠定了凄清哀婉的基调。

"一片月明如水"，现在花季已逝，只有一轮明月，皎皎悬于天宇，洒下清冷寂寞的光辉。在这样月明如水的夜晚，李白曾"举杯邀明月，对影成三人"，殊为潇洒，然而终是"月既不解饮，影徒随我身"，月亮难以为伴，影子也徒随自身。纳兰性德没有选择像李白一样借酒沉醉，醉后援翰写心，感而抒怀。他没有那样的心境。他只有悄悄燃起心字篆香，一人默默思量自己的重重心事，而越思量就越难以为寝，直至早鸦开始啼叫，还"犹未睡"。总言之，这上阕词，重于写景，而景中含情，明丽清晰。

词至下阕，转以言情为主，情中有景。"嫩寒无赖罗衣薄，休傍阑干角"，气候已经有了些许寒意，词人所穿的衣服也已经快遮挡不住这微寒了。其实，身寒仍有衣可御，但是心若寒冷，有甚可御？所以他对自己说"休傍阑干角"，因为他知道，纵然把阑干拍遍，也无人理解他的登临之意。最后三句，直抒胸臆而意蕴深长。君不见，"灯欲落，雁还飞"，这满腔愁绪，怕是又要延续到第二天了。

生查子 东风不解愁

015

东风不解愁，偷展湘裙衩[1]。独夜背纱笼[2]，影著纤腰画。蓺尽水沉烟[3]，露滴鸳鸯瓦。花骨冷宜香[4]，小立樱桃下。

词解

是谁，把心事的倒影，描摹成哀愁的形状？是谁，在春风中借着朦胧的星光，含蓄地编织着穿越烟雨的忧伤？

有人说，最凄凉、最弄人的不是你知道失去所爱的那一刻，而是你还在徘徊，犹未知道已经失去。所以从此，只有相思无尽处。只有，此恨绵绵无绝期。而那最后深情的一吻，便是——为伊消得人憔悴。

评析

这是一首颇有韵味的咏愁佳篇。其笔触之细腻、传神，丝毫不让宋代号称"压倒须眉"的"巾帼"李清照。

词的上阕，开篇推出的是一个女子的长裙之特写镜头——"东风不解愁，偷展湘裙衩。"这里，词人以"东风"交代季节——春天，并以"不解愁""偷展"等字加以状

---

[1] 湘裙衩：用湘地丝绸制作的裙衩。

[2] 纱笼：灯笼。

[3] "蓺（ruò）尽"句：沉香已经燃尽。蓺：燃烧。水沉：即水沉香、沉香。

[4] "花骨"句：夜来天寒露冷，而花蕾却发出宜人的香气。花骨：花骨朵，即花蕾。

写，使之拟人化，着上了人之感情色彩，从而在不经意间映衬出了女子的"愁"。继而，由此镜头叠化出一个女子背影纤腰的特写镜头——"独夜背纱笼，影著纤腰画。"夜间，一个女子孤零零地背立在纱笼边，熏炉的火光映出她"纤腰"的轮廓。这一特写镜头，显现出春夜一女子之背影，突出其"纤腰"，包含了这样的潜台词：此女子，愁情难诉。何以见得？她独自一人，夜而不寐，必有心思。其心思何在？这从首句"东风不解愁"可推知她心中含愁。何愁之有？从其腰肢纤细的身影，读者自可领悟到此乃相思之愁情所致。宋代词人柳永不就有"衣带渐宽终不悔，为伊消得人憔悴"（《凤栖梧》）的名句吗？词的下阕，展现在读者面前的仍是一个个相连接的镜头。首先，推出的是沉香燃尽一刹那的镜头——"爇尽水沉烟。"沉香之烟是袅袅升腾的，由此，又引出另一个镜头——"露滴鸳鸯瓦。"镜头之间的切换自然，也让人一目了然。这两个镜头，承接词的上阕，勾勒女子所处的环境，进而衬托其愁情。"爇尽水沉烟"，沉香已燃烧尽了，烟也散失了，照应上文的"纱笼"，暗示此女子夜间独立不寐时间之久。"露滴鸳鸯瓦"，露已生成，滴在成对的瓦上，暗示夜已很深，更见此女子独立不寐时间之久，此处从鸳鸯的"双"，反衬女子的"单"，进一步渲染其愁情之深、相思之苦。

　　词至此，已颇有境界，而词人似乎并不满足，又于词的卒章处摇出一个"花骨冷宜香，小立樱桃下"的镜头。苏轼诗作《雨中看牡丹》中有"清寒入花骨，肃肃初自持"之句。纳兰性德以花骨比喻女子弱骨，此女独立于樱桃花下，与花香颇为相称。在词人的笔下，此女子与花融为一体，其相思之愁情也随着镜头的移动越旋越深。整首小词，寥寥几笔，清新自然。

生查子 散帙坐凝尘①

散帙坐凝尘，吹气幽兰并。茶名龙凤团②，香字鸳鸯饼③。
玉局④类弹棋⑤，颠倒双栖影。花月不曾闲，莫放相思醒⑥。

词解

被寂寞打开的书卷，经久地合上了。书中有一宇宙的文字，可是没有你的名字。所以，那简陋的爱情，将无法在你那泛黄的日记里驻足停留。

伊人依旧，静若幽兰，美在空空的谷底。可是，你寂寞到要怀念自己了。你为谁流落于此？流落成落寞的音符，奏不成一支思念的曲子。

这个花月之夜，你的爱怜，如这么多年的往事。这个花月之夜，菩提树又开花了，引起你心中无限惆怅……那时，你是何等的温柔，花瓣撒落到她织满月光的鬈发上……

评析

关于这阕词，历来争论甚多。有人认为作为相府的长公子，纳兰性德是生长在温柔富贵之家，这阕《生查子》便是其饫甘餍肥的贵族生活的生动写照。也有人认为这是一

---

① "散帙"句：散落的书卷上积了尘土。散帙：指打开的书卷。坐：无故，自然而然。凝尘：尘土聚积。

② 龙凤团：茶名，即龙团凤饼，为宋代著名的贡茶，饼状，上有龙纹，故名。

③ 鸳鸯饼：形似鸳鸯的焚香饼。一饼之火，可熏燃一日。

④ 玉局：棋盘之美称。

⑤ 弹棋：古代一种博戏，后至魏改为十六棋，唐为二十四棋。

⑥ "莫放"句：莫引起相思之情。

阕抒发对恋人妻子的真情挚爱的忆旧词，因为"幽兰""龙凤团茶""鸳鸯香饼""双栖影"以及不曾闲的"花月"，都衬托了词人对心上人的无限相思。

以上两解皆有道理，然而亦是"局部之真理"。此阕词实际上是一首闺怨词，词人是借少女的闺怨来感怀自己百无聊赖的境况，而在客观上又反映了词人身居贵族之家绮艳优裕的生活。

首句"散帙坐凝尘"说的是散乱的书卷早已蒙上细细的尘土，显然说明女主人公无所事事的心境已经持续很久。这一"坐"字，当"无故、无由"来解，表面是不知道什么原因，实际上是慵懒无聊、不想读书。"吹气幽兰并"，这位美丽女子口中散发的温香如兰似麝，然而却是幽兰陷于空谷，无人欣赏。以下四句，词人用龙凤、鸳鸯、双栖鸟儿皆成双作对来反衬出女主人公的孤单寂寞。你看，即使桌上新沏的龙凤团名茶，燃着鸳鸯饼的香料，她也提不起兴致，好不容易下棋解闷，却又看到双宿鸟儿幸福甜蜜的身影映现在棋盘上。于是，只好发出感叹"花月不曾闲，莫放相思醒"，告诉自己不要生起相思之情。透过最后两句，一种不满闺中生活却又无可奈何的心境，便流露无遗了。同是写闺怨，纳兰性德这首小令，遣词用语尽透着华丽之气，诚如夏敬观在《蕙风词话诠评》中所言，"寒酸语，不可作，即愁苦之音，亦以华贵出之，饮水词人，所以重光后身也"。

生查子 短焰①剔残花

短焰剔残花，夜久边声②寂。倦舞却闻鸡③，暗觉青绫④湿。
天水接冥蒙⑤，一角西南白。欲渡浣花溪⑥，远梦⑦轻无力。

词解

惦念是否只是因为不舍？念念不忘是否只是因为依恋？那一年，你忘了桃花开过没有。那一年，你说，她一袭粉红，美若仙子。即使那时，她总是爱着一身青衣纱袍，落三千青丝。

夜凉如水，今夜的你，远在天涯。今夜的她，仍在故园的梦寒湖畔，披下一肩长发，不带任何珠钗、步摇。风起时，她的白衣布袍就这样随着风，飘啊，飘。你可曾看见，梦寒湖畔她的身影？你可曾听见，她为你吟诵的一首《竹枝词》——山桃红花满上头，蜀江春水拍山流。花红易衰似郎意，水流无限似侬愁。

---

① 短焰：残花，烛花，烛心燃烧后结成的穗状物。

② 边声：指边地特有的声音。

③ "倦舞"句：古以闻鸡起舞作为壮士奋发之典故，这里说的是倦于"起舞"却偏偏"闻鸡"的矛盾心情。

④ 青绫：青色的有花纹的丝织物。古代贵族常用它制作被服、帷帐等。

⑤ 冥蒙：幽暗不明。

⑥ 浣花溪：在四川省成都市西郊，为锦江支流，溪旁有杜甫故居浣花草堂。这里借指自己的家。

⑦ 远梦：指思念远方的梦。

评析

本阕词为随扈出塞中的思家之作。

上阕言词人身在边地，入夜起徘徊，离忧难禁，惆怅难眠。"短焰剔残花"，写的是蜡烛燃久，烛花渐高，火焰渐短，故需要把残存的烛花剔去，即剪烛，李商隐诗作《夜雨寄北》中就有"何当共剪西窗烛"的诗句。当然，既是随扈离家，词人也会像李义山一样，想念千里之外的妻子，也会回想和妻子在一起聚首西窗、共剪烛花的恩爱日子。不过词人此时不是在四川，而是身在边塞，能听见"胡笳互动，牧马悲鸣"的萧索边声，只是由于寒夜已久，这些吟啸之声已经沉寂，暂不能闻。

边声没有听到，荒鸡鸣叫的声音却听到了。"倦舞却闻鸡"一句，用典出新出奇，深藏了诗人的隐怨。《晋书·祖逖传》中有记载："（祖逖）与司空刘琨俱为司州主簿，情好绸缪，共被同寝。中夜闻荒鸡鸣，蹴琨觉曰：'此非恶声也。'因起舞。"本来，闻鸡当起舞，壮士当奋发，有所作为，但是词人闻鸡，却倦于起舞了。不但如此，还"暗觉青绫湿"，清晨的雾气已经把他的衣裳打湿，让他心生寒凉。这其中能窥到半点祖逖式的建功王事之怀吗？

词至下阕，转以浪漫之笔法出之，写梦里情景，于迷离惝恍中表达了怨尤与离忧交织的心曲。"天水接冥蒙，一角西南白"，此二句言处于西南方的家乡已在千里之外，故水也是"天水"，并且由于距离遥远，幽暗不明，在晨光之中泛出一片朦胧之色。既然遥不可及，那就借着梦回去吧，可谁料梦也"轻无力"，不能承托，词人只有任由无边的黑暗把自己吞没了。末句意境凄凉，尤令人心痛。

点绛唇 咏风兰①

别样②幽芬，更无浓艳③催开处。凌波④欲去，且为东风住。忒煞⑤萧疏⑥，怎耐秋如许？还留取，冷香⑦半缕，第一湘江雨⑧。

词解

你说，兰花寂寞。你说，你就是一朵幽美的兰花。不是富贵的三春牡丹，不是高洁的盛夏芙蓉，也不是淡雅的金秋菊花。

它始终都是一个淡泊的名字，在你朴素的诗句中："行到水穷处，坐看云起时。"行到水穷处，不见穷，不见水——只有一片幽香，冷冷在目，在耳，在衣。回眸一笑便足成千古。

① 风兰：兰花的一种，开白色的花，微香。据张本标题，此词系张见阳所画兰花的题词。张见阳于康熙十八年（1679）曾任湖南江华县县令，故词中特别提到湘江。

② 别样：特别、不寻常。

③ 浓艳：艳丽、华丽。代指鲜艳的花朵。

④ 凌波：在水上行走。

⑤ 忒煞：太，过于。

⑥ 萧疏：稀疏。

⑦ 冷香：指花之清香气。多喻菊、梅之香气。

⑧ "第一"句：张见阳此时正在湖南江华做官，意谓见阳所画之风兰堪称画中第一了。

评析

　　此篇为题画兼咏物之作。咏物词在古典诗词中是一大类别。这种词滥觞于唐，宋人继之，渐进佳境。清词中的咏物之作亦多有佳篇美什。但咏物之作极不易工，其上乘者大都借物以寓性情。性德对填写咏物诗词也有自己的看法，他说："唐人诗意不在题中，亦不在诗中者，故高远有味。虽作咏物诗，亦意有寄托，不作死句。"他是这样主张的，也是按照自己的主张去创作的。这首咏风兰的词就是如此。

　　上阕从香气和姿态两方面对风兰作了精致灵动的描摹。"别样幽芬"言风兰散发出不寻常的香味，这种清幽淡雅的气息，是那些浓艳的花朵无法与之媲美的。风兰不仅在香气上与众不同，而且形态上也如"凌波"，飘飘欲仙。此处"凌波"，语出曹植辞赋名篇《洛神赋》中的"凌波微步，罗袜生尘"，本用以形容美好的女子，这里借以描摹风兰轻灵飘逸、柔美无限的样子。东风在这里显然不是春风，可以理解为时光，催花开放和呵护花的力量。整句即言希望风兰这样美好的花不要去得太快，希望美好的事物能够长存。

　　如斯希望，当然美好，然而秋意袭来，风兰只得"忒煞萧疏"。"忒煞"一词写出了词人惜花的惋惜之心。然而尽管风兰看上去已经太过稀疏，可仍散发出微微香气。显然，这里的"还留取，冷香半缕"用了比喻的修辞手法，因为这风兰终究不是自然界的风兰，只是友人的画罢了。而画上的风兰竟然给人一种好似幽香散发的感觉，可见所画之风兰堪称画中第一了。至此，读者方才明白原来这是一阕咏物题画之词。

　　历来咏物之作，所咏之物多为菊花、梅花、牡丹、柳树等，至于风兰，吟咏的则少之又少了。风兰本非富贵之花，它只是生长在深山野壑中的小草而已。但纳兰性德对其情有独钟，大加赞美和称羡。于词中，则字字刻画，又字字天然，不即不离，不粘不脱，即"意有寄托，不作死句"。风兰之形象绰约可见，而又不无诗人性情的处处流露。既咏物又抒怀，显然颇含骚雅之旨，寓有诗人深挚的情怀，正如王国维在《人间词话》中所说，"一段意思，全在结尾，斯为妙绝"。

019

点绛唇 对月

一种^①蛾眉^②，下弦^③不似初弦^④好。庚郎^⑤未老，何事伤心早？

素壁斜辉，竹影横窗扫。空房悄，乌啼欲晓，又下西楼^⑥了。

词解

不只是秋水，伊人。不只是月亮一千年才开一次的微笑。不只是孤独的岸，岸上的路，高天上传来的雁语声声。还有一些事情，一些人，突然消失于一瞬。

不只是寂寞，坐等晨曦的微光。不只是听流水，弃琴，偶尔沉默。也不只是怀念和告别。还有一些云烟，一些往事。

告诉你无凭。

评析

纳兰性德有味道的词好像都与卢氏有关，比如这首《点绛唇》，就是他在静夜静月之下的思人之作，精致深长而又凄凉幽怨。

---

① 一种：犹言一样、同是。

② 蛾眉：蚕蛾的触须弯曲细长，用以比喻女子的眉毛，此处借指月亮。

③ 下弦：指农历每月二十三日前后的月亮。

④ 初弦，即上弦，指农历每月初八前后的月亮。

⑤ 庚郎：庚信，著有《伤心赋》。词人二十三岁丧妻，故以庚信自况。

⑥ 又下西楼：指月落。

词从"一种蛾眉"写起，一语双关，既是言月，也是言人。从月解，蛾眉，自然指蛾眉月。"下弦不似初弦好"，说的是下弦月不若上弦月出现在满月之前，它出现在满月之后，故而残缺，虽同是蛾眉，却寄了无限的哀伤；另下弦夜半后现，自是词人伤心难寐，辗转反侧思念旧人的时分。从人解，古人以蛾眉代指女人的眉毛，又以上弦、下弦之月代指女人的眉毛下垂或上弯。故此处是说那下垂的眉毛不如上弯的眉毛好，即愁苦之时的眉毛不如欢乐时的好，意思是说此时的离怀愁绪不如相聚之快乐。纳兰性德如此作法，可谓哀怨而婉曲。"庾郎未老，何事伤心早？"庾郎即庾信，南北朝后周人，骈文写得尤好，著有《伤心赋》，伤其女儿与外孙相继而去时的悲伤，而词人此处以庾信自比，二十三岁丧妻，故问"何事伤心早"。

词至下阕，转以景语出之，化情思为景句，又含蕴要眇之至。"素壁斜辉，竹影横窗扫"这一句，物象并没有任何的感情色彩，却带出深长而清淡的意境：冷冷清辉，清清素壁，窗前竹影横斜，深浅摇曳，似人有无尽心事。纳兰性德似乎一辈子都为情所困，卢氏嫁给他仅三年，但是很快去世。"空房悄"不正是追思吗？"乌啼欲晓，又下西楼了。"又是一个不眠之夜，听乌啼，看残月西沉，空对素壁，孑然影吊。想蛾眉何在，下弦月残独凭吊，哪如上弦月时，共剪窗烛呢？然而房空人去，只有叹息"庾郎未老，何事伤心早"了。此句应为该篇词眼。

点绛唇 黄花城①早望

五夜②光寒，照来积雪平于栈③。西风何限④？自起披衣看。
对此茫茫，不觉成长叹。何时旦？晓星欲散，飞起平沙雁⑤。

① 黄花城：在今北京怀柔。
② 五夜：五更。古代将一夜分为甲、乙、
　　丙、丁、戊五段，故称。
③ 栈：栅栏。
④ 何限：多少。
⑤ 平沙雁：广漠沙原上之大雁。

词解

大雁飞回了故乡。它们挥动着翅膀，多像挥动着一把把剪刀，途中剪碎了什么。是昔去雪如花，今来花如雪？还是昔我往矣，杨柳依依；今我来思，雨雪霏霏？或是，或不是。你只知道，自己在杨柳青青季节依依离去，却无法在雪花飘飘季节踽踽归来。想家，就轻吟一曲淡淡感伤，淡淡愁。而你最大的愿望也就是——在老去的时候，能卸下这一身侍卫的盔甲。在荒芜已久的花园里，种一些树，调一弦素琴，填一首淡泊以明志的小令。

评析

卢氏死后，纳兰性德继续随帝王南巡北狩。此时他的词又多了铮铮之音，令人耳目一新。而这样的词句，却还是不脱悲凉，即使意境开阔了许多。这首《点绛唇》即是如此。

词的上阕展示的是一幅寒夜阑珊的雪景图。天色将明，已到五更，雪光映照，寒气逼人。在雪光的辉映下，诗人看到积雪已经和栅栏齐平。"照来积雪平于栈"中一"平"字写出了雪之大，天气之严寒，早已不是"今我来思，雨雪霏霏"的飘雪了，而是"积土成山"的积雪，从而给人一种冷凝冰滞之感。再加上西风大作，惊扰词人清梦，难以成眠，于是只好"自起披衣看"。一"自"写出了孤独寂寞之苦。

下阕为感叹。既是行役，那么离家千里，长途跋涉，饱受颠沛流离之苦自是难免，况且还碰上了这样恶劣的天气！遂对此茫茫一片，"不觉成长叹"。长叹什么？或许是感喟漫漫长夜，风一更雪一更，无人能解难耐清寂孤独之苦；或许是叹息虽是天高地阔，远离那枷锁繁华，却依然自由不得；抑或是感叹身在大漠，边声寒苦，而家乡远在千里之外。但是不管如何百感交集，词人总希望能早一些天亮，见到阳光，似乎这是唯一的解脱。于是词人发出了殷殷的期望：晨星将要散落，城下河边沙滩上大雁正飞起，天什么时候才能亮？

整阕词全用白描，但质朴中饶含韵致，清奇中极见情味。

（021）

浣溪沙 泪浥①红笺②第几行

泪浥红笺第几行，唤人娇鸟怕开窗，那更闲过好时光。
屏障厌看金碧画③，罗衣不奈水沉香④。遍翻眉谱⑤只寻常。

词解

小院孤独。展开红笺的女孩，心思是一条孤独的鱼，在信笺和心上人之间，安静地游动。荡出去，再回来。一行一行，有鸟鸣，有沉香，还有眉角。她想统统寄过去。这时候的自己，比春天还动人。一行一行，她的眼泪，很温柔地流下来了。不想擦去。你看看，思念我让变得多么落寞，多么美丽。

评析

这首词是从对面写起，写妻子对"我"之深切怀念。

上阕说她写信寄怀的复杂心绪和由环境触发的感想。"泪浥红笺第几行"写她本想用一纸红笺，遥寄相思，怎奈边写边流泪，以至于不知写到第几行便无法写下去了。于是又感到无聊，而窗外的鸟儿娇声啼叫，似乎在告诉人们这是美好的时光，可听此却又

---

① 浥（yì）：沾湿。

② 红笺：红色信纸。

③ 金碧画：金碧山水画，即以泥金、石青、石绿三色为主的山水画。古人多将此画画于屏风、屏障之上。

④ 水沉香：沉香。落叶亚乔木，产于亚热带，木材是名贵的熏香料，能沉于水，故又名水沉香。

⑤ 眉谱：古代女子画眉毛的图谱。

牵动了她的愁肠，故而还是将窗子关上，免得添愁增恨。"那更闲过好时光"一句，语出李隆基词作《好时光·宝髻偏宜宫样》中的"彼此当年少，莫负好时光"，原来的意思是劝女及时嫁夫，"美貌不可持，青春都一响，如遇有情郎，不妨付衷肠"。但是这里，女主人公已经嫁作人妇，应该说并未辜负大好的青春时光。词人化用此语，似有不妥。然而只要对纳兰性德婚后的生活稍加考察，便知此语十分熨帖。纳兰性德是康熙皇帝的御前侍卫，和妻子结婚以后，须经常入值宫禁或随皇上南巡北狩，因此二人常常分隔两地，离多聚少。所以对妻子而言，虽嫁夫君，然多数时候仍不能与其共享青春，以致她有此虚度年华之感。

　　下阕转到室内，继续描写她的孤寂无聊。屏风上的金碧山水她厌看，罗衣上的浓郁香气惹她烦恼，眉谱翻了又翻也觉无趣无味。明明是我在思念妻子，却偏从设想中妻子念我写来，如此更显深挚屈曲。此一写法，直叫人想起欧阳修的《踏莎行·候馆梅残》。其下阕"寸寸柔肠，盈盈粉泪，楼高莫近危阑倚。平芜尽处是春山，行人更在春山外"，通过设想妻子凭栏远望，思念"行人"的愁苦之象，来写愁思。妻思夫，夫想妻，虚实相生，从而将离愁别绪抒发得淋漓尽致，与纳兰性德此篇十分相类。

浣溪沙 谁念西风独自凉①

> 谁念西风独自凉，萧萧黄叶闭疏窗②，沉思往事立残阳。
> 被酒③莫惊春睡重，赌书消得泼茶香④。当时只道是寻常。

词解

黄叶飘落成一根潺潺的弦，萧萧地弹拨一阕忆念之曲。雕花的小窗闭了，足不惊尘的你还会来拍打它吗？那年春天，帷幕重重遮蔽了整个季节的花事。你说花雕是花的泪水，豪饮如我，方才半杯就酩酊大醉。那册《花间词》我记得每一页，每一行。我赢得了那个小小的赌约。你衔口亲喂的茉莉香茗，涤荡了我三十年的忧郁。这些寻常的往事，何需我去翻动，一直在我灵魂深处翩翩飞舞。

评析

纳兰性德是中国词史上一位著名的"伤心人"，其词情真意切，清丽凄婉，特别是为悼念其早逝的妻子卢氏而写下的许多词篇，更是泣血之作，哀感顽艳。这首《浣溪沙》

---

① "谁念"句：秋天到了，凉意袭人，独自冷落，有谁再念起我呢？谁：指亡妻。

② 疏窗：刻有花纹的窗户。

③ 被酒：中酒、酒醉。

④ "赌书"句：此句借用李清照故事。李清照在《金石录后序》中谓自己常与丈夫赵明诚比赛看谁的记性好，能记住某事载于某书某卷某页某行。经查检原书，胜者可饮茶以示庆贺。有时举杯大笑，不觉让茶水泼湿衣裳。此句以此典为喻说明往日与亡妻有着像李清照与赵明诚一样美满的夫妻生活。

就是其中的一篇。

　　开篇"西风"二字便奠定了整首词哀伤的基调。词人明知已是"独自凉"，无人念及，却偏要生出"谁念"的诘问。仅此起首一句，便已伤人心髓，后人读来不禁与之同悲。而"凉"字描写的绝不只是天气，更是词人的心境。次句平接，面对萧萧黄叶，又生无限感伤，"伤心人"哪堪重负？纳兰性德或许只有一闭"疏窗"，设法逃避痛苦以求得内心短时的平静。"西风""黄叶""疏窗""残阳""沉思往事"的词人，到这里，词所列出的意向仿佛推出了一个定格镜头，长久地揳入我们的脑海，让我们为之深深感动。几百年后，我们似乎依然可以看到纳兰性德孑立的身影，衣袂飘飘，残阳下，陷入无限的哀思。

　　下阕很自然地写出了词人对往事的追忆。"被酒莫惊春睡重，赌书消得泼茶香。"春日醉酒，酣酣入眠，满是生活的情趣，而睡意正浓时最紧要的是无人打扰。"莫惊"二字正写出了卢氏不惊扰他的睡眠，对他体贴入微、关爱备至。而这样一位温柔可人的妻子不仅是纳兰性德生活上的伴侣，更是他文学上的红颜知己。出句写平常生活，对句更进一层。词人在此借用了赵明诚、李清照夫妇"赌书泼茶"的典故。李清照在《〈金石录〉后序》一文中曾追叙她婚后屏居乡里时与丈夫赌书的情景，文中说："余性偶强记，每饭罢，坐归来堂，烹茶，指堆积书史，言某事在某书某卷第几页第几行，以中否角胜负，为饮茶先后。中，即举杯大笑，至茶倾覆怀中，反不得饮而起。甘心老是乡矣！"这是文学史上的佳话，意趣盎然。一句"甘心老是乡矣"便写出他们情投意合、安贫乐道的夫妻生活。纳兰性德以赵明诚、李清照夫妇比自己与卢氏，意在表明自己对卢氏的深深爱恋以及丧失这么一位才情并茂的妻子的无限哀伤。倘若卢氏泉下有知，有如此一位至情至爱的夫君知己，亦能安息了。比起纳兰性德，李义山算是幸运得多，当他问出"何当共剪西窗烛"时，是自知有"却话巴山夜雨时"的；而我们这位伤心的纳兰性德明知无法挽回一切，他只有把所有的哀思与无奈化为最后一句"当时只道是寻常"。这七个字我们读来尚且为之心痛，何况词人自己，更是字字皆血泪。当时只是寻常情景，在卢氏逝世后却成了纳兰性德心中美好的追忆。大凡美好的事物，只有失去它之后我们才懂得珍惜，而美好的事物又往往稍纵即逝，恍若昙花一现。

浣溪沙 消息谁传到拒霜①

消息谁传到拒霜？两行斜雁碧天长，晚秋风景倍凄凉。

银蒜②押帘人寂寂，玉钗敲竹③信茫茫。黄花开也近重阳。

词解

怎么还容得下一朵芙蓉花的盛开，在想念与想念之间。盼你归来的心，化作串串音符，在天上飘，在地下流淌。

手指，怎样在银色的帘帏上，弹出芬芳的乐曲？玉钗，怎样在翠绿的竹间，开出烂漫的花朵？

直到大雁南飞，直到黄花开遍重阳，直到一朵云飘进我的小屋，直到阳光开始想念我们相聚的下一个春天。

评析

此为一阕思念之词，写重阳节到来，诗人又深切地怀念起往日的情人来了，他彷徨不安，踌躇黯然，遂赋词以排遣孤寂无聊的心情。吴世昌在《词林新话》中云："此必有相知名'菊'者为此词所属意，惜其本事已不可考。"此即言纳兰性德曾有所恋之人，本词即为她而作。既然此事无考，我们也不必非去计较对方究竟是谁，只把它当作一首

---

① 拒霜：木芙蓉花，俗称芙蓉或芙蓉花，仲秋开花，耐寒不落，故名拒霜。

② 银蒜：铸成蒜形的银块，用于悬在帘下压重，以免帘子被风吹起。

③ 玉钗敲竹：用玉钗轻轻敲竹以排遣愁怀。

爱情词去欣赏就够了。

　　纳兰性德的爱情词深婉哀怨，惯于从思念的对象着笔，以倍增其强烈而深挚的怀念之情。此阕亦是。上阕写室外的景象，点出盼望离人当归而未归的怨离凄凉之情。"消息谁传到拒霜"，是谁传来了消息说，待到秋天木芙蓉花开的时候他便回来？以设问起句，突出了女主人公一腔哀怨的心思。那究竟是谁告知她漂泊的离人即将归家呢？是那狠心的萧郎寄来的红笺，还是芙蓉花开的秋季，抑或只是女主人公自己空渺的幻想？也许真是她自己，明知良人未有归期，可为了得到心灵上的慰藉，只好拟个归期骗自己。若是这样，她的怨倒是自怨自艾了。第二、三句转写鸿雁长空，晚秋空寂之景，渲染了凄凉的氛围和心境。

　　下阕转入室内情景的刻画。"银蒜"两句，写女子在怅然愁苦之际，只好把玩银制的蒜形帘押，用精致的玉钗轻轻敲竹以排遣愁怀，这两个细节描绘，生动绝妙地表达了她孤独寂寞、百无聊赖的意绪。结句"黄花开也近重阳"以重阳黄花照应开头，进一步烘托出深情思念之幽怀。黄花，即菊花，菊花开时，秋天已至，这时候芙蓉花也开了吧，但是思念的人仍然没有归来。不仅没有归来，连那"消息谁传到拒霜"里美好的消息，也是虚假的了。如此结局，堪称残酷，读之亦备感凄凉孤苦，惆怅不欢。

浣溪沙 雨歇梧桐^①泪乍收

雨歇梧桐泪乍收，遣怀翻^②自忆从头，摘花销恨旧风流^③。
帘影碧桃人已去^④，屟痕^⑤苍藓径^⑥空留。两眉何处月如钩？

词解

撒几许秋雨在纸上，润湿久藏的情感，掀开心幕的一角，不再对梧桐隐瞒。

多少次在词里描摹，回忆的路，被泪雾遮断。多少次独倚斜栏，无语望天。

曾用相思把桃树瘦弯，曾让涌动的心潮，把缺月盈满。心曲悠悠，穿不过一袭帘影，情话绵绵，只凝成手边的一缕轻烟。

对影举觞，看月缺月圆。参不透从古到今的痴心人，为何没有嫦娥奔月的决然。

月缺是思，月圆是念。

---

① 雨歇梧桐：此处借用前人意象。唐代温庭筠词作《更漏子·玉炉香》中句："梧桐树，三更雨，不道离情正苦。"

② 翻：同"反"，表示转折，相当于"反而""却"。

③ "摘花"句：意思是当初曾与她有过美好的风流往事。唐代杜甫诗作《佳人》中句："摘花不插发，采柏动盈掬。"

④ 碧桃人已去：此处借用前人意象。唐代崔护诗作《题都城南庄》中句："人面不知何处去，桃花依旧笑春风。"

⑤ 屟（xiè）痕：鞋痕。屟：木板拖鞋。

⑥ 径：小路。

评析

　　这首《浣溪沙》，从内容看大概是纳兰性德写给他早年曾爱恋过的一位女子的。在青梅竹马的表妹、生死患难的卢氏之前，何来这样一位惊鸿照影的美人？史籍已无从可考，可那份深切的思念却力透纸背，如岁月一般悠长，纵使青丝变成白发，也无法忘怀。

　　词上阕从景起，情景交织。"雨歇梧桐泪乍收"，从秋雨写起，说的是秋雨已经消歇，梧桐树叶不再滴雨。"泪乍收"似是语涉双关，可以说是梧桐停止滴雨，就好像停止了流泪，如此则梧桐已然通了人性，自是脉脉含情；也可以说是词人听见秋雨暂歇而不再泫然流泪，如此则伤情毕现。但不管作何种解释，词人的伤感都是不变的。这种伤感之情，也由"遣怀"二句点明。原来词人伤感，都是因为他忆起了曾与伊人有过的一段美好的风流往事，即"摘花销恨旧风流"。"摘花销恨"出自五代王仁裕所著的《开元天宝遗事》卷二"销恨花"条："明皇于禁苑中，初，有千叶桃盛开，帝与贵妃日逐宴于树下，帝曰：'不独萱草忘忧，此花亦能销恨。'"在这里，词人借以说明自己和昔日恋人一起度过的那段美好岁月。是啊，那时候，伊人如花、笑盈春园。那时候，闲窗影里，琴曲相映，两人一起看云卷云舒，花开花落，何等浪漫，何等甜蜜！可是这一切都成了"旧风流"！一语"旧风流"，几多惆怅，几多悲伤！

　　下阕紧承"旧风流"，铺写眼前空寂之景。"帘影碧桃人已去，屦痕苍藓径空留"，化用了唐崔护诗作《题都城南庄》中的"人面不知何处去，桃花依旧笑春风"，抒发了好景不长的感慨和无限怅惘的情怀。你看，帘影招招，碧桃依旧，长满苍藓的小径上，她那娇小的鞋痕犹在，可是人却不知何处去了。此情此景，真是叫人无限叹惋。"两眉何处月如钩？"结句遂以遥遥生问表达了深深的怀念之情。

025

浣溪沙 莲漏①三声烛半条

莲漏三声烛半条，杏花微雨②湿经绡③，那④将红豆⑤寄无聊？
春色已看浓似酒，归期安得信如潮⑥。离魂入夜倩⑦谁招？

词解

　　这是春天的夜晚。一位寂寞的女子默默地守候着流泪的蜡烛，在水一方。

　　在水一方。你就是那个古老故事中的伊人，有着杏花一样的小心思，被离别的微雨，一点一点地打湿。

　　从此，君问归期未有期。遥寄的南国红豆，还保留着他的体温。从此，徐徐的风和满地的小红花，年年撩起你心底的轻愁。从此，许多春天的夜晚，潮水来时，你女孩子的梦，已经梦不见他在春天归来。

---

① 莲漏：莲花漏，古代一种计时器。

② 杏花微雨：清明前后杏花盛开时的雨。

③ 经绡（xiāo）：薄绸。

④ 那：犹奈。白居易诗作《去岁罢杭州今春领吴郡惭无善政聊写鄙怀兼寄三相公》中有："那将最剧郡，付与苦慵人。"

⑤ 红豆：红豆树、海红豆及相思子果实的统称。古诗词中常以之象征爱情或相思等。

⑥ 信如潮：如信潮，意指如定期到来的潮水一样准确无误。

⑦ 倩：请。

评析

　　此篇是以女子口吻写离情。

　　上阕景起，"莲漏三声烛半条"说的是已是深夜，蜡烛已经燃尽了一半。女主人公既听得见"莲漏三声"，就说明她还未入睡，或是无法安寝。而此时杏花微雨，雨湿红花。此时落红满地的春景，推窗便可以看见，即使不看，也可以想见。下接以"那将红豆寄无聊"，用一细小情节便把相思无聊的情态勾画得活灵活现。"红豆"一词，在古诗词中常象征爱情、相思。唐王维就有《相思》一诗——"红豆生南国，春来发几枝？愿君多采撷，此物最相思。"是啊，红豆本相思之物，女主人公此刻却怨此红豆——为何要将红豆寄与我，平添一份相思愁苦？真乃无奈之语，心情低沉由此可见一斑。

　　下阕写失望的心情。"春色已看浓似酒"，用醇酒来比喻浓浓春色，言春已深，大概取自金元好问诗作《西园》中"皇州春色浓如酒，醉煞西园歌舞人"一句，而在意境上有所更易——以纳兰的愁苦哀怨取代了《西园》诗的暖意融融。并且，这里词人用了"已看"二字，给人一种恋人不在，即使是三春美景也无甚可赏的苦涩愁怨之感。于是，盼离人归来之心十分殷切。但是结果如何？"归期安得信如潮"，他的归期怎能和定期到来的潮水一样准确无误呢？貌似归期不定，其实是"君问归期应无期"。这里"信如潮"用了李益诗作《江南曲》中的典故。"嫁得瞿塘贾，朝朝误妾期。早知潮有信，嫁与弄潮儿。"《江南曲》写的是一思妇因丈夫是瞿塘商贾，"重利轻别离"，天天不得相聚，而不由得暗中后悔："早知道还不如嫁给弄潮儿呢！毕竟潮水的涨落有确定的时刻。"纳兰性德用此典，也是表达相同的意思：潮来潮去尚且有期，唯牵挂之人滞留于外，几多埋怨，几多追悔。但追悔并非真悔，而是嗔怪至极的表现，骨子里还是盼望早日相聚，以解相思之苦。"离魂入夜倩谁招"正是言此，此女子思忖恋人归期不详，万般无奈，只好盼望与他梦里相逢。然而"倩谁招"一语，使这最后的幻想都成了无望之想，遂露出无限失望之情。此之结尾，沉重凄苦至极，令人读之久久不能释怀。

浣溪沙 欲问江梅①瘦几分

欲问江梅瘦几分，只看愁损②翠罗裙，麝篝③衾冷惜余熏④。

可奈⑤暮寒长倚竹，便教⑥春好不开门。枇杷花底校书人⑦。

词解

相思的时节，不期而至。梅花一样消瘦的女子，独伫在江边。

静静地，脉脉地。春风来时，她立在风中，裙也翩翩，发也翩翩。春风来时，她凝睇远方，思念如河，涟漪如歌。

黄昏。她寂寂地弹着琵琶，衣上酒痕诗里字，点点行行，总是凄凉意。月满西楼的时候，她还恋恋地等着，那个说过"曾经沧海难为水"的男子，来敲门。

却不知，在那株枇杷树下，青春原是一本伤感的书，爱情原是一只没有桨的小船。

评析

这阕词是纳兰性德写给沈宛的。卢氏逝世后，纳兰性德续弦了官氏，但远未能抚平

---

① 江梅：野梅。此处以江梅喻离去的侍妾沈宛。

② 愁损：因愁情而使人消瘦。

③ 麝篝：燃烧麝香的熏笼。

④ 余熏：麝香燃后的余热。

⑤ 可奈：无可奈何。

⑥ 便教：即便是，纵然是。

⑦ 校书人：唐代王建诗作《寄蜀中薛涛校书》中有："万里桥边女校书，枇杷花里闭门居。"
薛涛是唐代名妓，能诗，故后世称能诗文的妓女为女校书。这里借指花下读书人。

他心灵上对卢氏的深切怀念，以及由此而带来的苦楚和忧伤。文友顾贞观目睹词人的形单影只，片羽告之"峰泖之间，颇饶佳丽"，愿亲自"泛舟一往"，从而带来了江南才女沈宛。沈氏从迢迢江南，不远万里，别亲离戚，就只为了能和仰慕许久的诗才斐然的纳兰性德相见。二人一见如故，并盟誓次年联姻。然而他们的金石之盟却遭到了素来疼爱纳兰性德的明珠所阻，琴瑟相和不足半年，沈宛就凄然返回江南。而纳兰性德自是陷入深深的思念之中，每当江梅盛开时，他便会想起他的那位"万里桥边女校书，枇杷花里闭门居"的宛妹。

词作从红梅写起，大概是"花梢小而疏瘦有韵"的梅花总让词人不由想起他的那位宛妹。否则词人怎么会说，要知人瘦消了几分，只要看看她的翠罗裙宽松了多少便知晓了呢。显然，"欲问"两句用了互喻的手法，以梅喻人，又以人喻梅，看是梅瘦几分，实则是说人比梅瘦。而人为什么会消瘦呢，显然是愁情过度所致。"麝篝衾冷惜余熏"转而写室内环境。麝香的熏笼在独自燃烧，被子因无人拥盖而变得寒冷，而那麝香燃后的余热总让人心生怜惜。此处"惜"字既是写熏香，也是写女主人公追怀往事的心绪，既是惜香，也是惜人，写出了在这美好的春光里愁极无聊、寂寞无绪的情态。

下阕"可奈"二句同上阕"欲问"二句一样用了折进的手法，婉转含蓄地刻画其孤独愁苦的形影情状。"可耐暮寒长倚竹"一句，翻用杜甫诗作《佳人》中的"天寒翠袖薄，日暮倚修竹"一句，写天寒日暮之际，女主人公倚修竹而临风，表现她的憔悴和内心的哀怨。"便教春好不开门"，则把这种恹恹无聊之感更深入一层。尾句"枇杷花下校书人"，"校书人"原指唐蜀妓女薛涛，此处当指沈宛。此句写她站在枇杷树下，无限怅惘。"枇杷"音同"琵琶"，而琵琶在古诗词里是哀怨的象征，不禁让人想到白居易的《琵琶行》，如此结句，堪称简洁平易而幽婉杳渺。

浣溪沙——半残阳下小楼

> 一半残阳下小楼，朱帘斜控①软金钩，倚阑无绪不能愁②。
> 有个盈盈③骑马过，薄妆浅黛亦风流。见人羞涩却回头。

词解

黄昏时分，你登上狭窄的小楼。夕阳被你娇小的步子挤下了山，留下栏杆一排，珠帘一条，飞鸟一双。

你就这样静静地伫立。左边的鞋印才黄昏，右边的鞋印已深夜。你的愁，很淡，很芳香。它让你又一次数错了，懒惰的分分秒秒。

终于，你骑一匹小马出城。怀中的兰佩，温软，如满月的光辉。他看你时，你也想看他。但是，你却莞尔回头。

评析

纳兰词总的来说都过于伤情悲切。当然，也有些明快的篇章，虽然为数极少，却是难得的亮色。比如这阕清新可人的《浣溪沙》。

上阕情语出之于景语，写女子意兴阑珊之貌。首句点明时间是黄昏，正是夕阳西下

---

① 斜控：斜斜地垂挂。控：下垂、弯曲貌。

② 不能愁：不能控制心中的忧愁。

③ 盈盈：仪态美好。此处代指仪态美好之人。明代严绳孙词作《虞美人·征帆只是悠悠去》中
有词句："有个盈盈相并说游人。"

时分，朱帘斜斜地垂挂在软软的金钩上，一副颇无心情的懒散样子。"倚阑无绪不能愁"是说这位女子倚靠着阑杆，心绪无聊，而又不能控制心中的忧愁。此三句以简洁省净之笔墨描摹了一幅傍晚时分的深闺女子倚栏怀远图，为下阕骑马出游做好铺垫。

下阕亦刻画了一个小场景，同时描绘了一个细节。"有个盈盈骑马过"一句，清新可喜，与清照"倚门回首，却把青梅嗅"有异曲同工之妙。特别是用"盈盈"一词来形容女子，有说不出的熨帖生动，不由叫人想到金庸的《笑傲江湖》中那位美貌少女任盈盈，以及《笑傲江湖·后记》中金庸对她的评价："这个姑娘非常怕羞腼腆。""薄妆浅黛亦风流"一句则凸现了她的风情万种，"薄""浅"形容她的容貌，"亦"字说她稍加打扮就很漂亮。那这样一个袅娜婷婷的小女子出去游玩会发生什么样的趣事呢？末句言，"见人羞涩却回头"。好一个"见人羞涩却回头"！这只是少女一个极细微的，几乎叫人难以察觉的动作，词人却捕捉到了，轻轻一笔，就活灵活现地勾画出闺中女子怀春又娇羞的复杂心情。可以说骑马少女薄妆浅黛羞涩回头的神态，把原本显得低沉的夕阳、小楼、斜挂的朱帘、软垂的金钩及无聊的心绪，衬托为一幅情景交融、极具美感的画卷，令人读来口角生香，有意犹未尽之感。

028

浣溪沙 睡起惺忪①强自支

睡起惺忪强自支。绿倾蝉鬓②下帘时，夜来愁损小腰肢。
远信不归③空伫望，幽期④细数却参差⑤。更兼何事耐寻思？

词解

假如雨后还是雨，忧伤之后还是忧伤，那么这离别之后的离别，幽居的伊人又怎能从容面对？在梦里，她在探测，远方的人用胳臂拥抱自己的距离。清晨醒来，她用三千烦恼丝，织成了一条彩虹的小径，等他归来。

"我再等一分钟，或许下一分钟，看到你闪烁的眼，很想温暖你的脸。"然而，无可奈何的花，已经落去；似曾相识的燕，也已归来。心上人却在何方？

守候不来，失落的女子，唯有"小园香径独徘徊"……

评析

这首《浣溪沙》，在那些并不熟悉纳兰词的读者看来，也许更像是历史上某个女词人的闺怨作品，而非出自一个位居御前侍卫，有着武官身份的满族男性的笔下。这首词

---

① 惺忪：因刚醒而眼睛模糊不清。

② 绿倾蝉鬓：形容低垂着头，头发偏堕的样子。绿：指妇女似绿云的头发。蝉鬓：古代妇女的一种发式。因轻薄似蝉翼，故称蝉鬓。

③ 远信不归：指对方没有来信。

④ 幽期：男女间的私约。

⑤ 参差：依约、仿佛，意谓不甚分明。

在词体上有着很浓的女性化倾向，写一女子思念丈夫的幽独孤凄的苦况，属于伤离之作。

上阕写她的形貌。"睡起惺忪强自支"，说的是因刚醒而眼睛模糊不清，要打起精神，支撑住自己。一个"强"字写出了挺起精神以迎清晨的艰难与不愿。看她早晨一副睡眼蒙眬、倦于起床的模样，便知昨夜睡得很晚，大概是夜深灯残，灯火明灭之际，才斜靠枕头，聊作睡去。"绿倾蝉鬓下帘时"一句是对她头发的描绘。此处，纳兰性德用"绿"字来形容她的头发好似绿云，真是给人几多悠远的想象。佳人醒后下帘，头发偏堕也懒得梳理，大概是心有所怀吧。柳永词作《定风波·自春来》中就有"暖酥消，腻云亸（duǒ），终日厌厌倦梳裹"的句子，用以表达女子由于思恋自己的丈夫，连梳妆打扮之事也无心去做。果不其然，"夜来愁损小腰肢"，过度的哀愁已经令她身体受损了，可见心怀之深，愁绪之重。

那么究竟是什么让她"愁损小腰肢"呢？词之下阕从她的心理入手，将原因"娓娓道来"。"远信不归空伫望"言对方远离却没有来信，只有苦苦凝望，寂寂等待。因为不通音信，所以相思难寄，这就必然使她对远方情人的思念更加迫切，相见的欲望更加强烈。遂有下句的"幽期细数"，即暗自数着相会的时日，希望能一解相思之苦。然而结果是"却参差"，即言由于心思太乱，故而数了又数，却仍然数不清相会的日期。然而不管究于何因，幽期既误，他日再聚已成幻梦。于是发出"更兼何事耐寻思"的喟叹，感觉已经没有什么事情再值得思量了，心境遂臻于绝望。整首词的格调虽平淡幽远，但感情幽婉凄怨，秉持了纳兰词一贯的词风。

浣溪沙 残雪凝辉冷画屏①

残雪凝辉冷画屏，落梅②横笛已三更，更无人处月胧明③。

我是人间惆怅客，知君何事泪纵横。断肠声④里忆平生。

词解

又是黄昏时分，瓣瓣梅花在横笛声中，依依飘落。月色如水。

一个寂寞的男子，眼神忧郁，歌喉忧伤，把岁月翻成发黄的线装书，蜷缩在记忆的角落。更鼓声声。

一个寂寞的男子，就是人世间伤心的过客，在回忆往事中，潸然泪下。花落也断肠……

评析

本词运用了通常的上阕写景、下阕抒情的手法，但景清情切，颇令人动容。"残雪凝辉冷画屏"，残雪是指雪停后留在地面、房屋上的雪，此句是说院子里残雪的余辉衬着月光映在画屏上，使得绘有彩画的屏看上去也显得凄冷。而这时候，幽怨的笛声悄然响起。此处"落梅"并不是指梅花一瓣两瓣地随凉风飘落，而是指古笛曲《落梅花》，李白诗作《司马将军歌》中就有"向月楼中吹落梅"的句子。"已三更"说明此时已是

---

① 画屏：绘有彩画的屏风。

② 落梅：古代羌族乐曲名，又名"落梅花"，以横笛吹奏。

③ 月胧明：月色朦胧。

④ 断肠声：此处借用前人意象。唐代白居易诗作《长恨歌》中句："夜雨闻铃肠断声。"

夜深，词人无法安寝，静听那笛声呜呜咽咽地惹断人肠，而屋外阒无一人，越发显得月色朦胧。上阕通过"残雪""凝辉""落梅""三更""月胧明"等字句，营造出一种既清且冷、既孤且单的意境，给人带来痛苦和茫然。

下阕，词人紧接着便抛出"我是人间惆怅客"的感喟。好一句"我是人间惆怅客"！纳兰性德可谓是才华绝代的人物，奈何天妒英才，仅活了三十一岁。他在精神气质上颇似贾宝玉式的贵胄公子，身居"华林"而独被"悲凉之雾"，读他的词，挚意深情而凄婉动人，这是因为婚后仅仅三年，妻子便因病早逝，自己的精神家园重新被毁，这对他的感情影响极大，之后他写了许多篇哀感顽艳的回忆、悼念妻子的诗词。知道了这些，就知道词人在写词时是怎样一种心情了，就不用再问为什么他说自己是人间惆怅客了。接下来一句是"知君何事泪纵横"。这个"君"指的是谁？是朋友？是知己？还是那天上朦胧的月亮？都不是，而恰恰就是纳兰性德自己。当一个人倦了、累了、苦了、伤了的时候，便不禁会忍不住地自言自语，自怨自艾，自问自答，何况是纳兰性德这样的至情至性之人呢？词句至此，已令读者唏嘘不已，不料还有下一句，"断肠声里忆平生"更是伤人欲死，短短七字，不禁令人潸然泪下……

浣溪沙 五字诗①中目乍成②

> 五字诗中目乍成，尽教残福③折书生，手挼④裙带那时情。
>
> 别后心期⑤和梦杳，年来憔悴与愁并。夕阳依旧小窗明⑥。

词解

在那首互通情意的五言诗中，你们的目光，平平仄仄，押韵完美。

你说，从你到她，相爱只有一盏月光的距离。她静默着。微笑，成双成对地，开遍她那诱人的嘴角。从此，小径上长出串串的脚印，月光播下长长的身影。

你们钻进两只蝴蝶的故事里，成为主角。那时候，谁也没有想到，夕阳已经备好一把离别的刀。而离别后，你的忧愁，长成了一棵没有年轮的树，永不老去。

评析

这首词写别后相思。

上阕写追忆往日的恋情，写的也是初恋情态。"五字诗中目乍成"，想想你我互赠五言诗文，眉目传情，该是多么甜蜜！"目乍成"用了一个古老而浪漫的典故。《楚辞·九

---

① 五字诗：即五言诗。

② 目乍成：男女间以目传情。

③ 残福：短暂的幸福。

④ 挼（ruó）：揉搓。

⑤ 心期：心相期许。

⑥ "小窗"句：此处借用前人意象。唐代方棫诗作《失题》中句："夕阳如有意，长傍小窗明。"

歌·少司命》曰："满堂兮美人，忽独与余兮目成。"朱熹注为："言美人并会，盈满于堂，而司命独与我睨而相视，以成亲好。"古代男女之间，禁忌甚多，遂有琵琶传幽情，锦字寄相思，不过最令人心旌摇荡的莫过于这眉目传情，秋波暗送了。接下来两句就要说心心相印后的幽会了。因为是私订终身，没经媒妁之言，所以两人亲昵的时间很短暂，这心中的幸福感自然也很短暂。所以两人就要加倍珍惜，"尽教"二字即是言此，这是对幽会中男女双方心理的描绘。"手揉裙带那时情"一句则是对幽会中女子神态的细节描绘。少女默默无语，纤手轻捻裙带，潜藏心底的深情却已一泄无遗。上阕用了两个细节描写，便刻画出当日相恋的幸福情景，末句尤为鲜活动人。

下阕写今日的相思。"别后心期和梦杳"，一个"别"字将时间从幸福美好的当时，拉到倍添相思的如今。自离别后，心心相印的情话、白头偕老的誓言已经变得和梦一样渺茫遥远了。而一个"杳"字，诠释了离别的黯然销魂。这样，"年来憔悴与愁并"也就在情理之中了。古代诗人、词人写自己颜色憔悴、形容枯槁，多用婉转之笔，比如《古诗十九首》有"相去日以远，衣带日以缓"，贺铸有"憔悴几秋风"（《小重山·花院深疑无路通》），柳永有"衣带渐宽终不悔"（《风栖梧》），赵汝茪有"罗裙小。一点相思，满塘春草"（《摘红英·东风冽》），但是纳兰性德并没有如此委婉而出，而是直抒其怀，毫不隐曲。这也可以说是纳兰性德自遣之词的特点之一。结句"夕阳依旧小窗明"出之于景语，余有不尽之意。

浣溪沙 记绾长条①欲别难

记绾长条欲别难，盈盈②自此隔银湾③，便无风雪也摧残。
青雀④几时裁锦字⑤，玉虫⑥连夜剪春幡⑦。不禁辛苦况⑧相关。

词解

你又想起，长亭送别时的难舍难分。那一枝枝折下的柳条，轻轻垂下的，不是柳叶，而是花前月下的甜蜜，西窗剪烛的温馨。而如今，风再吹时，已是芳草天涯。已是盈盈一水间，脉脉不得语。

有人说，爱过，是世界上最富有的。却不知，缘分原是那薄薄的春幡，经不起离别的一握揉皱。等缕缕的叹息声在舌尖上舞蹈时，我们已经老了。再彼此相望，才发现那张曾经熟读成诵的脸庞，早已不再相识。

评析

这是一首抒写离情别绪的词作。清丽典雅，又不失深情婉致。

---

① 绾（wǎn）长条：将柳条打结。绾：缠绕打结。长条：柳条，古人有折柳赠别的习俗。

② 盈盈：形容水的清澈。

③ 银湾：银河。

④ 青雀：青鸟，传说是西王母的信使，后用为信使的代称。

⑤ 锦字：女子寄给丈夫或情人的书信。

⑥ 玉虫：灯花。

⑦ 春幡：立春日做的小旗。旧时习俗，在立春之日将其悬挂枝头或戴在头上以示迎春。

⑧ 况：正，适。

上阕写离恨。"记绾长条欲别难"是写当时分别的情景。"长条"指柳条。在古人那里，柳与离别有密切关系，古人习惯折柳送别，所以见了杨柳就容易引起离愁，比如王昌龄的《闺怨》——"闺中少妇不知愁，春日凝妆上翠楼。忽见陌头杨柳色，悔教夫婿觅封侯。"全诗未言折柳，只是"忽见"，就离情殷殷了。"欲别难"道尽分离时难分难舍的景况。虽然别情难禁，十分不舍，但一别之后便音容杳然，天各一方了。这句"盈盈自此隔银湾"袭用《古诗十九首》"迢迢牵牛星，皎皎河汉女。盈盈一水间，脉脉不得语"，将自己和恋人比成牛郎织女，分居银河两边。然而牛郎织女还有七夕，还有鹊桥之会，还有"金风玉露一相逢，便胜却人间无数"，可是作者和恋人之间有什么？故而，作者慨然叹曰"便无风雪也摧残"，意谓而今纵是无风雪摧逼的好时光，也依然惆怅难耐。此言，直中能曲，凄婉动人。

下阕连用典故，写企盼之情。"青雀几时裁锦字"，"青雀"，即青鸟，传说西王母饲养的鸟，能传递信息，后世常以此指传信的使者。"锦字"，织锦上的字。前秦苻坚时，窦滔未带妻室赴襄阳镇守。其妻苏蕙，因思念丈夫，织绵为《回文旋图诗》以寄，后世常以此指妻子寄书丈夫，表达相思之情。此句是说盼望着对方音信的到来。接下来是"玉虫连夜剪春幡"。春幡，是指立春日做的小旗。古称"立春"为春季的开始，黄河中下游地区土壤逐渐解冻。《岁时风土记》中有载："立春之日，士大夫之家，剪彩为小幡，谓之春幡。或悬于家人之头，或缀于花枝之下。"辛弃疾的《立春日》中也有"春已归来，看美人头上，袅袅春幡"的句子。看来这"春幡"当为女子所剪，那么"玉虫连夜剪春幡"所言对象已经不是作者自己了，而是作者想象女子正在灯下挑灯剪春幡的情景，这不禁让人疑窦顿起：上句分明是言作者自己，而这句怎么猝然言彼呢？其实不难理解。因为上句是盼信，既然锦字不回，作者只好思绪飘然离身，飞入她处，好悉知她的境况如何了。而女子剪幡，好像是盼春，其实是盼望着与情人重聚。此之笔法，堪称纡回曲折，含不尽意。但是这些愿望都成了无望。一句"不禁辛苦况相关"，让人顿从云端跌落，于是失落、幽伤萦怀，难以排遣。

浣溪沙 身向云山那畔①行

身向云山那畔行，北风吹断马嘶声，深秋远塞若为情②。
一抹晚烟荒戍垒③，半竿斜日旧关城。古今幽恨几时平！

词解

戍守的人已归了，留下边地的残堡。十七世纪的草原，那些身向云山的身影，留给了吹断马嘶的北风。射中过深秋的箭，挂过边塞的铁钉，被黄昏和望归的靴子磨平的晚烟。一切都老了，一切都抹上夕阳的锈。

只有一座旧城，不能再瞭望，不能再系马。你黯然地卸了鞍。你的行囊没有剑。历史的锁，没有钥匙。

评析

康熙二十一年（1682）八月，纳兰性德受命与副都统郎谈等出使觇梭龙打虎山，十二月还京。此篇大约作于此行中。与此写作同时的尚有《沁园春·试望阴山》《蝶恋花·尽日惊风吹木叶》等词作。这首词抒发了奉使出塞的凄惘之情。

"身向云山那畔行"，此句点明此行之目的地，很容易让人想起同是纳兰性德的"山一程，水一程，身向榆关那畔行"。"北风吹断马嘶声"，"北风"言明时节为秋，亦称"秋

---

① 那畔：那边。

② 若为情：何以为情，是怎样的情怀。

③ 荒戍垒：荒凉萧瑟的营垒。戍：保卫。

声"。唐代诗人苏颋就作过一首《汾上惊秋》——"北风吹白云，万里渡河汾。心绪逢摇落，秋声不可闻。"边地北风，从来都音声肃杀，听了这肃杀之声，只会使人愁绪纷乱，心情悲伤。而纳兰性德在此处云"北风吹断马嘶声"。听闻如此强劲，如此凛冽的北风，作者心境若何，可想而知。难怪他会感慨"深秋远塞若为情"。

下阕"一抹晚烟荒戍垒，半竿斜日旧关城"以简古疏淡之笔勾勒了一幅充满萧索之气的战地风光画卷。晚烟一抹，袅然升起，飘荡于天际，营垒荒凉而萧瑟；时至黄昏，落日半斜，没于旗杆，而关城依旧。词中的寥廓意境不禁让人想起王维的"大漠孤烟直，长河落日圆"，以及范仲淹的"千嶂里，长烟落日孤城闭"。故而张草纫在《纳兰词笺注》前言中言，纳兰性德的边塞词"写得精劲深雄，可以说是填补了词作品上的一个空白点"。然而平心而论，无论是"一抹晚烟荒戍垒，半竿斜日旧关城""万帐穹庐人醉，星影要摇欲坠"，还是"山一程、水一程，身向榆关那畔行，夜深千帐灯"，纳兰性德都不过是边塞所见所历的白描，作者本身并没有倾注深刻的生命体验，这类作品的张力无法与范仲淹"塞下秋来风景异"同日而语。不过，纳兰性德的边塞词当中那种漂泊的、诗意的自我放逐感的确是其独擅。比如本篇的结尾"古今幽恨几时平"，写出塞远行的清苦和古今幽恨，既不同于遣戍关外的流人凄楚哀苦的呻吟，又不是卫边士卒万里怀乡之浩叹，而是纳兰性德对浩渺的宇宙、纷繁的人生以及无常的世事的独特感悟，虽可能囿于一己，然而其情不胜真诚，其感不胜拳挚。

观此词，全篇除了结句皆出之以景语，描绘了深秋远寒、荒烟落照的凄凉之景，而景中又无处不含悠悠苍凉的今昔之感，可谓景情交融。最后"古今幽恨几时平"则点明主旨。

浣溪沙 万里阴山①万里沙

033

万里阴山万里沙，谁将绿鬓斗霜华②？年来强半③在天涯。
魂梦不离金屈戌④，画图亲展玉鸦叉⑤。生怜瘦减一分花⑥。

词解

没有楚天千里清秋，没有执手相看泪眼。只有阴山，胡马难度的阴山。这里，大漠孤烟直，长河落日圆。这里，猎猎的风，将你的寸寸青丝吹成缕缕白发。

岁岁年年，你望见的是连绵千万里的黄沙。黄沙的尽头，闺中的她管你叫，天涯。

魂牵梦绕中，你将她翩翩的画像打开。一遍遍回想，她的温柔她的笑。直到地老天荒，直到那些离别和失望的伤痛，已经发不出声音来了。

评析

此篇亦为边塞词，抒发了出使万里荒漠，与妻子分离的痛苦之情。

上阕写塞上荒凉萧索之景、岁月流逝之感。"万里阴山万里沙"，"阴山"，不是

---

① 阴山：今河套以北、大漠以南诸山的统称。

② "谁将"句：谁将我乌黑的鬓发染成白色。绿鬓：乌黑的鬓发。斗：斗取，对着。霜华：指秋霜，谓白发。

③ 强半：大半、过半。

④ 金屈戌：指屈戌儿，门窗上的环纽。此处代指梦中思念的家园。

⑤ 玉鸦叉：玉制鸦形的叉子。此处借指闺里人之容貌。

⑥ "生怜"句：此句谓最可怜者是家中的妻子，因思夫而消瘦。生怜：犹甚怜、剧怜。

确指，而是今河套以北、大漠以南诸山的统称。唐宋以后，诗人、词人写出塞似乎必写阴山，仿佛阴山就是出塞的象征。从王昌龄的"但使龙城飞将在，不教胡马度阴山"，岑参的"四边伐鼓雪海涌，三军大呼阴山动"，到陈亮的"壮气尽消人脆好，冠盖阴山观雪"，无不如此。纳兰性德亦写阴山，且和"万里沙"并用，虽不如前辈们寄托遥深，但景色写来确实极其广袤。置身于这样一片茫茫沙漠之中，多愁善感的作者自是感慨万端。"谁将绿鬓斗霜华"，这是反问，意谓是谁人使我青丝染成白发？古人常借绿、翠、霜等形容头发的颜色。如张孝祥的《转调二郎神·闷来无那》中有"绿鬓点霜，玉肌消雪，两处十分憔悴"，李白的《秋浦歌》中有"不知明镜里，何处得秋霜"。而将两色相比，以衬人朱颜老去，也是惯常作法，如叶梦得的《念奴娇·云峰横起》中有"绿鬓人归，如今虽在，空有千茎雪"。接下来一句点明白发之缘由。"年来强半在天涯"，纳兰性德本是满洲人，塞外才是他的家乡，然而他现在竟称之以"天涯"，何种心情，可想而知。昔日清高宗要寻侍郎郎世臣的错儿，见世臣"一轮明月新秋夜，应照长安尔我家"之句，便大为震怒，说盛京是我们祖宗发祥之地，是我们真正的家乡，世臣忘却，以长安为家，大不敬！如果他看见纳兰性德这首词，不知要怎么说？

下阕写愁心、离颜。"魂梦不离金屈戍"，出塞半年以来，词人梦魂夜驰，飞越千山万水，去和家里的妻子相会。不是"徘徊不语，今夜梦魂何处去"，不是"佳人何处，梦魂俱远"，更不是"梦魂纵有也成虚，那堪和梦无"。作者的梦魂从来就没有离开过故园和伊人。情痴如此，可嗟可叹。若言"魂梦不离金屈戍"说的是魂梦飞渡，静夜之怀，那么"画图亲展玉鸦叉"说的就是对画凝睇，白日相思。你看他亲自展开的妻子的图画，一遍又一遍地想象她的面庞，以至于发出"生怜瘦减一分花"的爱怜体慰之语。是啊，最令人疼惜的，莫过于闺中妻子因思念丈夫而玉容憔悴了。纳兰性德能作此语，堪称千古之柔情人也。

034

浣溪沙 凤髻抛残①秋草生

凤髻抛残秋草生，高梧湿月冷无声，当时七夕有深盟②。
信得羽衣③传钿合④，悔教罗袜⑤送倾城⑥。人间空唱雨淋铃⑦。

词解

抚摸不到她的青丝一缕。枯黄的秋草，就是她小小寂寞的坟，就是你遥遥的天涯。梧桐有多高，月亮有多远，你有多么沉默。还记得吗？

当她的长发缀满了春光，你就闻闻上面的花香。当她的脸庞映着夜的芬芳，你就吻吻上面的月光。你说，送给爱一片落叶，不要问为什么。只知道，在七夕的誓言里，它曾经那么鲜绿，那么烂漫。而今，花自飘零水自流。你用夕阳葬下她的芳魂，用泪流成河的喉，再唱一千遍，那首古老的歌。

---

① 凤髻抛残：指鬓发散乱。凤髻是古代女子的一种发型。

② "当时"句：指唐明皇与杨贵妃曾在七月七日盟誓，愿永为夫妇。

③ 羽衣：原指用鸟的羽毛织成的衣服，后代指道士或神仙所穿之衣。这里指道士。

④ 钿合：首饰盒。

⑤ 罗袜：丝罗织成之袜。此处代指亡妻的遗物。

⑥ 倾城：绝色美女的代称。这里代指亡妻。

⑦ 雨淋铃：就是指《雨霖铃》。据唐代郑处诲所著的《明皇杂录补遗》中记载，唐明皇曾作《雨霖铃·斜风凄雨》曲以悼念杨贵妃。

评析

这是一首低回缠绵、哀婉凄切的悼亡之作。词中借唐明皇与杨贵妃之典故，深情地表达了对亡妻绵绵无尽的怀念与哀思。

首句"凤髻抛残秋草生"言妻子逝世。"凤髻"指古代女子的一种发型。唐宇文氏《妆台记》载："周文王于髻上加珠翠翘花，傅之铅粉，其髻高名曰凤髻。""凤髻抛残"，是说爱妻已经凄然逝去，掩埋入土，她的坟头，秋草已生，不甚萧瑟。"高梧湿月冷无声"一句描绘了无限凄凉的月景。妻子去后，作者神思茕茕，而梧桐依旧，寒月皎皎，湿润欲泪，四处阴冷，一片阒寂。临此寞寞落落之景，作者不禁想起七夕时的深盟。据陈鸿所著的《长恨歌传》中记载，天宝十载，唐玄宗与杨玉环在骊山避暑，适逢七月七日。玉环独与玄宗"凭肩而立，因仰天感牛女事，密相誓心，愿世世为夫妇"。"当时七夕有深盟"一句即用玄宗杨贵妃之事来自比，言自己和妻子也曾像李杨一般发出"梧桐相待老，鸳鸯会双死"的旦旦信誓。

下阕尽言悼亡之情。"信得"两句亦用李杨典故以自指。据《长恨歌传》中载，安史之乱后，唐玄宗复归长安，对杨贵妃思怀沉痛不已，遂命道士寻觅，后道士访得玉环。"（玉环）指碧衣取金钿合，各析其半，授使者（指道士）。曰：'为谢太上皇，谨献是物，寻旧好也。'"此处作者的意思是说，原来相信道士可以传递亡妻的信物，但后悔的是她的遗物都与她一同埋葬了，因此就不能如玄宗一般，"唯将旧物表深情，钿合金钗寄将去"。此言一出，即谓两人之间已经完全阴阳相隔，不能再幽情相传，一腔心曲，再也无法共叙。于是只能"人间空唱雨淋铃"。"雨淋铃"，即雨霖铃，唐教坊曲名。据郑处海所著的《唐明皇杂录补遗》中记载："明皇既幸蜀，西南行初入斜谷，属霖雨涉旬，于栈道雨中闻铃，音与山相应。上既悼念贵妃，采其声为《雨霖铃》曲，以寄恨焉。"作者用此语，意谓亡妻已逝，滚滚红尘，茫茫人间，如今唯有自己空自怅痛了。一句"人间空唱雨淋铃"，令人悲恻凄绝，哀伤怆恨，唱出了字字泣血的心声，缠绵幽咽，不能终听。

浣溪沙
肠断斑骓①去未还

肠断斑骓去未还，绣屏深锁凤箫②寒，一春幽梦有无间。
逗雨疏花③浓淡改，关心④芳草浅深难。不成⑤风月⑥转⑦摧残?

词解

一袭白衣的忧伤男子。他不是归人，而是个过客。

哒哒的马蹄声已经远去。只剩下庭院深深，你被锁在寂寞的黄昏，心已经被他带走。再没有呜咽的洞箫划过江南，没有归棹的桨声轻叩季节。

你有的仅是一帘幽梦，倾国倾城。梦中有微微的雨，淡淡的花，萋萋的芳草，缕缕的情丝。你说，我不愿醒来，你不要追问。东风来时，三月的柳絮漫天飞舞。

评析

这首词是以闺中女子的口吻写离愁别恨的。

上阕写的是丈夫远行在外，闺中人寂寂无聊，索寞伤怀的心绪。"肠断斑骓去未还"

---

① 斑骓（zhuī）：身上有杂色斑纹的马。李商隐诗作《对雪》中有诗句："关河冻合东西路，肠断斑骓送陆郎。"

② 凤箫：排箫。

③ 逗雨疏花：春雨洒在稀疏的花上。

④ 关心：牵惹人的情思。

⑤ 不成：难道。

⑥ 风月：春日的风光，此处喻为男女间情爱之事。

⑦ 转：渐渐。

一句表达了良人离去后，闺中女子的魂销肠断、情思凄苦。"斑骓"指毛色青白相间的骏马，古诗词中常用来指称情人所骑之马，这里说的是征人。征人离家以后，迟迟不归，闺人寂寞难耐，索寞无聊，绣屏紧锁，凤箫也闲置起来不再吹奏了。"深""寒"二字分明写出了此女子"欲取鸣琴弹，恨无知音赏"，而只好闲弃不奏的怅然情怀。清醒时的现实总是惹人怅惘，于是闺中人只好假于梦境，希冀能慰藉现实中的寂寞孤苦。"一春幽梦有无间"，幽梦固然美好，然而在有无之间，道是有还是没有？或是独处深闺，幽梦难寻，灯尽梦回，更觉寂寞难耐。

下阕笔锋一转，由渲染气氛烘托心情，转为描摹景物。其意虽转，但其情却与上阕紧密相连。"逗雨疏花浓淡改，关心芳草浅深难。"迷离的春雨轻洒在稀疏的花上，让花改变了浓淡的颜色，牵惹人的情思的芳草也难辨深浅。明显的三春景色，意味思妇的惜春自怜。"浓淡改"写娇嫩的花朵在雨水的敲打中颜色由浓转淡，"浅深难"写萋萋的芳草由浅而深，此二句皆寄寓春色易逝之感。由此二句铺垫，自然引出"不成风月转摧残"，以情语为景语作结：难道这男女之情也会像春天一般渐渐凋零？春色本来美好，但是在她看来，却如女子，青春易逝，红颜将老，恰如流水年华一去不返。遂触景伤情，益增思念。全词凄婉缠绵，语虽淡而情浓。

036

浣溪沙 _{旋拂轻容写洛神①}

旋拂轻容写洛神，须知浅笑是深颦②，十分天与可怜③春。
掩抑薄寒施软障④，抱持纤影藉⑤芳茵⑥。未能无意下香尘⑦。

词解

　　紫薇茉莉花残，斜阳照却阑干。轻声吟唱的，是你，洛神一样绝美的女子。月光下，一位翩翩多情公子，执笔作画，为你。

　　画下，你双眼皮的呼吸和美丽的脚印。画下，你的酒窝，随微笑一张一合，醉倒十坛美酒，他的忧愁。

　　你是春天的姐妹。皱皱眉头，就是微风一缕，细雨一丝。你有薄薄的寒冷，他有暖暖的夕阳。你们一起拥抱的时候，芳草开遍天涯。

---

① "旋拂"句：这句是说随意拂拭素绢为洛神画像。旋：漫，随意。轻容：薄纱。这里指用来画画的素绢。写：画。洛神：洛水女神宓妃，古诗文中常用来指代美女。

② 颦（pín）：皱眉。

③ 天与可怜：天生可爱。天与：天生的。

④ "掩抑"句：这句是说怕画中人因衣着单薄感到冷，所以画上布幔挡风。掩抑：抵挡。软障：布幔。

⑤ 藉：践踏。

⑥ 芳茵：华美的地毯。

⑦ 香尘：女子走过之后扬起的灰尘。这里指人间。

评析

　　这首词清新洒脱，写的是为一美若神仙的女子画像，表达了对这位女子由衷的赞美和怜爱。

　　上阕说为她画像。"旋拂轻容写洛神"，频频地拂拭绢纸为她画像。作者用"轻容"来指代画纸，用"洛神"来指代女子，皆含不胜爱怜之情。因为轻容是纱中最轻者，《类苑》云："轻容，无花薄纱也。"洛神是指传说中的洛水女神，名宓妃，以女神称人，褒爱之心，自是可见。"须知浅笑是深颦"，乍读此句似不可解者，为何浅浅微笑就是深深蹙眉？联系上句方知，此句是说，她的形象实在太可爱了，连不高兴时皱眉的样子都好像是在微笑。实绝佳语，绝传神语。而后作者说她"十分天与可怜春"也就十分自然，丝毫不显矫揉造作。不仅不造作，反而清新生动：如此可爱，当是天生；如此美丽，好比春天。

　　下阕说画中的情景，但不是客观的描述，而是语带深情。词人对爱人的怜惜，使得他对画中的"她"也照顾得无微不至。画中的"她""罗薄透凝脂"，他怕"她"衣衫单薄会感到寒冷，于是把"她"置身在华美的芳香褥垫上。"掩抑""抱持"即表明其怜爱之情切。最后的收束又颇为浪漫，将眼前之人与画中人合一，说她是仙女下到了尘界。而"未能无意"又将她情意绵绵的情态勾出。这种情致绵绵的开怀之作，在纳兰词中实不多见，但也同样体现着纳兰词的纯真深婉。

纳兰词选

037

浣溪沙 十二红①帘窣②地深

十二红帘窣地深，才移划袜③又沉吟，晚晴天气惜轻阴④。
珠祓⑤佩囊三合字⑥，宝钗拢鬓两分心⑦。定缘⑧何事湿兰襟⑨？

词解

整个早晨，你想编一个花环，把两个人的爱围住。但花儿却滑落了。黄昏的时候，你垂下红帘，把自己深深地藏起来。可是藏不住的夕阳，流淌出来。落霞与孤鹜齐飞时，爱的，不爱的，都已告别。只剩柔情在徘徊不安。相爱的季节。

你虽然有柳树的腰肢，桃花的眼神，芳草的发髻。但春天又要走了，你不知道，花落谁家。夜晚，花瓣合起。你为谁憔悴？不过是缘来缘散，缘如水。

---

① 十二红：太平鸟的别称。

② 窣（sū）：下垂。

③ 划（chǎn）袜：只穿袜子而不穿鞋。五代李煜词作《菩萨蛮·花明月暗笼经雾》中有词句："袜划步香阶，手提金缕鞋。"

④ 轻阴：疏淡的树荫。

⑤ 珠祓（jié）：饰有珠玉的腰带。

⑥ 三合字：在两个香囊上各绣三个半边字，合在一起即成三个完整的字，男女双方各戴一个香囊以示相爱。

⑦ 两分心：女子的发型，从中间分开。

⑧ 定缘：前世注定的姻缘。

⑨ 兰襟：衣襟。

评析

　　此篇写闺怨。词中只就少女的形貌作几笔勾勒，犹如两组影像的拼接。

　　上阕描写闺中场景和她犹豫不定的行为。"十二红帘窣地深，才移划袜又沉吟"，绣织有太平鸟的红色帘幕垂挂在地上，刚刚移动了脚步又迟疑起来。起首这两句，通过描写垂挂的帘幕和犹疑的行为，渲染出女主人公若有所思、怅然若失的情态，把她的生活环境和内心矛盾含蓄而细腻地揭示了出来，为全词营造出迷离恍惚的意境。下一句"晚晴天气惜轻阴"，"晚"点明时间已值傍晚，"晴"说明天气晴朗。因为时候已经不早了，所以树荫不再浓密，转而疏淡。此句表面上说的是少女对轻阴的怜惜，实际上是借物言己，惜阴以自惜，哀婉青春将逝，故要加倍珍惜。

　　下阕是其梳妆打扮的特写。"珠帔佩囊三合字，宝钗拢鬓两分心。"缀有珠玉的裙带上佩戴着香囊，正切中"三合"之吉日字；宝钗将发鬓拢起，好像分开的两个心字。如此精妙的刻画，直使女主人公形神毕见了。而"三合字"与"两分心"既是对女主人公装束的如实描绘，也是对其和恋人双方爱情关系的指代。古代阴阳家以十二地支配金、木、水、火，取生、旺、墓三者以合局，谓之"三合"，据以选择吉日良辰。钗不仅是一种饰物，还是一种寄情的表物。古代恋人或夫妻之间有赠别的习俗：女子将头上的钗一分为二，一半赠给对方，一半自留，待到他日重见再合在一起。辛弃疾词作《祝英台近·晚春》中的"宝钗分，桃叶渡，烟柳暗南浦"，即在表述这种离情。故此词中"宝钗拢鬓两分心"，实际上饱含女主人公与自己所爱分离的痛楚。也正是因此，才有了末句"定缘何事湿兰襟"的疑问：我俩的姻缘是前世注定的，你为什么还要泪湿衣襟呢？看其语气，是在反诘，似乎对前景充满信心，其实隐忧无限。或许女主人公早已清楚，这一美好姻缘在现实中屡遭创伤，几经磨难乃至难以为继，而自己又委实难断情缘，遂以慰语自安，亦求安人。

浣溪沙 寄严荪友

藕荡桥①边理钓筒②，苎萝③西去五湖④东，笔床⑤茶灶⑥太从容。
况有短墙银杏雨，更兼高阁玉兰风。画眉⑦闲了画芙蓉。

词解

　　夏日的藕荡桥边。你住在亭亭的荷叶隔壁，用丝丝的绿萍问候湖水。你的钓竿已经归隐山林。而你，已归隐钓竿。

　　挥一挥左手，苎萝山从西边归来；挥一挥右手，太湖水在东边流淌。

　　你有一支笔，可以闯入许多唐朝诗人的句子里，没有飞鸟的群山，没有人迹的小径。你有茶灶，可以采撷几片宋词，舀起三江水，煮成清茶一杯。你还有很多从容，留给妻子，在她眉间画上一朵朵云彩。你有一生的晴朗天气。

① 藕荡桥：严荪友无锡西洋溪宅第附近之桥，荪友以此而自号藕荡渔人。

② 钓筒：插在水里捕鱼的竹器。

③ 苎萝：苎萝山，在浙江省诸暨市南。

④ 五湖：太湖。

⑤ 笔床：卧置毛笔的器具。

⑥ 茶灶：烹茶的小炉灶。

⑦ 画眉：指汉张敞为妻子画眉之故事，喻夫妻和美。芙蓉：指严氏故乡无锡的芙蓉湖（在无锡西北，又名射贵湖、无锡湖）。

评析

严荪友即严绳孙。严绳孙（1623—1702），号藕渔，又号藕荡渔人，江南无锡（今属江苏）人。康熙十八年（1679）以江南名布衣身份被推荐参加"宏博"考试，临场时，因目疾仅作成《省耕诗》一首即退场，期望能就此脱身。但康熙帝笼络士子之心正切，就援引唐代祖咏以咏雪诗二十字入选的掌故，破格以"久知其名"擢置二等末，授翰林院检讨，让他参与编修《明史》。不久充日讲官，迁右中允，又不久即告别官宦，回归故里，杜门不出，以书画著述终老。著有《秋水集》，小令特佳，清逸幽婉而时见冷隽藏锋。纳兰性德与严氏交情颇厚，寄赠不少，本篇大约作于康熙十六年（1677）。

此篇作法别致，即全是想象之语，全从对面写来，是对南归故里的荪友的生活情景的描绘。

开首"藕荡桥边理钓筒，苎萝西去五湖东"二句，言荪友过着隐逸高致的生活，桥边垂钓，五湖泛舟，自在陶然之极。"埋"字表现出欣于垂钓，陶然忘机的沉醉情形，让人生出无限向往。"西""东"二字，分明有着苏东坡"竹杖芒鞋轻胜马"的潇洒，不禁令人歆羡。接下来是"笔床茶灶太从容"，此言或写写画画，或烹茶品茗，从容自乐。这种徜徉山水、从容度日的方式，正是自来遁迹山林者所乐的境界。词里突出地表现了这种闲适、超脱的襟怀。由景物入笔，又以景写人，很好地表达了荪友的山水性情。上阕三句平平叙述，几乎没有任何刻画渲染，但正是在这种随意平淡的语调和舒缓从容的节奏中，透露出作者对荪友一片悠闲自得、洒脱自如的情趣的激赏。

"况有短墙银杏雨，更兼高阁玉兰风。"此二句系承上阕意，谓其居处更饶安闲之景，短墙银杏，高阁玉兰，著雨经风更加羡煞旁人。"况有""更兼"二词的运用，更是把这种怡然自得的情怀荡漾得沁溢而出。末句"画眉闲了画芙蓉"，"画眉"用张敞画眉事典，寓指荪友家庭生活和谐，夫妻和美。"画芙蓉"指闲暇之余，可以游逛芙蓉湖，寄情山水，照应前面"藕荡桥边埋钓筒，苎萝西去五湖东"的意境，凸现了严氏清逸高朗、放情山水的品格。

纵览全词，作者满怀深情地描绘了南归故里的荪友的生活情景，不言自己对友人的怀念，而是写对方归隐之放情自乐。此种写法便显得更为深透，更加倍地表达出思念友人的情怀。

浣溪沙 欲寄愁心朔雁边①

> 欲寄愁心朔雁边，西风浊酒惨离筵②，黄花时节碧云天③。
> 古戍④烽烟⑤迷斥堠⑥，夕阳村落解鞍鞯⑦。不知征战几人还？

词解

在边塞送客。寒秋苍茫，大地苍茫，你的别情苍茫。

"我寄愁心与明月，随风直到夜郎西。"在离别的筵席上，你始终无法做到红尘一笑，行到水穷处，坐看云起时。

因为，这里的天，是碧云天。这里的地，是黄花地。因为，这里，温一壶离愁，就能将心中的悲伤喝个够。孤帆远影碧空尽。

终于，故人走了。留下一缕烽烟，一片夕阳，一座城楼，一件马鞍。有人说，守着它们一生的人，不知道有几个可以生还。

---

① "欲寄"句：此句借用前人意象。唐代李白诗作《闻王昌龄左迁龙标遥有此寄》中句："我寄愁心与明月，随风直到夜郎西。"朔雁边：边地之雁。

② 离筵：饯别的宴席。

③ "黄花"句：此句借用前人意象。元代王实甫剧作《西厢记》中句："碧云天，黄花地，西风紧，北雁南飞。"

④ 古戍：古时戍守之处。

⑤ 烽烟：古时边防报警的烽火。

⑥ 斥堠：侦察的人。

⑦ 解鞍鞯：卸去行装以驻扎安营。

评析

　　纳兰词多偏婉约一脉，很
多词读来令人忧伤，哀婉不尽。然而他也有
几首偏豪放的词，这首《浣溪沙》就是其中之一。
下阕中"古戍烽烟迷斥堠，夕阳村落解鞍鞯"，还颇有唐朝
边塞诗的味道。然而纳兰性德毕竟不是岑参那类边塞诗人，唐时的边塞诗是荒
凉中透出豪迈，纳兰词却是豪迈转向了凄凉。

　　这首词写词人使至塞上，又于客中送客，由此联想到长年戍守边关的将士，遂不胜
悲悯和伤怀之感。

　　上阕写客中送客。首句借用李白诗作《闻王昌龄左迁龙标遥有此寄》中的"我寄
愁心与明月，随风直到夜郎西"一句。李白这首诗是他听说王昌龄被贬谪为龙标尉后所作，
其将自己的"愁心"寄与明月，不仅表现出李王二人的心灵都如明月般纯洁、光明，而
且也意喻了只要明月还在，他们的友谊就会像皓月一样长久。词人引用李白诗句，自然
道出了他对友人的一片深情：我将对你的一片情思寄与朔雁，希望它带着我的思念伴你
至朔方，聊慰你的孤寂。"西风浊酒惨离筵，黄花时节碧云天"，这两句描述了秋日边
地惆怅的离别场景。"西风浊酒惨离筵"一句谓秋风中，浊酒一杯，为君饯行，离别的筵宴，
不胜忧愁凄苦。"黄花时节碧云天"一句从高低两个角度描绘出寥廓苍茫、萧瑟零落的秋景，
渲染了离别的苦况，不禁叫人想起范仲淹词作《苏幕遮·怀旧》中的"碧云天，黄叶地，
秋色连波，波上寒烟翠"和王实甫剧作《西厢记》中的"碧云天，黄花地，西风紧，北
雁南飞"。

　　下阕写边关苍茫凄清之景。由于是塞外送客，且友人也是前往边地，所以别筵罢后，
词人不禁想到边地戍守情形。"古戍烽烟迷斥堠，夕阳村落解鞍鞯"即是言此。古戍苍
苍，烽火已燃，硝烟顿起，戍卒登楼眺望；残阳西落，军卒夕归，卸去行装，驻扎安营。
此二句颇能见出纳兰性德边塞词的雄浑苍凉。结句"不知征战几人还"，袭用王翰诗作
《凉州词》中的"醉卧沙场君莫笑，古来征战几人回"，表达了对边地士兵的悲悯之情，
引人思索。

浣溪沙 败叶填溪水已冰

> 败叶填溪水已冰，夕阳犹照短长亭①，行来废寺失题名②。
> 驻马客临碑上字，斗鸡人③拨佛前灯。劳劳尘世几时醒？

词解

萧瑟秋风今又是。这样的季节，你身只影孤，踽踽独行，来到了一座废弃的庙宇。你看见叶子枯黄，在溪水里飘零。你看见长亭依旧，送别的人，却早已不在天涯行路。

你骑上骏马，奔走在无人的荒野。看见那些断壁残垣，那些荣辱浮沉，终是悲欢离合总无情。

人生，天下，江山，伊人，美酒，剑，晓生梦绕。一片落红，一身孤独，一杯浊酒。万物都成空。

评析

这首词大约是作者于旅途中见到了"废寺"，由此生情动感，遂填词以寄今昔之慨。

上阕写废寺之外景，荒凉冷寂，繁华消歇。"败叶填溪水已冰"，秋天的树叶凋零了，遂成"败叶"，而萧瑟的秋风又将这些枯叶吹到了溪水里。"填"字说明败叶之多，给

---

① 短长亭：亭，古时设在路旁供行人休息的亭舍。因各亭之间的距离长短不一，故有"长亭""短亭"之说。

② 失题名：谓已荒废之古寺，其寺名亦不可知了。

③ 斗鸡人：指贵族子弟。

人一种沉重压抑之感。"水已冰"说明时令已值深秋初冬。"夕阳犹照短长亭"说的是荒秋暮景。黄昏时分，夕阳斜照长亭、短亭，而行人已经杳无踪影。此句表面上说的是亭，实际上是人，因为长亭也好，短亭也罢，在古代皆含送别之意。此句勾勒的残阳落照、野亭萧然的暮景与前句"败叶填溪水已冰"的意境十分相合，遂为全词定下凄凉的基调。有了背景的铺垫后，作者开始切入"废寺"主题。"行来废寺失题名"，古人游览庙宇时常题名以资纪念，这些题名经年遭受风吹雨打，最终模糊难辨，以至作者想要追问这究竟是哪一年的寺庙。这一句是正面渲染废庙的冷落苍凉。

下阕写废寺内景，残破不堪，香火断绝。"倚马客临碑上字，斗鸡人拨佛前灯。"此二句谓到此寺中之人已非往日的善男信女，而是前来闲游的过客，或是贵族豪门的公子哥们。其中"斗鸡人拨佛前灯"一句用了唐朝贾昌的典事。唐玄宗好斗鸡，在两宫之间设立斗鸡坊。贾昌七岁，通晓鸟语，驯鸡如神，玄宗任命他为五百小儿长，每天赏赐金帛。贾昌父亲死，玄宗赐他葬器。天下人称其"神鸡童"。贾昌被玄宗恩宠四十年。天宝年间，安史之乱爆发，玄宗仓皇奔蜀，贾昌改名换姓，倾心于佛。其家被乱兵劫掠，一物无存。大历年间，贾昌跟随寺僧，读佛经，渐通文字，了解经义。日食粥一杯，卧草席。作者用贾昌的故事显然是说寺庙的命运同人的命运一样，在风雨流年中饱经盛衰兴亡、荣辱浮沉，最终繁华不再，一切归于荒凉冷落。结尾"劳劳尘世几时醒"，更是精警妙出，充分体现了纳兰词"君本春人而多秋思"（梁佩兰评性德语）的凄凉哀婉之风。此句谓，那些临碑者也好，斗鸡人也罢，以及过去来到这里的贵宦雅宾、文人墨客，虽然贤愚有所不同，然而在这茫茫尘世，终同归一梦。这分明是"人生如梦"的感喟了，但是再也没有苏东坡"一樽还酹江月"的豪放与洒脱，有的仅是对"悲欢离合终成空"的无限悲凉的感怀。

霜天晓角 重来对酒

> 重来对酒，折尽风前柳。若问看花情绪，似当日、怎能彀①？
> 休为西风瘦，痛饮频搔首②。自古青蝇白璧③，天已早、安排就。

词解

人间四月天。你们又一次举起别离的酒杯。丝丝杨柳，丝丝话语，不能作别。

想当年，壮志凌云，逸兴遄飞，书生意气，挥斥方遒。那是少年的梦，那是侠客的情，令人魂牵梦绕。如今，同样是饮酒赏花。你却问，当时绽若烟花的菊，为何此刻却含苞如彼此指尖上沉重的心事？

西风北客两飘零。还是痛饮美酒吧。毕竟，人生如水泄平地，各自东南西北流。毕竟，自古以来，宵小之人，妒人蛾眉，月明多被云妨。

评析

这首词像是与友人共酌而抒发的感慨。

上阕说重又对酒作别，而此时的心境与当日大不一样，颇蓄惜别之情。"重来对酒，折尽风前柳"是说把酒话别。此处"对酒"与曹操《短歌行》中的"对酒当歌，人生几何"，以及柳永词作《凤栖梧·伫倚危楼风细细》中的"拟把疏狂图一醉，对酒当歌，强乐还无味"

---

① 彀：同"够"。

② 搔首：以手搔头，是为人之焦急或有所思的情态。

③ 青蝇白璧：喻小人谗谤好人，污其青白。青蝇：苍蝇。白璧：白玉。

颇不相同。曹操语出慷慨，"对酒"表示及时行乐；柳永语出缠绵，"对酒"表示不胜春愁。纳兰性德对酒，只为送别，"劝君更尽一杯酒，西出阳关无故人"，是谓也。"折尽风前柳"是用折柳送别的旧典。汉代都城长安东门外的灞桥柳色如烟，都城人们送别亲友至灞桥而止，折柳枝为赠。此后折柳赠别成为我国民俗，故南朝范云诗有"春风柳线长，送郎上河桥"之句。而一个"尽"字，写出了词人的深情——似乎只有折完风前细柳才能显示出他对友人的惜别之情。离别总是黯然销魂，也总能勾起千般感触、万种思量涌上心头。于是就有接下来的"若问看花情绪，似当日、怎能彀"。这三句是说别情之外的心绪。饮酒赏花，当为人生快事，只是情绪低落，怎是以前所能相比？想当年少年意气，何等壮志。可如今，只有一声长叹。至此，上阕的情感基调已经由伤别转入对世事人生的感叹，词遂进入下阕。

"休为西风瘦，痛饮频搔首"，这是词人慰己慰友之辞。因为上阕里追忆往事，感慨万千，心潮汹涌而不能自持，所以词人就劝慰道，还是少叹于西风古道这些扫兴之事了，毕竟相聚不易，还是赶紧痛饮美酒吧。最后三句，"自古青蝇白璧，天已早、安排就"，"青绳白璧"，语出陈子昂诗作《宴胡楚真禁所》中的"人生固有命，天道信无言。青蝇一相点，白璧遂成冤"，词人用此典，意谓自古英雄没有几个可酬壮志，给青蝇一点便成败物，我们又何多愁如此，既然上天早已安排好，就无须多言，且饮酒为乐吧。出句貌似洒脱，实大有不平之鸣，然劝慰之意殷殷，彰显出对友人的一片深情。

042

菩萨蛮 隔花才歇廉纤雨①

隔花才歇廉纤雨，一声弹指②浑无语。梁燕自双归，长条脉脉垂。小屏山色远③，妆薄铅华④浅。独自立瑶阶⑤，透寒金缕鞋⑥。

词解

波渺渺，柳依依。双蝶绣罗裙的女子，你与幸福，只有一朵花的距离。但是春天却送来绵绵细雨，让你久坐闺中，辜负了美好的芳春。

天晴的时候，双燕已归，柳枝低垂。娇嗔如你，一春弹泪话凄凉。寒夜到来，你掩上望归的门。默默地，朱粉不深匀，闲花淡淡春。

想他的时候，你独自站在瑶阶上。柔肠已寸寸，粉泪已盈盈。

评析

此词内容当是触眼前之景，怀旧日之情，表现了闺中女子伤春伤离的痛苦和不尽的深思。

---

① 廉纤雨：绵绵细雨。

② 弹指：弹击手指，以表示各种感情。这里表示感叹。

③ "小屏"句：小屏风上绘有远山的图案。

④ 妆薄铅华：指淡美的妆容。妆薄：淡妆。铅华：铅粉，化妆品。

⑤ 瑶阶：石阶的美称。

⑥ 金缕鞋：绣有金丝的鞋子。

上阕第一句"隔花才歇廉纤雨"，绵绵的春雨刚刚停止。"隔花"二字让人想起欧阳修的"隔花啼鸟唤行人"。欧阳修这句是描写春物留人，人亦恋春，明明是游人舍不得归去，却说成是啼鸟出主意挽留。不过，此篇里的闺中女子是否有此心怀，不得而知。但对春雨，她分明有一种朦胧的娇嗔：蒙蒙的春雨持续了这么长时间，以至于弹指一算，离别已久，竟辜负了美好的春光，遂孤寂无聊，实在无语可述。虽然此时"浑无语"，但是伤春的意绪已然萌动。于是她看见了梁间的燕子，也要感叹一下它们是"自双归"，一个"自"，似乎写出了她的艳羡之情。而杨柳枝也通了人性，含着无限情思垂下枝条。"梁燕自双归，长条脉脉垂"这两句笔势灵动，表达了此闺中女子郁积于心的流连惆怅之情。

下阕仍是一句一景，只是视线由室外转到室内，大概是因为此女子临景伤春，不胜春愁，以至于退避屋内。首句"小屏山色远"，这里的"山"是画屏上的山，如牛峤词作《菩萨蛮·绿云鬓上飞金雀》中所说的"画屏山几重"。这一句所写的情境，《花间集》中颇多见，如毛熙震词作《木兰花·掩朱扉》中的"金带冷，画屏幽，宝帐慵熏兰麝薄"，张泌词作《河传·渺莽云水》中的"锦屏香冷无睡，被头多少泪"，都可作为理解此句的参考。此处，值得玩味的是这个"远"字，虽然可以理解为小屏风上绘有的远山之画图，但是给人的感觉似是另有所指，或者是远方的恋人，或者是一种幽远的情思。"妆薄铅华浅"三句，像是对她的特写，第一句言淡美的妆容，第二名言独伫瑶阶的寂寞，第三句言寒冷的金缕鞋。这三句既写出了她的自怜之情，也写出了她的孤寂之心，还写出了她得不到安慰与温暖的失望心理（不然就不会用"透寒"二字了），真可谓幽微深婉、饶有韵味。

菩萨蛮 新寒中酒①敲窗雨

> 新寒中酒敲窗雨，残香细袅②秋情绪。端的是怀人，青衫有泪痕③。
> 相思不似醉，闷拥孤衾睡。记得别伊时，桃花柳万丝。

词解

那时，天气也刚好同此时。却醉倒了。心中有事，酒未入唇，人就醉了。

此时，冷雨敲窗。屋内，烛光摇曳，残香仍袅袅，伊人已不在。秋情依旧。

孤独的你，是那散落的梧桐叶子，经不起时光，风雨，化作黄叶飘去。

刚刚还在劝慰自己，不要黯然神伤。可青衫已湿，不知是何时滴落的泪。回想与伊人分别的时候，正是人面桃花相映红的三月。

那姹紫嫣红的小园外，杨柳如烟，丝丝弄碧。当寂寞在唱歌的时候，伊人唱着寂寞，执子之手，与你分离……

评析

此篇写春日与伊人别后的苦苦相思。上阕前二句写此时相思的情景，接二句转写分别之时的情景。下阕前二句再写此时无聊情绪，后二句又转写分别时的景象。小词翻转跌宕，伸张有致，其相思之苦情表现得至为深细。

---

① 中酒：酒酣。

② 袅：烟雾萦绕。

③ "青衫"句：由于伤心而落泪，致使眼泪沾湿了衣裳。青衫：古代学子或官位卑微者所穿的衣服。

"新寒中酒敲窗雨，残香细袅秋情绪"二句描画情景。初寒天气，敲窗密雨，袅袅残香，向人细诉悲愁的情绪。而人则似醉非醉，寂寞无聊。接下来是"端的是怀人，青衫有泪痕"。词人对自己说：不要黯然神伤，应该放开怀抱，岂料在不知不觉间又泪湿青衫。这两句，把伤心人的心理状态绘写得很细腻，与"为怕情多，不做怜花句"拒避无奈的心态极为相似。

下阕承上阕，续写此际心绪无聊。"相思不似醉"，相思跟醉酒有异曲同工之处，同是痴迷，但相思是苦，醉酒是忘。即便如此，词人的思念却依旧清晰如水波明镜，毫无裂痕。最后二句更进一层，说明不能忘却的旧情：当此拥被独卧之时，仍然记着与伊人分别时的情景，那时桃红柳绿，春色旖旎，更加显出今日的冷落凄凉。

这首词在写法上也别具特色。词人先写以酒消愁，百无聊赖的情绪，描绘了秋风秋雨萧瑟的画面，但当词人将凄凉的色调越涂越浓时，最后两句竟是别样的桃红柳绿。这甜美的回忆，与孤寂惨淡的现状的对比，温馨中夹杂着苍凉，使情更为惨淡。这不仅是事物冷暖色调的矛盾，更是词人心境矛盾的流露，夜晚的孤寂清晰可见。

其实，这样的写法在纳兰词里屡见不鲜。他常以绮丽的庭院，熏香的绣被，舒适的闺房作背景，却又峰回路转地描写西风吹吼，荒村野店，表达自我内心无法排遣的苦闷，构成了强烈的对比反差。如"屏障厌看金壁画，罗衣不奈水沉香"，厌看、无奈的本该是丑恶的事物，词人却将其与温馨联系起来，不协调的情调使愁益愁。又如"春水鸭头，春山鹦嘴，烟丝无力风斜倚。百花时节好逢迎，可怜人掩屏山睡"。春光美景，词人却不屑一顾，他怕这等的美丽加深了自己的悲哀。写法与此词如出一辙。

菩萨蛮 朔风①吹散三更雪

> 朔风吹散三更雪，倩魂②犹恋桃花月③。梦好莫催醒，由他好处行。
> 无端听画角④，枕畔红冰⑤薄。塞马一声嘶，残星拂大旗。

词解

　　你领略过这里，凛冽的风，皑皑的雪，怅寥的十月。但你的梦，是一块三生石。

　　石上刻着桃花、月光和爱人的名字，情定三生。画角声响时，桃花花瓣，纷纷扬扬地飘落。你以泪水作字，镌刻在思念的脸庞，把寂寞的枕头染红。

　　推开都门，你听见汉马嘶风，边鸿叫月。浩瀚的星空，忧郁而苍茫。

评析

　　此阕词情景交融，形神结合，展示出一幅深秋初冬边塞生活的壮美图景，那凄厉的朔风吹不散征人的思家之念，塞外苦寒、风雪之夜与入梦归家、闺中旖旎形成了鲜明的对比，奈何画角一声、塞马长嘶终于带走梦境，征人又再次面对冰冷的边塞，缠绵中透着悲凉寂寞，格调分外凄清。

---

① 朔风：北风。

② 倩魂：倩娘之魂，借用唐代陈玄祐所著的《离魂记》中的故事。

③ 桃花月：桃月。农历二月桃花盛开，故称。此代指美好的时光。

④ 画角：古代乐器，外加彩绘，故称画角。古时军中多用以警昏晓。

⑤ 红冰：五代王仁裕所著的《开元天宝遗事》中所载："杨贵妃初承恩召，与父母相别，泣涕登车。时天寒，泪结为红冰。"

上阕由景入情，而荒景映衬凄情，强烈对比中摄人心魄。"朔风吹散三更雪，倩魂犹恋桃花月。"词一开篇即以比兴的手法，写出自己对爱人的强烈思念之情。强劲的朔风吹散了三更雪，却吹不散自己对爱人思慕眷恋的缱绻之情。这里比兴手法的运用极大地强化了词作的艺术感染力。"梦好莫催醒"，说明词人梦得以圆，他的梦魂回到了春光明媚、其乐融融的温柔之家，因为极其甜美，所以词人嘱咐不要催他醒来，"由他好处行"。

下阕亦是写梦，但不再是写"好梦留人睡"，而是写征夫在塞上被画角惊醒，梦中因思念而落泪，醒来枕边泪已如冰，这时候又听见帐外塞马长嘶，走出去，只看见军旗在夜风中猎猎作响，而天空星光已寥，留在大旗上的只有一点残辉，放眼望去，塞上天地清空苍茫。与上阕相较，下阕不但视角由小转大，更把读者的视觉、听觉间隔调动，"画角""马嘶"与化冰的情泪、伴旗的残星，交织成一幅声色纷呈的画面，让读者领受到一股悲怆无依的愁绪、一种苍茫阔大的意境，艺术上已臻极高境地。

纳兰性德的这类词，在边塞诗词由南宋的流于粗疏直至湮灭之后，一新世人耳目。更重要的是，这种情怀已渗入他的思想，他的不少词在婉约之中都显出豪放，不但内容敢于涉及生活的许多方面，而且常常笔法奇崛，无拘无束。如多首《金缕曲》，通篇作情语，让感情充分倾泻。所有这些，都给婉约词注入了新鲜气息，提升了婉约词的境界。

菩萨蛮 问君何事轻离别

> 问君何事轻离别，一年能几团栾月？杨柳乍如丝，故园春尽时。
> 春归归不得，两桨松花①隔。旧事逐寒潮，啼鹃②恨未消。

词解

再次打开信封里伊人的样子时，你已经到了天涯。剩有伊人，独自在你们暂相逢的花前月下，徘徊，遥遥地向你发问——夫君，你为何不重离别？

伊人话未毕，而泪长流。眼神里的问号，一夜飞渡镜湖月，直至绝塞，直至你的身旁。其实，你又何尝不知，家中的她，长向月圆时候望人归？

只是王事，如松花江的寒流，阻你归去。伊人的遗恨，从此，与三百六十五日的残月共鸣。

评析

这首词大约作于康熙二十一年（1682）。作者扈从康熙帝由北京到盛京告祭祖陵。时值寒冬，词中可见故园之思。

上阕由问句起。"问君何事轻离别"，这句是故意模拟妻子口吻质问词人自己：你为何轻视离别？表面上是妻子恼我，骨子里是我谅妻子，笔致深情而委婉。接下来以"一

---

① 松花：松花江。

② 啼鹃：传说蜀王杜宇失位后魂化为子规鸟（即杜鹃），啼声哀苦。此鸟"规"字与"归"
　谐音，故后人以此鸟鸣作为思归之声，表达思归之意。

年能几团栾月"句，其怅叹离多会少之情已见。那词人真的是"轻离别"吗？《长相思》中言："风一更，雪一更，聒碎乡心梦不成，故园无此声。"词人不是"轻离别"，只是身为康熙皇帝的一等侍卫，他随扈出行，不得不离，不得不别。"杨柳乍如丝，故园春尽时"二句出之以景语，以美好的春色反衬有家难归的悲凄。"乍如丝"是形容北地杨柳的柳条已经细而长了，可见季节是在仲春，那么此时"故园"也就春意阑珊了。

下阕明确点出"归不得"之由，即扈驾从巡，身不由己。"春归归不得"一句上承"杨柳乍如丝，故园春尽时"，言春尽而不能归的怅惘心情。"两桨松花隔"，南朝民歌《莫愁乐》有云："莫愁在何处？莫愁石城西。艇子打两桨，催送莫愁来。"词人反其意而用之，谓被松花江阻隔，不能回去。表面是怨江，实际上是怨侍卫之差事阻其归家与妻子相聚。结篇二句是此时心态的描写，即追思往事，令人心酸，犹如眼前松花江水的寒潮起伏，不能平静。

这阕词，话说得比较直接，但内容还有曲折，首句的拟言和结句的用典都为本词增加深沉婉转之情，深婉感人。

菩萨蛮 宿滦河①

玉绳②斜转疑清晓，凄凄白月渔阳③道。星影漾寒沙，微茫织浪花。金笳④鸣故垒⑤，唤起人难睡。无数紫鸳鸯，共嫌今夜凉。

词解

独在异乡为异客的你，喜欢数北斗星。可数尽寒宵，也找不到，浩渺星空下家的方向。

你只看见，渔阳道上，那凄凄的白月光，照人总断肠。夜色微茫，天地苍凉。你的心，是忧郁的海，寂寞无浪花。呜咽如风，凄楚如雨。山一程，水一程。走得久了，便无家可归。

睡意袭来，你把自己交给梦，梦却把你交给《胡笳十八拍》，这首古老的断肠曲。夜凉如水。无数的鸳鸯，相亲相爱。孤独的男子，默默无语。

评析

此阕是描写作者夜宿滦河的行役词。全词情景交融，先写滦河夜景，后写孤寂之情。词中正面描写与侧面描写并用，景中寄情，情中寄景，选景清丽，情调寂寥，用笔凝练，艺术手法甚为高超。

---

① 滦河：在今河北省东北部，发源于内蒙古，流入渤海。

② 玉绳：星名，指北斗七星中玉衡之北二星。

③ 渔阳：古县名，在今北京密云。因在渔水之北而得名。滦河、渔阳均为词人自北京前往山海关所经之地。

④ 金笳：古代铜制的管乐器。

⑤ 故垒：古时军营四周所筑的墙壁。

上阕全用白描写景,写夜宿滦河的月下之景,朦胧而凄迷。首句"玉绳斜转疑清晓","玉绳"乃玉衡的北二星,玉衡为纬书中所指北斗七星的第五星,是斗柄的部分。"玉绳斜转",标志三更早过,已近黎明,与"疑清晓"相合,而此时词人犹然未睡,莫非心有所萦?"凄凄白月渔阳道",只见寒月凄凄,渔阳道上一片寒白。"凄凄"二字,形容的是月亮,亦是凄凉悲伤心情的映照。接下来,"星影漾寒沙,微茫织浪花",大概是由韦庄词作《江城子·恩重娇多情易伤》中的"角声呜咽,星斗渐微茫"幻化而出,将秋夜、寒沙、星光、河水"织"成绝妙的图画。此二句以苍茫辽阔、气势恢弘的境界,与词人悲苦凄凉的思乡情怀、孤单落寞的心情形成巨大反差,显得深厚壮观,悲凉凄婉。

下阕,"金笳鸣故垒,唤起人难睡"。胡笳是古代北方民族的一种乐器,类似于笛子。唐代诗人李颀专门写过一首听弹胡笳的诗——《听董大弹胡笳声兼寄语弄房给事》。"蔡女昔造胡笳声,一弹一十有八拍。胡人泪落沾边草,汉使断肠对归客。"尽言胡笳悲切之声。词人此处是用凄恻的金笳声来烘衬自己的孤寂神伤。结处,"无数紫鸳鸯,共嫌今夜凉"。鸳鸯本就成双成对,更有"无数",这本是多么的缠绵缱绻。想象一幅场景:阳春三月,杨柳丝丝,细雨蒙蒙,闲居家中,有妻子相伴左右,一起吟诗作对,看鸳鸯戏水,何其乐哉!但是词人此刻是扈从在外,离家千里,无人相伴,自是寂寞无限。因此鸳鸯愈缠绵,视此景,词人之心就越凄凉悲苦。继用金笳之后,词人复以紫鸳鸯之双宿再衬孤独之感,颇含悠然不尽之意。

菩萨蛮 惊飙①掠地冬将半

惊飙掠地冬将半，解鞍正值昏鸦乱。冰合大河②流，茫茫一片愁。烧痕③空极望，鼓角高城上。明日近长安④，客心愁未阑。

词解

十一月的边塞，十一月的古城。人在归途。

长烟落日孤城闭，这样的苍茫，你已经厌倦。浊酒一杯家万里。这样的牵挂，你已经不堪。所以，你要解鞍归去。

思归的马蹄，踏遍连绵的太行山，便成千山万水。再挥一鞭，明日就到家园。然而你却说，日暮乡关何处是，烟波江上使人愁。

评析

这一阕羁愁归思之词当作于纳兰性德与康熙二十三年（1684）冬南巡返程途中。有人会问，离家远行，思家成愁，此举合乎常情，但归程亦愁，似乎有悖常理。如此感发，究竟何时愁才得已？其实，这种愁思并非北行南归所独有。在词《赤枣子·风淅淅》中，他记春愁——"风淅淅，雨纤纤，难怪春愁细细添。"在《相见欢·落花如梦凄迷》中，他记夏愁——"愁无限，消瘦尽，有谁知？"在《忆王孙·西风一夜剪芭蕉》中，他记

---

① 惊飚：狂风。

② 冰合大河：文中指冰冻的黄河。冰合：冰冻。大河：黄河。

③ 烧痕：野火烧过的痕迹。

④ 长安：此处借指北京城。

秋愁——"西风一夜剪芭蕉，满眼芳菲总寂寥。强把心情付浊醪。"在《忆秦娥·长漂泊》中，他记外出漂泊之愁——"长漂泊，多愁多病心情恶。"在《天仙子·渌水亭秋夜》中，他记家居之愁——"好天凉夜酒盈樽，心自醉。愁难睡。"可以说，词人之愁，如茫茫江水，永无尽期，此阕只不过是至情词人的愁心一点罢了。

本篇以景语入词，写冬日归途中所见所感，个人离愁蕴含其中隐而不发。

首二句即以白描技法勾画一幅白日深冬归程图：狂风卷折的冬日，词人行在归途之上，时值黄昏，乌鸦乱飞，他停下来解开马鞍，让马休息饮水。"惊飙"是指暴风，李白曾有诗"八荒驰飙，万物尽凋落"，由此可见冬季寒风之凛冽。接着是"冰合大河流，茫茫一片愁"，此二句以简古之笔将这幅归程图拉伸至无限壮阔之处。就写景的雄廓壮丽而言，"冰合大河流"一句足以和"明月照积雪""长河落日圆"相媲美。

下阕，这幅归程图在横、纵两个方向继续延伸。放眼望去，苍茫的平原上是一片野火的烧痕；极目仰望，远远的城阙鼓楼上，人迹渐丰，让人想起繁华的北京城已经不远，然而旅途的劳苦抑郁之情，并未因此完全消减。末两句"明日近长安，客心愁未阑"，似出自谢朓诗作《暂使下都夜发新林至京邑赠西府同僚》中的"大江流日夜，客心悲未央"，为全词筋骨，有画龙点睛之妙。此词一贯的纳兰性德式离愁，词中所涉之景无不萧瑟冷清，令人凄然不欢，然结句言浅意深，词风壮阔处隐有太白遗风。

菩萨蛮 黄云①紫塞②三千里

> 黄云紫塞三千里，女墙③西畔啼乌起。落日万山寒，萧萧④猎马还。
> 笳声听不得，入夜空城黑。秋梦不归家，残灯落碎花⑤。

词解

边塞三千里，何处是尽头？

大漠孤城着甲衣，尽是金戈铁马忆。几缕风声萧瑟，数声枯鸦悲啼。日落西归，群山畏寒而鸣咽。北风呼啸，战马巡狩亦回营。纵然相思起，无人将把胡笳吹。天已黑，夜已深，空城待人归。欲入梦中寻故乡，却被秋风扰，执笔待把愁思藏。

评析

从此词"秋梦不归家"之句看，可能与《菩萨蛮·榛荆满眼山城路》作于同一时期。

上阕描绘边塞黄昏苍凉的秋色。首二句，"黄云紫塞三千里，女墙西畔啼乌起"。"黄云紫塞"，指黄河长城一带的西北边塞之地，距京师有数千里之遥。"黄云"出自唐诗人王之涣名句"黄河远上白云间"。"紫塞"，据《古今注》载："秦筑长城，土色皆紫，汉塞亦然。"一说雁门草皆紫色，故名。"女墙"，城上墙名女儿墙，词中指

---

① 黄云：北方边地多沙尘，故其云称黄云。

② 紫塞：长城。

③ 女墙：城墙上呈凸凹状的短墙。

④ 萧萧：马嘶声。

⑤ 落碎花：灯花掉落。

代城墙。此二句以如椽之笔写景，不胜开阔，直追盛唐边塞诗。单看之，无丝毫狭小局促、郁郁寡欢之感，谓词人被边塞特有的秋景深深吸引，亦无不可。接下来是"落日万山寒，萧萧猎马还"，豪壮大气不改，初添萧索苍茫之感。上阕四句，连而读之，自是一幅流动的画面：近有城墙西边的"啼乌"，远则是落日与群山，在红红的落日与苍莽的群山的衬托中，又有猎马飞驰而来。词中的景，有声有色、有动有静，把边塞景色的特点，完全体现出来了。

下阕是描绘入夜之景和抒发思乡之情。"笳声听不得，入夜空城黑。""笳声"指胡笳声。塞上本来就多悲凉之意，与词人的远戍之苦、思家之心融合在一起，而胡笳吹起时，那呜呜的声音，使边地的开阔感和词人的惊异感顿然消失，充溢着的是一片悲凉的情调，词人的心情也随之沉重起来。所以词人说"笳声听不得"，因此整阕词的词情在微微的灰白之后，忽然黯淡起来。而"空城黑"三字，又为词境增加了些许荒漠凄凉之意。这两句在肃杀中寓悲凉，展现出词人已经蓄满的感情，直至引出末二句"秋梦不归家，残灯落碎花"。"秋梦不归家"是抒情，是感叹，道出了深蕴的悲怆孤独的思乡之情。"残灯落碎花"是写眼前实景，诗人"归家"而不得，希冀于梦中，又不能入睡，就只能在"残灯"下独坐了。

菩萨蛮 <small>寄梁汾苕中①</small>

知君此际情萧索，黄芦苦竹孤舟泊②。烟白酒旗青，水村鱼市晴。
柁楼③今夕梦，脉脉春寒送。直过画眉桥④，钱塘江上潮。

词解

同是天涯沦落人，相逢何必曾相识。送别的时候，总是能想起白乐天的那首《琵琶行》。

其实，相逢就是再一次的离别。离别就已相识，不必沦落天涯。所以，送别的时候，不必烟雨朦胧，不必高楼目断。

海内存知己，天涯若比邻。无为在歧路，儿女共沾巾。这是唐诗里的豁达从容。

才始送春归，又送君归去。若到江南赶上春，千万和春住。这是宋词里的轻松风趣。

如今，又是送别。你尽可以忘记往日的悲切。吟一首小诗，奏一曲古琴。一声声，一缕缕，你便已将故人送过了钱塘江畔……

评析

梁汾是顾贞观的号。顾贞观，明代东林党人顾宪成的曾孙，生于崇祯十年（1637），

---

① 苕中：浙江湖州有苕溪，故称湖州一带为"苕中"。

② "黄芦"句：此句借用前人意象。唐代白居易诗作《琵琶行》中句："住近湓江地低湿，黄芦苦竹绕宅生。"

③ 柁（tuó）楼：船尾舵工操舵的小楼，此谓船中居宿。

④ 画眉桥：清代顾贞观词作《踏莎美人·六桥词今删其二》中句："双鱼好托夜来潮，此信拆看，应傍画眉桥。"

幼习经史，尤好诗词。他少年时就和太仓吴伟业、宜兴陈维崧以及无锡严绳孙、秦松龄等人交往，并加入他们的慎交社。虽然他年纪最小，但"飞觞赋诗，才气横溢"。清廷慕其才学，于康熙三年（1664）任命他为秘书院中书舍人。康熙五年中举后改为国史院典籍，官至内阁中书，次年康熙南巡，他作为扈从随侍左右。康熙十年，因受同僚排挤，落职返回故里。之后一直沉沦下僚。康熙十七年（1678）康熙下令开设"博学宏词科"，他方才和一批文坛精英诸如朱彝尊、陈维崧、严绳孙、姜宸英一起被荐到京。康熙二十年（1681），其母去世，顾贞观回无锡奔丧。清康熙二十一年（1682），他人在苕中，所以此阕副题为"寄梁汾苕中"。

此篇全从想象落笔，化虚为实，颇有浪漫色彩。上阕，首句是"知君此际情萧索"，设想梁汾此刻正于归途中，心情萧索。"知君"二字，几多感念，几多体味！"黄芦苦竹孤舟泊"一句，化用了白居易诗作《琵琶行》中的"黄芦苦竹绕宅生"，以形容梁汾的情形颇似当年被贬浔江的江州司马。但途中停泊处却是水村鱼市，烟白旗青，一派平静安详。"水村鱼市晴"句，一改王禹偁词作《点绛唇·感兴》中的"水村渔市，一缕孤烟细"的孤独苦闷情怀，而出之于平淡祥和。

下阕进一步想象夜间他在舟中做着孤寂轻梦的情景。夜宿柁楼，今夕一梦，春寒脉脉，为君送行。最后两句由萧索转为慰藉，以"直过画眉桥，钱塘江上潮"的谐语慰之，既温情又佻达。此处"画眉桥"，一是用临近的地名代指梁汾故乡，以烘托出一种温馨的气氛；二来暗用汉张敞为妻画眉的典故，喻祝他合家团聚。纳兰性德戏谑梁汾归心似箭，望他家庭和美幸福得享隐居钱塘江畔的安逸生活，亦显出真正的好友之间言谈无忌自如。

这一阕，不同于纳兰性德词中别的送别赠友词。虽以萧索起笔，却不再是铺天盖地万物同愁，而是有豁达的劝慰和祝福。尤其是最后两句，虽然有同情有隐怨，却又令人宽慰解颐。无怪有评家极口称赞结尾两句："笔致秀绝而语特凝练。"

纳兰词选

050

菩萨蛮 萧萧几叶风兼雨

萧萧几叶风兼雨，离人偏识长更①苦。欹②枕数秋天，蟾蜍早下弦③。
夜寒惊被薄，泪与灯花落。无处不伤心，轻尘在玉琴④。

词解

在秋雨秋风萧瑟中，听你低吟："此情无计可消除，才下眉头，却上心头。"

在离人的眼中，一夜五更，更更孤枕更更愁。寒的夜，薄的被，残的月。

一日不见，如隔三秋。那是诗经说的。见不到你的日子，短暂的瞬间，漫长的永远。那是你说的。

曾经以为，伤心是会流很多眼泪的；原来真正的伤心，是流不出一滴眼泪。

评析

纳兰词颇受李后主的影响，人称"李重光后身也"。其善用白描写纯情便是明显的表现。本首通篇用白描的写法，然而举重若轻，虽无刻画，却能将愁人苦夜长，相思不已，无处不伤心的苦况、氛围描绘得淋漓尽致。

"萧萧几叶风兼雨"，上阕起调句，不仅点出节气，而且兼有渲染气氛、烘托情绪

---

① 长更：指长夜。

② 欹：同"倚"，依，倚。

③ 蟾蜍下早弦：月亮已过了上弦，渐渐地圆了。蟾蜍：代指月亮。下弦：月相的一种，见于农历每月二十二日或二十三日。

④ 玉琴：琴之美称。

的作用。"萧萧"状风雨声，以声传情，用得自然而巧妙，为写相思怀人布设了特定背景。"离人偏识长更苦"一句，承"风兼雨"而来，由隐而显，直抒离人的相思之苦。"偏识"二字，无理却有情，绘声绘色地写出了词人"屋漏偏逢连夜雨"式的幽怨之情。"欹枕数秋天，蟾蜍下早弦"二句，从耳闻转写目见。被风雨声搅得无法入睡的离人，此刻斜靠着枕头，静静地望着秋夜的天空，看见月亮已过上弦，渐趋圆满。"蟾蜍下早弦"明写月，暗写人，谓月亮都圆了，可是自己还是不能归家团聚，与苏子"不应有恨，何事长向别时圆"有异曲同工之妙。

　　下阕承上阕耳闻、目见，转从心理感受方面摹写思家怀人之情。"夜寒惊被薄，泪与灯花落。"秋风雨夜，寒凉惊心，薄衾难御，独对此景，灯花闪烁，泪光闪烁。用"灯花"来渲染青灯照壁，冷清寂寞的心境，唐人戎昱曾写"孤灯落碎花"，"孤"字既实写诗人所处环境的冷清，又传达出他主观上的寂寞感受。纳兰性德的"泪与灯花落"，较之戎昱，有过之而无不及，有些李商隐"蜡炬成灰泪始干"的感觉。结尾两句"无处不伤心，轻尘在玉琴"，是全词抒情达意的词眼，写尽词人愁极而伤、伤情难遣的复杂情态，使其深细凄婉之情见于言外。

菩萨蛮 为春憔悴留春住

为春憔悴留春住，那禁半霎催归雨①。深巷卖樱桃，雨余②红更娇。
黄昏清泪阁③，忍便④花飘泊。消得⑤一声莺，东风三月情。

词解

你留不住将逝的春天，所以你比落花憔悴。

黄昏，雨来催归。在悠长，悠长，又寂寥的雨巷里，你邂逅了一个丁香一样的，结着愁怨的姑娘。她有着，桃子脸、樱桃嘴，怀揣着一抹柳色，走过江南小街，环佩叮当。但当你转身凝望时，在雨的哀曲里，消散了她的颜色，消散了她的芬芳，消散了她丁香般的惆怅。

泪水的兰舟，泊在了你远望的眼神里。那封无法寄出的红笺，翩然从指尖滑落……

评析

这是一首伤春伤怀之作。

词首句起势不凡，为全篇定下了留春不住而辗转憔悴的情感基调。春天就要过去了，我为春天的逝去而变得憔悴，若能把春天留住该有多好啊！下一句"那禁半霎催归雨"，

---

① 催归雨：催春归去的雨。

② 雨余：雨后。

③ 阁：含着。

④ 忍：岂忍。便：就使，便教。

⑤ 消得：经受得。

以稍带夸张的手法，发出了留春无计的感叹：可是春天哪里挡得住来催她回去的阵雨呢？起首二句营造了一种与欧阳修《蝶恋花·庭院深深深几许》中的"雨横风狂三月暮，门掩黄昏，无计留春住"相类似的氛围和心境——同样的雨横风狂，催送着残春，主人公同样想挽留住春天，但风雨同样无情，留春不住。临此境，欧词中的女主人公感到无奈，"泪眼问花花不语，乱红飞过秋千去"，只好把感情寄托到命运同她一样的花上；而纳兰词中的主人公生出无限怜惜，"深巷卖樱桃，雨余红更娇"，于雨后愈显娇嫩的樱桃中暂得慰藉。关于"深巷卖樱桃，雨余红更娇"这二句，顾随在《驼庵诗话》（《驼庵诗话》是叶嘉莹教授根据20世纪40年代她在辅仁大学听顾随讲课的笔记整理而出的，后编入《顾随文集》）中评价，其虽然清新鲜丽，但无甚回味，不耐咀嚼。但是小词未必语语耐嚼，才为至境。绘画大师齐白石曾有一"不盈尺之作"，画的是红樱一盏，娇艳欲滴，敢问有何深意？只不过是认为其物趣天然、最是悦人罢了。纳兰性德此句亦是如此，虽无甚微言大义，但是意境还是颇为相合的。

　　下阕，词人由怜惜转为伤怀。"黄昏清泪阁，忍便花飘泊。"这其实是个倒装句。词人实在不忍看到春天的花瓣都飘零凋落了，夕阳黄昏之中，他只得泪眼盈盈。而就在这时候，他听见一声黄莺的啼叫顺着东风飘忽而至，唤起了他对三月阳春的深情。末句，"消得一声莺，东风三月情"。"消得"本来是经受得住，这里谓无法经受，因为这一声莺啼，唤出了"东风三月情"。此处"三月情"应指惜春之情。但宋朱淑真有《问春》诗，诗中有"东风负我春三月，我负东风三月春"这样的句子，所以"三月情"或指恋情，亦无不可。如此观之，此词似含有一段隐情，表面上是欲留春住，其实是想留人，想留而不能留，或才是诗人的心痛处。结合上阕，可以这样来想象一个意境：春日黄昏后，深巷，伊人在巷中越走越远，诗人想留想追，话未出口，天上已下起了雨，不得已，只能返回，忽而雨停，伊人已不见了踪迹，只有雨后的樱桃红得娇艳，恰如伊人。自己一个人只能对落花流泪，而东风之中一声莺啼，又唤起三月里对她的深情……

菩萨蛮 晶帘①一片伤心白

晶帘一片伤心白，云鬟香雾②成遥隔。无语问添衣，桐阴月已西。
西风鸣络纬③，不许愁人睡。只是去年秋，如何泪欲流。

词解

莫问白是谁的白，且记住水晶帘是你的，伤心是我的。蒹葭苍苍，白露为霜。遥隔的伊人，你到底在水的哪一方？

年年秋日，你为我添衣，为我温被。这些，当时只道是寻常。如今，你离我而去。添衣的时节，我的寒凉，从人间铺到天上。可是再也无人，为我披上温暖的衣裳。

夜深了，月儿不说话，路过的风不说话，翻旧的信笺不说话。只有络纬，悲鸣不止，不让去年的秋天，去年的你，进入我的梦。

评析

此词当是康熙十六年（1677）秋之作，亦是纳兰词中的经典之作。至于内容，一说是塞上思情之作，一说是"悼亡"。观词中"只是去年秋，如何泪欲流"，确似悼亡之音。

"晶帘一片伤心白，云鬟香雾成遥隔。"上阕起二句说月夜之下又思念起妻子，不胜伤感。"伤心"，极言之辞。"伤心白"即极白。李白有一首《菩萨蛮》，写思妇久

---

① 晶帘：即水晶帘。
② 云鬟香雾：谓头发乌黑如云，香气似雾浓。此处代指所爱所思的女子。
③ 络纬：即莎鸡，俗称纺织娘。

盼望远方行人而不归的心情，其中就有"平林漠漠烟如织，寒山一带伤心碧"的句子。此句谓在月光的映衬下，水晶帘看上去白茫茫一片。"云鬟香雾"一句，语出杜甫诗作《月夜》中的"香雾云鬟湿，清辉玉臂寒"，这是杜甫写给妻子的诗，词人用此亦代妻子。"无语问添衣"一句，承上句，谓所思的人不在身边，即使天气寒冷，也无法问她要不要加衣裳，照应了前句的"成遥隔"。"问添衣"两字，平淡之中见深情。接下来是"桐阴月已西"。"桐阴"，梧桐树荫，此句谓月已西沉，夜色已深。

下阕承前意脉，先说西风阵阵，络纬声声，不但难以入眠，且更令人添愁增恨。"只是"句，谓秋色和去年秋天相同。去年秋时人尚在，今年秋时，风景不改，人已不在。于是"如何泪欲流"。一个"欲"字用得恰到好处，"欲"是将出未出，想流不能流，将词人那种哀极无泪的情状描摹得极其精准。

这阕小令所截取的，不过是生活中"添衣"这么一件细小的事。除却"云鬟香雾"的指代，言语极平实，上下阕折转也是从容淡定，然而于小处见真情，凄婉动人之处，似是眼前梨花飞舞，细碎地散落一地，让人心意黯然。

菩萨蛮 乌丝①画作回文纸②

乌丝画作回文纸，香煤暗蚀藏头字③。筝雁十三双④，输他作一行⑤。
相看仍似客，但道休相忆。索性不还家，落残红杏花。

词解

远方的伊人，把信写得长长的，没有最后一行。

每一个字，都像她的皱眉，她的笑，她浅浅的酒窝。展开信笺，古筝脉脉，你也无心去弹。它的十三根弦上，飞起了十三双传递相思的鸿雁。

你知道。你的手，早已只属于她的荷包，她的口唇，她的双手围成的家。然而，杏花落了，你仍未还家。你在边塞，成为她今生最美的客。

评析

纳兰性德妻妾中唯有沈宛擅长作诗，故此词可能是为赠沈宛而作。"乌丝画作回文纸"，首句言妻子寄来书信。乌丝，即乌丝栏，有墨线格子的纸。唐李肇在《唐国史补》中有言："宋毫间，有织成界道绢素，谓之乌丝栏、朱丝栏。"宋袁文在《瓮偏闲评》中有言："黄

---

① 乌丝：指有墨线格子的笺纸。

② 回文：一种诗体，诗词字句回旋往返，都成义可诵。

③ "香煤"句：这句是说谱中每句的头字被墨涂掉了。香煤：和香料的煤烟，指墨。藏头字：藏头诗，一种游戏诗体，每句的头一字可组成完整的话。

④ 筝雁十三双：古筝上有十三根弦，每根弦两头各有一柱，斜着排列如雁行，故称。

⑤ 输他作一行：指人是孤单的，不如筝柱成双。

素细密，上下乌丝织成栏。其间用朱墨界行，此正所谓乌丝栏也。"回文，指回文诗，因须用回环的方式书写，所以称为"画"。前秦窦滔妻子苏若兰曾作《回文璇玑图》一诗赠夫，后来就把妻子的信称为回文锦书。词人收到妻子的书信后，便拆开来看，发现"香煤暗蚀藏头字"，即来信中，妻子用眉笔或火头蚀去了藏头诗的第一个字，让丈夫猜是什么意思。妻子此举，是要和词人玩诗词游戏，以通心曲，这自然会勾起词人的思念之情。于是就有了下一句的"筝雁十三双，输他作一行"。"筝雁"，即筝柱，柱行斜列如雁阵。《隋志·乐志下》谓筝为十三弦之拨弦乐器，故云。"输他"，犹言让他（它）。此二句言十三根弦的筝柱前后排列，形成了齐整的一行，意谓就让它静静地排列为一行，无心去弹拨了；而"十三双"中的"双"字似乎道出夫妻分居两地，还不及雁柱成双的郁郁之情，可谓一语双关。词的上阕，句句用典，层层铺垫，以古奥深雅之笔委婉道出词人收到妻子信后的思家怀人之情。

下阕出之于幽婉含蓄，抒发词人内心怅惘无奈的心情。沈宛于康熙二十三年（1684）归性德后，性德仍十分忙碌，除平时需要入宫执勤，还常随康熙出巡，或执行公务，在家中的时间很少。所以词人此处言："相看仍似客，但道休相忆。"末句"索性不还家，落残红杏花"为妻子赌气之语，意谓：索性不要回来了，杏花都落尽了，你还回来干什么。妻子此语，自是针对词人行踪不定、归期遥遥而发的，所以故意以恼怒的口吻嗔怪他，并非真恨真怨，只不过是要用怨语气气他，以泄心头因相思疑心而产生的郁闷，而这恰恰也是对他深爱的一种复杂心理的表现。

菩萨蛮 阑风伏雨①催寒食②

阑风伏雨催寒食，樱桃一夜花狼藉。刚③与病相宜，琐窗④薰绣衣。
画眉烦女伴，央及⑤流莺唤。半晌试开奁⑥，娇多直⑦自嫌⑧。

词解

雨下得永远没有最后一滴。待字闺中的女子，看见樱桃花的凋零，像一首安魂曲。

病中，她有时，温柔在一个人巴山夜雨的诗句里，比春天更为生动。有时，又长在相思树，那一圈圈不断扩大的年轮里。

寂寞的时候，她的衣袖空空，藏不住一点北方的风。清晨，她唤来小图画眉。

梳妆镜前的她，多像娇美的桃花……为了最美丽的开放，想了一千种姿势。

评析

此类描写女子生活之作，纳兰词中屡见，风格颇近于温庭筠和韦庄。此词描绘了寒食节时候，一女子刚刚病起，乍喜乍悲的情态。

---

① 阑风伏雨：连绵不断的风雨。

② 寒食：寒食节，在农历清明前一或二日，其时禁火三天，食冷食。

③ 刚：恰好。

④ 琐窗：雕刻有连锁花纹的窗。

⑤ 央及：请求。

⑥ 奁（lián）：古代女子梳妆用的镜匣。

⑦ 直：只。

⑧ 自嫌：自己对自己不满。

起二句先绘寒食节候之景，风雨不止，一夜之间樱花零落。这是全篇抒情的环境、背景，以下便是描绘她在这景象下的一系列行为。首先是按节令而薰绣衣，"刚与病相宜，琐窗薰绣衣"。天雨衣潮，置炉薰衣，人在病中亦怯寒，喜欢炉温，故言"刚与"。琐窗，指雕刻有花纹图案的窗子；绣衣，指华丽的衣物，"琐窗薰绣衣"的情景，想来是颇为高贵优雅的，但似乎又透露出一种孤独无聊的气息。薰完衣，然后就是打扮自己了，"画眉烦女伴，央及流莺唤"。此女刚刚病愈又逢寒食节将至，遂烦请女伴帮忙梳妆打扮，而此时小黄莺也偏偏在窗外啼啭，想来她的心情还是颇为欢愉的。然而"半晌试开奁，娇多直自嫌"。"半饷"谓许久、好久，"自嫌"是对自己不满。那她为何半晌才打开妆奁？无论怎么妆扮，皆自嫌不称心意，又是为何？小词并未明说，只是摹其细节去刻画她的心理，淡淡地透露了几许自伤的情怀，寄深于浅，寄厚于轻。

菩萨蛮 梦回酒醒三通鼓

梦回酒醒三通鼓，断肠啼鴂①花飞处。新恨隔红窗，罗衫泪几行。
相思何处说，空有当时月。月也异当时，团栾②照鬓丝。

词解

去年今日此门中，人面桃花相映红。人面不知何处去，桃花依旧笑春风。想起逝去的她，你总是想起这首凄美的唐诗。

那时，吴山青，越山青，罗带结同心。那时，绣帘相依，燕子双飞来又去。可是如今，梦回酒醒的时候，泣血的杜鹃，声声断肠。

这一腔的相思，捂在心间，痛的时候，也不会喊疼。

评析

此阕是月夜怀人之作，凄婉缠绵之至。

上阕首二句，"梦回酒醒三通鼓，断肠啼鴂花飞处"。三更鼓之时酒醒梦回，显然是伤痛彻骨，酒也不能彻底麻痹。古人夜里打更报时，一夜分为五更，三更鼓即半夜时。"啼鴂"，即鹈鴂的啼鸣。鹈鴂一鸣，春将归去，夏季将至。《离骚》云："恐鹈鴂之先鸣兮，使夫百草为之不芳。"张先词作《千秋岁·数声鹈鴂》云："数声鹈鴂，又报芳菲歇。"姜夔词作《琵琶仙·双桨来时》云："春渐远，汀洲自绿，更添了几声啼鴂。"半夜酒醒，

---

① 啼鴂（jué）：杜鹃啼鸣。相传此鸟为蜀主望帝魂化，春末夏初时啼叫，其声惹人生悲。
② 团栾：圆貌。

情意阑珊,此刻耳边偏又传来鹈鴂的悲啼之声,于是伤情益增,愁心愈重,在美酒的烘托下,人怎么能不清泪涟涟?第三、四句,"新恨隔红窗,罗衫泪几行",这是词人假借女子对男子的爱来寄托自己的情思,借女人的口来表达难以启齿、过于缠绵的情感,写得黯然销魂,悲伤之至。

下阕写借酒浇愁、见花落泪,对月伤心、新恨旧愁。"相思何处说,空有当时月。"在古代,明月时常被作为爱情的见证。玉蟾当空,有情人可以相互偎依看月,在月亮下畅叙幽情,山盟海誓,即使不在一处,也可以相约同看天涯明月,以寄相思。但是此处,词人说"空有当时月"。一个"空"字表达了爱侣逝后作者无人可与"说相思"的无限恨怆之情。遂想起张若虚诗作《春江花月夜》中的"江畔何人初见月,江月何年初照人?人生代代无穷已,江月年年只相似。不知江月待何人,但见长江送流水",其关于人生、时光、自然之感慨,不禁使人哑然。末句,"月也异当时,团栾照鬓丝",当头之明月犹在,但却与别时不同,它现在只是照映着孤独一人了。此情此景,直叫人想起崔护的"人面不知何处去,桃花依旧笑春风"与周邦彦的"当时相候赤阑桥,今日独寻黄叶路",皆是一种"物是人非事事休"的留恋心情,让人"欲语泪先流"。

纳兰性德是天生的情种,总是为了一个情字。如丝如缕,萦回不绝。不过能将相思之苦,婉曲道来,絮而不烦,这亦是天赋情种,有如情花烂漫到难管难收,此等纵情执定亦是纳兰词题材狭窄却出尘高妙之处。

菩萨蛮 为陈其年①题照②

乌丝曲③倩红儿④谱，萧然⑤半壁惊秋雨。曲罢髻鬟⑥偏，风姿真可怜。

须髯浑似戟⑦，时作簪花剧⑧。背立讶⑨卿卿⑩，知卿无那情⑪。

词解

夕阳，白云，青山，兰舟。冠盖满京华。你的《乌丝词》，你用清贫的唇齿来吟咏。

一曲吟罢，惊得唐诗宋词里的秋雨，落向了天空。玉箫声声，你的歌女，发髻都是平平仄仄的。

她的身影，如风拂杨柳，月照梨花。你的根根胡须，都是江湖豪客。

醉酒后，你喜欢头戴红花，又是妙词一阕。那个秋波盈盈的女子，此刻正背对着你。她一回眸，你的柔情，便永远没有最后一缕。

---

① 陈其年：作者好友、清代著名词人陈维崧（1625—1682）。

② 题照：在画像上题词。

③ 乌丝曲：指陈其年的《乌丝词》。

④ 红儿：唐代歌女杜红儿，此处代指陈维崧的歌女。

⑤ 萧然：荒凉冷落的样子。

⑥ 髻鬟：妇女的一种发式。

⑦ 须髯浑似戟：陈维崧多须髯，人称陈髯。

⑧ 簪花剧：戴花为戏。

⑨ 讶：含惊诧之意。

⑩ 卿卿：男女之间彼此亲昵的称呼。

⑪ 无那（nuó）情：无法控制感情。无那：即无奈。

评析

此篇题为"为陈其年题照"。陈其年，即陈维崧，字其年，号迦陵，江苏宜兴人，工诗词文赋，为清初阳羡词派之首，与朱彝尊齐名。其年长纳兰性德三十岁，为忘年友，但二人交谊至厚。康熙十七年（1678）戊午闰三月二十四日，其年在扬州，广东著名诗画僧大汕为他画了小像。是年秋，其年入京应博学宏词科试，其画像亦带到京中，因画像不但画出了陈氏的形貌，而且画出了个性，于是引来了众多诗朋词友的题咏。在诸多诗赋中，纳兰性德这首《菩萨蛮》写得很别致，很风趣。

"乌丝曲倩红儿谱"，乌丝曲，指《乌丝词》，顺治十三年至康熙七年（1656-1668），其年居京华时所填之词，结集为《乌丝词》，誉满天下，为人称赏。红儿，即杜红儿，唐代名妓，后泛指歌妓。此处是借指其年身边的歌女。这句是说其年的《乌丝词》令红儿舞女谱唱。

那谱唱的效果如何呢？"萧然半壁惊秋雨"，萧然，冷落凄清的样子。陶渊明的《五柳先生传》中云："环堵萧然，不蔽风日。"显然是形容家境贫苦，事实也正是如此。徐乾学云，其年"所居在城北，市廛库陋，才容膝，蒲帘上锉，摊柱其中而观之"，"时时匮乏困仆而已"（《陈检讨维崧墓志铭》），家贫之甚，几至"入门依旧四壁空"的境地了。惊秋雨，出自李贺诗作《李凭箜篌引》中的"女娲炼石补天处，石破天惊逗秋雨"。李贺这两句诗是描绘李凭箜篌弹奏的乐声给人们的感受：高亢的乐声直冲云霄，好似把女娲补天的五色石震破，引出漫天秋雨。用在此处，形容歌女谱唱的陈其年的《乌丝词》惊出了秋雨，真是生动诡谲。

"曲罢髻鬟偏，风姿真可怜。"接下来这两句，写画像上的吹箫女子。严绳孙在《金缕曲·序》中云："题陈其年小照填词图，有姬人吹玉箫倚曲。"可见画上除了其年的画像，还有此吹箫女子——一曲唱罢，她发髻斜偏一旁，风姿妩媚，惹人生怜。

"须髯浑似戟，时作簪花剧。"下阕则一转，道出其年既富湖海豪气，又不无绮艳，既刚且柔的性格和作风。"须髯"，据《清史稿》本传云："维崧清臞多髯，海内称陈髯。"可见纳兰性德言"须髯浑似戟"当是实写。如此带有玩笑意味的话语（你的胡子长得简直跟长矛、钩戟一样），也说明他们二人之间的关系很好。"簪花剧"，簪花，古代遇典礼宴会佳节，男女皆戴花。剧，玩耍。李白诗作《长干行》中就有"妾发初覆额，折花门前剧"。"时作簪花剧"，是说陈其年时常头上戴花戏耍，以诙谐的口吻赞赏其风流倜傥，洒脱不羁。

"背立讶卿卿，知卿无那情。"结尾二句再写画上吹箫女子，用的也是女子口吻——我盈盈背立，是因为我知道如果我站在你（指陈其年）面前，你会控制不住感情的，又有什么大惊小怪的？表面看来似是写陈其年不乏风流旖旎、声华裙屐之好，其实是以戏谑的口吻对这位忘年之友加以赞美。

057

减字木兰花 新月

晚妆欲罢，更把纤眉临镜画。准待①分明，和雨和烟两不胜②。
莫教星替③，守取④团圆终必遂。此夜红楼⑤，天上人间一样愁。

词解

晚妆梳罢，又手执画笔。镜中，你的纤纤柳眉，是否正如窗外的一弯新月。

回首天边，烟雨正朦胧，让人看不分明的，是藏在烟雨后的一弯新月。

这样的夜空，不需要有星星，和我一起守着永恒誓言的，是你，是在星海飘摇的一弯新月。

寂静的夜，寂寞的小楼，茫茫人间，你我同样的哀愁，想必也如天边的那弯新月。

评析

这首词是刻意描写新月，由新月联想到人间情事，令人物浑融，不粘不脱，自是上乘。

上阕以人拟物入手，摹画出新月的形貌。"晚妆欲罢，更把纤眉临镜画。"晚妆梳罢，又手执画笔，镜中的纤纤柳眉，是否正如窗外的一弯新月？由"晚妆"领起，自然

---

① 准待：打算等待。

② "和雨"句：此句借用前人意象。宋代杜安世词作《行香子·黄金叶细》中句："寒食下，半和雨，半和烟。"

③ 莫教星替：此处借用前人意象。唐代李商隐诗作《李夫人三首》中句："惭愧白茅人，月没教星替。"

④ 守取：等待。

⑤ 红楼：华美的楼阁，指富家小姐的住处。

是刻画初升的新月如佳人一抹淡淡的眉痕，烘托出一种清新轻柔的优美氛围。"准待分明，和雨和烟两不胜"，回首天边，烟雨正朦胧，让人看不分明的，是藏在烟雨后的一弯新月。这两句是说新月被烟雨所遮掩，月和烟雨均不甚分明。联系前两句，也可以说，正是因为有这样一种氤氤氲氲的朦胧之美的映现，纤纤新月才像极了佳人的弯弯柳眉，其楚楚可怜的独特韵致也得以展现，从而使情与境谐，气氛浓重。

下阕先述待月圆之心愿，又转为描绘新月迷蒙、红楼闺怨，人月同愁。"莫教星替，守取团圆终必遂"，明是说惟恐繁星灿烂而遮盖了新月，实际上引用李商隐却媒之典故，自剖心迹。李商隐夫人王氏殁，有人做媒，义山却之，作《李夫人》诗。诗中云："惭愧白茅人，月没教星替。"词人用义山诗句，将心中情思出之于典，给人一种仅为咏月的错觉，亦是良有以也。词人早年曾和表妹谢氏相爱，不幸的是，未及西窗剪烛，谢氏便进了皇宫，当了妃子，一场缱绻之爱顿成泡影（见《忆江南·昏鸦尽》）。词人乃至情至性之人，心中伤痛无限，然而宫墙横亘，诸多不便，此种情事又怎可与人道出？于是幽愤遣怀，必出之于隐语。所以，此处"莫教星替，守取团圆终必遂"，是对宫中恋人的嘱咐叮咛，亦是自剖心迹，彼此要坚守承诺，心中无第二人，要相信一定可以等到团圆的那天。接下来是"此夜红楼，天上人间一样愁"，落句绾合，由物入情，新月不明似天上人间一样愁，想象轻灵飘逸，亦凄清含婉，情致全出。

058

减字木兰花 烛花摇影

> 烛花摇影，冷透疏衾①刚欲醒。待不思量，不许孤眠不断肠。
>
> 茫茫碧落②，天上人间情一诺③。银汉④难通，稳耐⑤风波⑥愿始从。

词解

"如果有一天，我喜欢的女孩不见了，我就是把整个江湖翻过来，上穷碧落下黄泉，也要把她找出来。嗯……那你说，她是会在碧落呢，还是黄泉？自然是碧落，仙女是不会去黄泉的。"多么美好的一段话，可结局却是灰色的，不像我们年幼时听的美满童话。

上穷碧落下黄泉。寻到爱人的踪影了吗？——两处茫茫皆不见。其实，见了又怎样，曾经相信在碧落的人，却活在了黄泉。爱如果有那么多回头路好走，世人又怎么会懂得珍惜两个字怎么写？

茫茫碧落，天上人间情一诺。愿望越是美好如花，凋谢起来就越显得残酷伤人。

评析

纳兰性德悼亡之作很多，本篇虽未标出，但显然又是一首怀念亡妻的作品。

---

① 疏衾：掩被孤眠而感到空疏冷寂。

② 碧落：青天、天空。

③ 一诺：《史记·季布栾布列传》："楚人谚曰：'得黄金百，不如季布一诺。'"此处指誓约。

④ 银汉：银河。

⑤ 稳耐：忍受。

⑥ 风波：喻患难。

上阕写冷夜孤眠，思量断肠的痛苦。首二句谓词人在凉薄的夜里独自醒来，眼前烛花摇影，寥落而感伤。"疏衾"言空疏冷寂之貌，再加上"冷透"二字，分明是神凄骨寒了，所以此之"冷"不仅是身冷，更是心冷。三、四句言心理感受。"待不思量"出自苏轼词作《江城子·乙卯正月二十日夜记梦》中的"十年生死两茫茫，不思量，自难忘"。苏轼这首词，是悼念爱妻王弗的，其将"不思量"与"自难忘"并举，利用这两组看似矛盾的心态之间的张力，真实而深刻地揭示了自己内心的情感。纳兰性德此处亦是如此，"待不思量"并不是说不想念爱妻，而是说年年月月，朝朝暮暮，虽然不是经常念及，但也时刻未曾忘却。"不许孤眠不断肠"，亦出之于反语，词人因为深受相思之苦，所以告诫自己不要太过伤心，不要多想。

下阕点明与亡妻已成天上人间，生死异路，又痴情渴盼能够相逢重聚。"茫茫碧落"，借用白居易诗作《长恨歌》中的"上穷碧落下黄泉，两处茫茫皆不见"句意，谓亡妻之魂灵远在茫茫天宇，遥不可及。但是即便如此遥隔，两人的誓约仍如季布之诺，金石难摧。结尾二句，"银汉难通，稳耐风波愿始从"。明明爱妻已亡，词人却说她在碧落；明明爱妻已亡，词人却还想飞越迢迢难渡的银河，忍受风波患难与她重逢，与她团聚，与她从头开始。如此挚语，缠绵凄绝；如此深情，刻骨铭心。

减字木兰花 <small>从教①铁石②</small>

纳兰词选

> 从教铁石，每见花开成惜惜③。泪点难消，滴损苍烟玉一条④。
> 怜伊太冷，添个纸窗疏竹影。记取相思，环佩⑤归来月下时。

词解

伊人飘进了一瓣梅花里。在梅树里生长，她可爱的微笑，就是梅花的清香幽幽。而多情的你，已被诀别，温柔地诅咒成铁石心肠，不会笑，不会哭。

可是当梅花盛开，暗香浮动月黄昏时，你却脉脉含情地站在梅树下，时时凝睇，时时怜惜。寒冷的夜里，晶莹的露珠是梅的眼泪。你轻轻地呵了一口春天的空气，飘成暖暖的围巾，给寂寞的她披上。现在，请在心间，刻下那两个字。月亮出来时，你想念给她听。

评析

有评家说，由"添个"句可知此词乃题画词，所题是梅花，此言大抵不差。不过此阕咏梅词，却不同于其他词人的题咏之作。

---

① 从教：任凭、听任。
② 铁石：铁肠石心。
③ 惜惜：可惜、怜惜。
④ 玉一条：指梅树。
⑤ 环佩：代指所思恋之人。南宋姜夔词作《疏影·苔枝缀玉》中有："想佩环、月夜归来，化作此花幽独。"

古代咏梅的诗词很多，精绝者如姜夔的《暗香》《疏影》，陆游的《卜算子》。《暗香》一词，以梅花为线索，通过回忆对比，抒写今昔之变和盛衰之感；《疏影》则连续铺排五个典故，用五位女性人物来比喻映衬梅花，从而把梅花人格化、性格化，集中描绘了梅花清幽孤傲的形象，寄托作者对青春、对美好事物的怜爱之情；陆游的《卜算子》则借梅比喻为人的原则和品德，也堪称高妙。但不管是姜夔，还是陆游，他们的咏梅手法再高妙，刻画得再精美，终究也是将梅花当作一件承载他们思想趣志的道具，此词则不然。综观全词，他仿佛是在感慨怜惜自己稚弱清高的爱人，那梅与他，仿佛是对月临影的故知，彼此是平等对坐的尊重，不存在谁被赏、谁被赞的问题，人与梅已经完全地合而为一了。因此，这首咏梅词写得清奇别致，富有浪漫特色。

上阕始二句从心理感受上落笔，虽不正面描绘梅花，但梅花之神韵已出。"从教铁石，每见花开成惜惜"，纵使是铁石心肠之人，每一次见到这晶莹如玉、花开姣姣的梅花，也总会流露出依依怜惜之情。短短两句，三处强调——"从教"强调语气，"每见"强调频率，"惜惜"强调感情，于是梅花之含情脉脉之神韵顿现。继二句则把笔宕开，写梅边之竹。"泪点难消，滴损苍烟玉一条"，谓那朦胧的月色下，斑竹沥沥，就好像是玉条上滴洒了点点泪水。

下阕由梅及人，由人及梅，人融梅中，梅似露着人的深情，遂有"怜伊太冷，添个纸窗疏竹影"，谓怕梅花太冷，所以特加了竹林围护。这既是从护梅之竹，从侧面烘托梅之娇贵，又是把梅当人而加以体贴慰藉，尽赋与一腔柔情，此之构想，可谓奇绝。最后二句，"记取相思，环佩归来月下时"，宕笔写去，说梅花也有魂，她特于今夜月上时归来。归来作何？有前几句柔情之语铺垫，梅花归来怕是与词人共赴幽约吧。此阕咏梅词虽无一笔正面去刻画梅之形貌，但却又笔笔不离梅花，此正所谓"不即不离"，因而梅之形神反而历历可见。

060

减字木兰花 断魂①无据②

> 断魂无据，万水千山何处去？没个音书，尽日东风上绿除③。
>
> 故园春好，寄语落花须自扫。莫恨伤春，同是恹恹④多病人。

词解

又是离歌，一阕长亭暮。万水千山面前，他是个漂泊的左括号，闺中的伊人，可是苦苦等待的右括号？

牵手，两人的爱才能完整。然而，王孙去，萋萋无数，南北东西路。

青鸟不传云外信，已有数月。被思念灼伤的你，挪移天下的高山，用来望归。

你相信，必有菊，开在家园的南山。必有落花，飘若伊人的裙裾。只是，再也不能伤春。

病中，空空的杯盏，装满天涯，装满故乡，装满八月十五奔走相告的月光。

评析

这是一首写伤春离别的缱绻相思之作，写法颇为清奇巧妙，像是夫妇书信往来问答。

上阕以闺中妻子的口吻说相思。"断魂无据，万水千山何处去？"起句化用韦庄词作《木兰花·独上小楼春欲暮》中的"千山万水不曾行，魂梦欲教何处觅"，拓开境界，写梦

---

① 断魂：忧伤的梦魂。

② 无据：无所依凭。

③ 绿除：长满绿草的台阶。

④ 恹恹（yān）：形容精神萎靡的样子。王实甫剧作《西厢记》中有："恹恹瘦损，早是伤神，那值残春。"

魂飞渡万水千山，于私情中写出高远苍茫。那妻子为何要梦魂远渡呢？因为整日春风吹来，台阶上的草都绿了，而所思之人却没有音书寄来。"没个音书"，用的是明白如话的口语，像极了妻子埋怨娇嗔的口吻。而"尽日东风上绿除"，明是写景暗写心情，反衬出妻子的愁情：东风吹绿满阶绿草，一片春光照眼，这本是赏心悦目之景，却因为东风无法为她传递书信而显得凄然。

下阕以远行在外的丈夫的口吻嘱咐，说他与妻子一样地相思着。"故园春好，寄语落花须自扫"，故园春色美好，你就把一腔心思寄给落花吧。"落花"一语双关，寓指的是飘零在外的丈夫，其本身则是指即将消逝的美好春色，所以才有后句的"莫更伤春"。而"莫更伤春"中的"春"，既是实指，也是虚指，指眼前春光，亦是指两人的感情牵挂。这三句可谓词约义丰，含蓄蕴藉。末一句"同是恹恹多病人"，情意深长，道出两人心有灵犀为情所苦的情状。

"恹恹多病人"化用了《西厢记》："恹恹瘦损，早是伤神，那值残春。"《西厢记》原名《莺莺传》，又名《会真记》，是元代著名戏曲作家王实甫的杰作。书中，书生张君瑞闲观普救寺之时，巧遇寓居于此的相国小姐崔莺莺。二人相爱，却遭到父母反对，在侍女红娘的帮助下，有情人终成眷属。原诗句"恹恹瘦损，早是伤神，那值残春。罗衣宽褪，能消几度黄昏？风袅篆烟不卷帘，雨打梨花深闭门；无语凭栏杆，目断行云"，是描绘崔莺莺的相思苦状，流淌着忧伤愁闷的情绪，可谓中国古代女子共同的心语诉说。纳兰性德化用其语，却不易其景，不改其情，与整首词词境十分相合。

减字木兰花·断魂无据

061

减字木兰花_{花丛冷眼}

花丛冷眼，自惜寻春来较晚。知道今生，知道今生那见卿。
天然绝代，不信相思浑不解①。若解相思，定与韩凭②共一枝。

词解

夜风飒飒，落花如雨，烛影幢幢，洒落惨光如水。

此刻，你是不是又想起了那青梅竹马却成为妃子的表妹？此刻，你是不是想说，连理千花，相思一叶，毕竟随风何处？不然，为何青衫有泪痕？不然，你为何想起那么凄绝的韩凭故事？

明天，希冀许久的明天，便是相会的日子。可你，却不知要说什么。

说幽意？说相思？诉衷情？夜深了，梧桐叶上，飘落春雨潇潇。想起古老的诗歌，你欲语泪先流。

一缕香魂未断绝。是耶？非耶？化为蝴蝶。

评析

这首词大概是纳兰性德为宫中的恋人而作。上阕言苦恨相逢太晚。首二句连连用典，"花丛冷眼"，化用元稹诗作《离思五首·其四》中的"取次花丛懒回顾，半缘修道半

---

① 浑不解：犹言全不解。
② 韩凭：又作韩朋、韩冯等。李冗所著的《独异志》中记录："宋康王以韩朋妻美而夺之，使朋筑青陵台，然后杀之。其妻请临丧，遂投身而死。"后人以此故事用于男女相爱、生死不渝之情事。

缘君"。元稹这句诗的意思是，自己不再寻花觅柳，经过"花丛"且懒于回看，这半是缘于修道，半是缘于你。此处纳兰性德用"冷眼"代之"懒回顾"，其"曾经沧海难为水，除却巫山不是云"的忠贞之情，较之元稹，更甚矣。次句"自惜寻春来较晚"，用的是杜牧与湖州女有约，因寻芳来迟而未成的典故。据说唐朝著名诗人杜牧游湖州，认识了一位姣美少女，只是尚未成年。杜牧和少女的母亲约定，再过十年，待少女成人时来娶。十四年之后，杜牧出任湖州刺史，而长大成人的姑娘已在三年前嫁人生子。杜牧感叹之余，作了一首《叹花》——"自是寻春去较迟，不须惆怅怨芳时。狂风落尽深红色，绿叶成阴子满枝。"纳兰性德用此典，也谓自己与所恋女子擦身而过，无缘结为夫妻。接下来的两句是"知道今生，知道今生那见卿"，今生难见，既说明对方未死，又表示欲见而不能，此之苦情凄然销魂，令人怅惘彷徨于无地。

然而爱恋之心无可化解，总是深深思念她。"天然绝代，不信相思浑不解"，心中所念的绝代佳人一定会理解这样相思的苦楚。"不信"二字，语出决绝，掷地有声。末句，"若解相思，定与韩凭共一枝"，再用韩凭故事，以第二人称"卿"寄希望于对方，口气绝似以词代柬。韩凭的故事发生在战国时代，韩凭为宋大夫，娶妻何氏，是一绝色美女，康王下韩凭于狱，夺其妻，其妻密传书韩凭，表明以死明志的决心，于是韩凭自杀。何氏设法使身上衣服腐化，与康王登高台，趁康王不备，纵身跳下，康王连忙拉住她的衣服，因衣服早经腐化，衣裂人坠而死。她留遗书于衣带上，求与韩凭合葬，康王又恨又恼，故意把他们分葬两处，遥遥相望。不料，一夜之间，两座坟上各长出一棵梓木，根连于下，枝连于上，有二鸟如鸳鸯，栖于枝上，且暮悲鸣。纳兰性德和韩凭怅恨无奈相当，韩凭妻被宋康王所夺，身为下僚无能为力，唯有悲泣而已，与妻子也只有死后魂魄化鸟相守。这种遭遇和眼睁睁看着恋人被送入宫的纳兰性德何其相似？只有人入深宫，而非其他去处，才使执着王孙如纳兰性德者，也感叹绝无再见的希望。此阕最是凄厉，锋芒直指帝王。

卜算子 塞寒

塞草晚才青，日落箫笳①动。慽慽②凄凄入夜分，催度星前梦。
小语绿杨烟，怯踏银河冻③。行尽关山到白狼④，相见唯珍重。

词解

塞草萋萋的时候，你是北方帐外吹箫的人，伊人可是南方家中听见的那人？

月破黄昏。你听见凄恻的胡笳声声，哀怨泪沾衣。但是，最苦的仍是梦魂，宵宵不到伊身旁。

凄凉而寥廓的星空下，伊人却来，执子之手。一枝梨花春带雨。道一声珍重。道一声珍重。那一声珍重里有缱绻的忧愁——一丝离情浓如酒。情到深时无怨尤。

评析

词人厌于扈从生涯，时时怀恋妻子，故虽身在塞上而念怀萦绕，遂朝思暮想而至于常常梦回家园，梦见妻子。此篇即记录了他这种凄惘的情怀。

上阕写催其成梦的塞上情景。起二句勾勒了落寞寂寥的大漠风光。天色欲晚，塞草青青，箫笳在落日映照的黄昏里，悲声阵阵。"箫笳"指的是箫和笳。笳为边地独有，

---

① 箫笳：箫和胡笳。
② 慽慽（qī）：悲伤貌。
③ 银河冻：此处谓河水已结冰。
④ 白狼：即白狼河，今辽宁省之大凌河。

其声悲切寒苦，箫则不独于边地，江南江北皆有，但大漠箫声，更显沉郁苍凉，李白的《忆秦娥》中有"箫声咽，秦娥梦断秦楼月"，谓玉箫的声音悲凉呜咽，将秦娥从梦中惊醒。有了凄冷的边塞氛围后，当写特殊氛围下的个人体验了。"恓恓凄凄入夜分，催度星前梦。""恓恓凄凄"出自李清照《声声慢·寻寻觅觅》中的"寻寻觅觅，冷冷清清，凄凄惨惨戚戚"，谓自己入夜后愁惨的心情。既是愁惨，那么也会像李易安一样，"乍暖还寒时候，最难将息"。但是纳兰性德没有"三杯两盏淡酒"，他是"催度星前梦"，即催促引渡妻子的梦魂来到边塞，与自己相会。"星前梦"一语，大概是借用了汤显祖词作《牡丹亭·游魂》中的"生性独行无那，此夜星前一个"的句意而加以发挥。

下阕写梦中温馨情景。"小语绿杨烟，怯踏银河冻。"河水已经结冰，行人不敢踏脚，绿杨也早已被一片寒雾笼罩，但是日夜思念之妻此时却来到了身边，与词人轻声细语地交谈。那么天寒路远，她是怎么来的呢？"行尽关山到白狼"，一定是行遍了关山，才找到了在白狼河的丈夫，真是路途遥遥，关山难度，十分艰辛。然而好不容易相见了，却只道了一声珍重。"相见唯珍重"，结句语淡而情浓，缠绵委婉之至，颇含悠然不尽之意。

卜算子·塞寒

063

采桑子 彤云久绝飞琼字①

彤云久绝飞琼字，人在谁边。人在谁边？今夜玉清眠不眠？
香销被冷残灯灭，静数秋天，静数秋天，又误心期③到下弦。

词解

我所思兮在桂林，欲往从之湘水深。侧身南望涕沾襟。

《四愁诗》里，那个忧心烦快的男子，是绝望的。叠唱"人在谁边"的你，却更绝望。湘水深深，毕竟还有舟楫可渡。宫门幽幽，又有什么可以渡？

所以，你只有等待。残灯明灭枕头欹，谙尽孤眠滋味。而伊人，在"清且浅"的河汉中，行行渐远，行行渐渺。成一种仙音，让人终生留恋。

评析

这首《采桑子》，上阕写仙境，下阕写人间。天上人间，凡人仙女，音书隔绝，唯有心期。

首一句"彤云久绝飞琼字"，便点出仙家况味。道家传说，仙人居住的地方有彤霞环绕，于是彤霞便成为仙家天府的代称。飞琼是一位名叫许飞琼的仙女，住在瑶台，作西王母的侍女。据说瑶台住着仙女三百多人，许飞琼只是其中之一，她在某个人神相通的梦境中不

---

① 飞琼：指仙女许飞琼。传说许飞琼是西王母身边的侍女，后泛指仙女。这里代指所思念的人。
字：书信。
② 玉清：指梁玉清，传说是织女星的侍女，被天帝贬到北斗之下。
③ 心期：心愿。

小心向凡间泄漏了自己的名字，为此而懊恼不已——按照古代的传统，女孩家的名字是绝对不可以轻易示人的。最后"飞琼字"的"字"是指书信。如此，整句话即谓：许久没有收到仙女许飞琼从仙家天府寄来的书信了。那么，既无书信可通，不知道仙女现在正在哪里呢？她为何还不寄信给我呢？她心里到底在想什么？——叠唱"人在谁边"，叹息反侧。

"今夜玉清眠不眠"，玉清也是一位仙女的名字，在人间也留下了几多美丽的故事。据唐人笔记，玉清为梁玉清，她是织女星的侍女，在秦始皇的时代里，太白星携着梁玉清私奔，逃到了一个小仙洞里，一连十六天也没有出来。天帝大怒，便不让梁玉清再作织女星的侍女，把她贬谪到了北斗之下。"今夜玉清眠不眠"，也就是说词人在惦记着那位仙女：今夜你在玉清天上可也和我一般的失眠了吗？——词人自己的无眠是这句词里隐含的意思：正因为我无眠，才惦记着你是否和我一样无眠。词人是在思念着一位仙女吗？这世间哪来的仙女？这，就是文人传统中的仙家意象了。仙女可以指代道观中的女子，也可以作为女性的泛指。写爱情诗，毕竟无法直呼所爱女子的名姓，所以总要有一些指代性的称谓。

词的下阕，由天上回落人间，由想象仙女的情态转入对自我状态的描写。"香销被冷残灯灭"，房间是清冷的，所以主人的心一定也是清冷的，那么，房间的主人为什么不把灭掉的香继续点燃，为什么不盖上被子去暖暖地睡觉，就算是夜深独坐，又为什么不把灭掉的灯烛重新点起？那是因为，房间的主人想不到这些，他只是静静地坐在漆黑的房间里"静数秋天"，静静地计算着日子。也许仙女该来信了吧？也许该定一下相约的时间了吧？等待的日子总是过分的难捱，等待中的时间总是过于漫长。待到忽然惊觉的时候，才发现"又误心期到下弦"。就在这苦捱当中，不知不觉地晃过了多少时光。这末一句，语义朦胧，难于确解，但意思又是再明朗不过的。若"着相"来解，可以认为词人与仙女有约于月圆之日，却一直苦等不来，捱着捱着，便已是下弦月的时候了；若"着空"来解，可以认为词人以满月象征团圆，以下弦月象征缺损，人生总是等不来与爱侣团圆的日子，一天一天便总是在缺损之中苦闷地度过。此正如《诗经·关雎》所言："求之不得，寤寐思服；悠哉悠哉，辗转反侧。"

采桑子 <small>谁翻①乐府凄凉曲</small>

谁翻乐府凄凉曲？风也萧萧，雨也萧萧，瘦尽灯花又一宵②。

不知何事萦怀抱③，醒也无聊，醉也无聊，梦也何曾到谢桥④。

词解

你听，你听，谁在历史深处轻声哼起了《葬花吟》？

雨声淅淅沥沥，打着李易安眼眸里栽种的那株芭蕉。我悄悄地打开心窗，那些我们曾经一一命名的青鸟，飞向了一把把铜锁。我等你敲门。所有的门，所有的灯都在等。火焰还没有熄灭，我的眼睛始终在点燃着它。

千山万水，天下的风景都在这里。其实我知道自己为何这样伤心。只是无奈。无奈。我是一只华丽的酒杯，你是我的酒，我的河流，却已经干涸，不知流向何处。而桃花，依旧笑着春风。而我，再也不是你的良药，再也不能进入你的梦。

评析

究竟是谁在静寂的夜里翻唱着凄切悲凉的乐府旧曲？此时此刻，一灯荧荧如豆，四

① 翻：按旧曲制作新词。

② "瘦尽"句：意思是说眼望着灯花一点一点地烧尽，彻夜不眠。

③ 萦怀抱：缠绕在心中。

④ 谢桥：谢娘桥。相传六朝时即有此桥名。诗词中每以此桥代指冶游之地，或指与情人欢会之地。晏几道词作《鹧鸪天·小令尊前见玉箫》中有："梦魂惯得无拘检，又踏杨花过谢桥。"纳兰性德反用其意，即在梦中追求的欢乐也完全幻灭了。

壁默默昏黄，词人茕茕孑立、落寞清寂的影子投在墙上，如一段段伤心的往事。萧萧的风声随之伴和，那是李煜悲歌的惆怅；雨声亦复萧萧，那是苏东坡悼亡的感伤。如斯风雨之夜，词人唯有孤灯相映，独自听了一夜的雨，眼见灯芯燃尽、散作灯花。一个"瘦"字，仿佛让人寻觅到李易安那比黄花还瘦的身影；一个"又"字，表明了夜不成眠已不止一日，这愁情的沉重，怎堪言说？

那么，词人为何连连彻夜难眠呢？是身世遭遇的感慨？是理想失落的悲愁？抑或是触物思人的感伤？

词人的回答是"不知何事萦怀抱"。原来这一怀凄婉，却是情发无端，是一种对社会、人生朦胧而迷惘的体验和追问。因为无法命名，所以词人清醒时百无聊赖，即使借酒沉醉也难遣满怀愁情。

那无论是清醒或是沉醉，都难以逃避的苦闷究竟何为呢？追问到底，倏然笔锋一转，荡出一句"梦也何曾到谢桥"，于是所思之人呼之欲出，跃然纸上，读者豁然明白，此词当是一篇思念之词。因为所谓"谢桥"，代指谢娘所在之地。谢娘者，于唐宋诗词中通常泛指所恋之美人。此处，词人重新翻用了北宋晏几道的名句："梦魂惯得无拘检，又踏杨花过谢桥。"于晏几道，虽身陷俗尘，但是灵魂终究是自由的，如同晴空之羽，可以飘然入梦，在梦中与心爱之人相会。然于纳兰性德更多的是绝望。纵能入梦，果真能如愿到访谢桥，重与离人相聚吗？

尽管思念热烈如火，可是梦境终究不能随心所欲地掌控。记得在《红楼梦》第一百零九回中，宝玉在黛玉死后日夜悬念，然而黛玉芳魂竟不入梦，于是宝玉慨然叹曰："悠悠生死别经年，魂魄不曾入梦来。"这句诗可视为"梦也何曾到谢桥"的另一注脚。或许所恋之人，今生不复相见，后约无期，而连魂梦也未可重逢，致使词人不由自主地向小晏抗辩，以冰雪般的声音幽幽地质疑：天若有情，又怎会让人欲梦也无缘一见？

采桑子 <small>严宵①拥絮频惊起</small>

> 严宵拥絮频惊起，扑面霜空，斜汉②朦胧。冷逼毡帷火不红。
>
> 香篝③翠被浑闲事，回首西风。数尽残钟④，一穗⑤灯花似梦中。

① 严宵：宵禁之夜。

② 斜汉：秋天的天河（银河）斜向西南，故称斜汉。

③ 香篝：熏笼。古代室内焚香所用之器。

④ 残钟：稀疏的钟声。

⑤ 穗：谷物等结的穗，这里指灯花。

词解

塞上的夜，沉沉如水。月落的时候，秋霜满天。罗衾不耐五更寒。

曾几何时，小园香径，人面如桃花。你牵着她的手，闭着眼睛走，也不会迷路。那时的翠被，是多么的温暖。那时回廊下，携手处，花月是多么的圆满。

如今，在边塞，在每个星光陨落的晚上，你只能一遍一遍数自已的寂寞。守护一朵小小的灯花。在梦中，已是十年飘零十年心。

评析

此篇苦寒、孤寂。作于何年何地，难以确考，而从词中描写的情景看，可能是作于扈驾巡幸途中，有论者以为是在其妻卢氏病殁之后。

词中是写边塞寒夜的感受。上阕全用景语，写塞上寒夜，而景中已透露出凄苦伤感。首句"严宵拥絮频惊起"，"絮"字似乎可作两解，一指柳絮般的雪花，二是指絮被。作雪花解，整句话谓严寒的霜气卷起雪花如飞絮飘扬；作絮被解，则是说在寒冷的霜夜，半卧着以絮被围裹身体。但观"频惊起"三字，"絮"应该为絮被，因为夜里奇寒，拥被不能取暖，几次三番地被寒冷惊起。屋里的境况如此，那外边如何呢？"扑面霜空。斜汉朦胧。"天空寒雾迷漫，银河斜横长空，但朦胧不清，冷气相逼，使得行军的毡帐里燃起的炉火也红不起来。

下阕，联想、回忆、幻境相结合，写似梦非梦的心理感受。"香篝翠被浑闲事"，回想当初家中，熏笼焚香，其暖融融，怀拥翠被，温暖舒适。当然，这种暖意不仅是身体上的，更是心理上的。因为"香篝"也好，"翠被"也罢，都是隐隐地指向词人的妻子。这一切在那时都是"浑闲事"，再平常不过了，但在现在，却是殊难想象，遥不可及的。"回首西风"，回头看帐外，只有西风在吹，方知在"冷逼毡帷火不红"的环境中，"香篝翠被"的生活确实似在"梦中"，离自己已经很遥远了。最后两句，"数尽残钟，一穗灯花似梦中"。这时词人听到稀疏的钟声，而帐中只有"一穗灯花"，灯光朦胧似在梦中，不知身在何处，孤凄情怀，不免难以忍耐。词中景情俱到，含思要眇，良多蕴致。

采桑子·严宵拥絮频惊起

采桑子 冷香①萦遍红桥②梦

> 冷香萦遍红桥梦，梦觉城笳。月上桃花，雨歇春寒燕子家。
> 箜篌③别后谁能鼓，肠断天涯。暗损韶华④，一缕茶烟透碧纱。

词解

那一夜，你宿在红桥。睡中，郁金香的冷香幽幽。醒来，只有孤寂的空城，凄楚的笳声。

自从离别后，天也悠悠，地也悠悠。伊人的离去，让你断肠的琵琶，永远地爱上了休止符。

高山流水的琴韵，已无处可寻。而所谓青春，本是一杯浓浓的香茶，只是后来，香气越来越淡。寄词红桥桥下水，扁舟天涯谁是伊？

评析

这首词叙述所爱的女子离去后的苦闷心情。上景下情。景象的描绘由虚到实，虽未言愁而愁自见。抒情之笔又直中见曲，且再以景语绾住。其黯然伤神之情状极见言外了。

上阕描写春夜。红桥指红色栏杆的桥，不是扬州的红桥。作者扈驾南巡到扬州，是在康熙二十三年（1684）十月至十一月间，与这首词描写的时令不符。红桥是夜宿地点，用"冷香"，与下面"雨歇春寒"有关。"萦遍"二字，描写花香之浓郁，梦中也能闻到。

---

① 冷香：清香之花气。

② 红桥：此处指一般的赤栏桥。

③ 箜篌：古代一种类似琵琶的弹拨乐器。

④ 韶华：美好的年华。

"梦觉"句，写梦醒后的情景。雨已停歇，月亮破云而出，城楼上隐隐传来笳声，窗外的桃花在月光下散发着清香，帘栊间燕子静静地栖息。作者用白描的手法，写春夜的景色，简练而贴切。正如张继在《枫桥夜泊》中只用"月落乌啼""江枫渔火"数字，就烘托出秋夜的气氛。故王国维在《人间词话》中说："大家之作，其言情也，必沁人心脾。其写景也，必豁人耳目。其辞脱口而出，无矫揉妆束之态，以其所见者真，所知者深也。"

　　下阕写别后的怀念，一别之后，箜篌空悬，不免睹物思人，黯然神伤。而令人肠断者，岂是无人会弹箜篌，实是怀念伊人远隔天涯。犹如辛弃疾词作《满江红·敲碎离愁》中的"人去后，吹箫声断，倚楼人独"一般。"暗损"二句慨叹美好年华的消逝。一缕茶烟，飘进碧纱窗，使人产生"今日鬓丝禅榻畔，茶烟轻飏落花风"的心情。

采桑子·冷香萦遍红桥梦

采桑子 凉生露气湘弦①润

凉生露气湘弦润，暗滴花梢。帘影谁摇，燕蹴②风丝上柳条。

舞鹍镜匣开频掩，檀粉慵调③。朝泪如潮，昨夜香衾④觉梦遥。

词解

长夜微凉，而我只觉寂寞。柳树又绿了，我以为它们不会的。

不是你说的吗，等你回来的时候，柳树才会绿如烟海的。究竟是他们在骗我，还是你。你看到了么，燕子都回来了。回不来的你，在哪儿呢？

手指碰到了琴弦。凝了露水，铮的一声低响，余音婉转。可是我却不想再弹了。

镜匣里面都是你送给我的胭脂，眉黛，发钗。我能做的却只是茫然地看着镜子。

眼前渐渐地就模糊起来，时光在耳边飞快退回，细碎的断裂声。怎么就又哭了呢？我都以为自己已经没有眼泪了。

评析

这首词是从闺中女子的角度写的，描写她清晨醒来的所见所思，空灵别致。

首句"凉生露气湘弦润，暗滴花梢"，此处描绘的是静物。晨起凉生，寒冷的露气润湿了琴弦，露珠滴在了花梢上。湘弦，即湘瑟，屈原的《远游》中就有"使湘灵鼓瑟兮，

---

① 湘弦：琴瑟之弦，这里代指琴瑟。

② 蹴（cù）：踏，逐。

③ 檀粉慵调：懒得匀调香粉。檀粉：浅红色的脂粉。

④ 香衾（qīn）：被子。

令海若舞冯夷"，因此称琴瑟的弦为湘弦，即湘灵所鼓之瑟弦。此处"湘弦润"颇多玩味。时值清晨，而湘弦被露气润湿，说明了这弦昨晚被人弹过，并且弹完之后，不知为何没有放回匣中。那她昨晚为何要弹琴？阮籍诗作《咏怀》中有"夜中不能寐，起坐弹鸣琴"，她是女子，自然没有阮籍政治理想不能实现的痛苦，但是弹琴遣怀解忧的心思是相通的。这样，纳兰性德以貌似平淡的景语在开篇就为全词留下悬念。

"帘影谁摇，燕蹴风丝上柳条"，此处是描绘动景，眼光锐利细腻，捕捉瞬间景物情状似在无意间，却使词句于此灿然生色。将此句改作现代诗也许更显其轻灵：

是谁把帘子的影儿摇动，风来如丝。

一只燕子斜飞，

抓住其中一根，

轻轻一荡，

翻身跃上了柳条。

回到词中，"蹴"意为踩或踏，以风为秋千之绳，荡上柳条，其实这只是一种视角的错觉。当时的情形实际是，风吹来丝丝凉意，忽见一只燕子飞上了柳枝，但词人换了一种角度来捕捉了瞬间的错觉，可以说是一个美丽的错觉，这样不但表现了燕来之迅捷与轻盈，还产生了无限的诗意。下阕，"舞鹍镜匣开频掩，檀粉慵调"，这句杂糅数典说她开镜梳妆的情态。南朝宋范泰所著的《鸾鸟诗》的序中有这样一个故事。古时有一人，偶获一只鸾鸟，非常喜欢，但是却不能让它鸣叫。于是就用金色的笼子装饰它，用珍贵的食物饲喂它，但是鸾鸟却越来越悲伤，三年不鸣。其夫人说："曾听闻鸟见其类而后鸣，你为何不悬一面镜子映照它呢？"此人从其言。鸾鸟看见自己孤单的身影后，慨然悲鸣，哀响云天，振动一下翅膀后就死了。《异苑》里也有这样的故事。有一山鸡，爱其羽毛，映水则舞，魏武时南方献之。公子苍舒命人置一面大镜，鸡鉴形而舞，不知道停止，以至于最后累死了。后人就以鸾或山鸡图案镌刻为镜子背面的装饰。纳兰性德用上面的典故，是说她对镜理妆时，看到别离后自己孤单憔悴的形貌，自怜自伤，镜匣频开频掩，香粉也懒得匀调。那她为何摆出一副慵懒倦怠的样子呢？刚刚她不是还看到了"帘影谁摇，燕蹴风丝上柳条"这样令人喜悦的情景吗？究竟为何呢？

结尾二句，"朝泪如潮，昨夜香衾觉梦遥"，清晨醒来，她泪如泉涌，昨夜的香衾依旧，但是美好的梦再也没有了。到此，首句"凉生露气湘弦润"的悬念算是解开了。昨夜她有萧郎相伴，一起弹琴吟唱，可谓琴瑟相合。但是恋人夜里就离去了，于是她再无心弹琴，独卧不成眠。清晨起来，想起此事，顿觉分外悲伤，虽有燕子柳枝暖融之景相慰，但仍是忧愁万分，不想理妆，只想流泪，然而无论如何，佳期已成幽梦，遥不可寻。

采桑子·土花曾染湘娥黛①

土花曾染湘娥黛，铅泪②难消。清韵谁敲，不是犀椎③是凤翘④。只应长伴端溪紫⑤，割取秋潮⑥。鹦鹉偷教⑦，方响⑧前头见玉箫。

词解

　　再也没有桂花，开在南山。飞来飞去袭人裾。伊人已随风而逝。只有泪水，泫然滴落在湘妃竹上。但你不愿相信。

　　清晨，踟蹰。黄昏，徘徊。她的倩影，她的芳魂，明明是盈盈在目。或许，远嫁他乡的只是蝴蝶，思念远方的只是东流的水。伊人只应，终生眠在紫色的砚台中，用微笑，为你收割秋天的书卷香气。再回首，誓言仍在红楼中。惘然此情，已成追忆。

---

① "土花"句：此句意为器物被泥土侵蚀后留下的斑点把舜妃子的眉黛染得斑痕累累。土花：器物因受泥土侵蚀而留下的锈迹斑点。湘娥：舜的妃子娥皇、女英。黛：女子画眉之物，这里代指女子的眉毛。

② 铅泪：晶莹凝聚的眼泪。这里也指湘妃竹上的斑渍。

③ 犀椎：用犀牛角制成的小槌，为打击乐器。

④ 凤翘：形状像凤凰的首饰。

⑤ 端溪紫：用广东德庆县端溪所产石制成的紫色砚台，即端砚。

⑥ 秋潮：秋波，指女子的眼睛。

⑦ 偷教：即偷学。

⑧ 方响：打击乐器，由十六枚厚薄不一的铁片制成，分两排悬在架上，用小槌击打。

评析

　　这首词是写一段深隐的恋情。"土花曾染湘娥黛"，首句就殊难理解。土花，是指器物因受泥土侵蚀而留下的锈迹斑点。湘娥，是指舜的妃子娥皇、女英，此处作为女子的代称。黛，当然是女子的眉黛。此句字面之义是：器物上被泥土侵蚀后留下的斑点怎么会把她的眉黛染得斑痕累累？有人就曾根据这字面意思，判断这是一首咏物词，所咏之物为金石古物之类。其实，这句话是暗指所爱女子已经死去，被泥土掩埋。接下来一句"铅泪难消"，是说虽然她已经故去，可是湘妃竹上的斑渍始终难以消除，她似乎还在流泪。正因此，才有下一句"清韵谁敲，不是犀椎是凤翘"的错觉。清韵，即清雅和谐的声响，指竹林摇动发出的声响，白居易有诗曰："风竹散清韵，烟槐凝绿姿。"犀椎，古代打击乐器方响中的犀角制的小槌。凤翘，此处代指所恋之女子。"清韵谁敲，不是犀椎是凤翘"的意思是说，清韵声声，那不是谁敲击乐器，而是她的凤翘触动了青竹，发出清雅和谐的响声，令人怀疑彼女或许本来就没有死。

　　但这毕竟是错觉。他们本应该成为长相厮守的伴侣，但却分离了。"只应长伴端溪紫，割取秋潮"，"只应"二字道出了这种爱人永逝的怅恨：你为什么要舍我而去呢？你应在书桌前陪我，看我将这秋色秋意写成卷卷诗篇的啊！结尾二句"鹦鹉偷教，方响前头见玉箫"，用了两个典故，表达了回忆过去令人产生睹物思人的悲痛之情。据《青林诗话》所载，蔡确被贬新州，有个叫琵琶的侍儿跟随着他。有一鹦鹉，聪明非常，蔡确每次一扣响板，鹦鹉就呼琵琶。后来，侍儿琵琶死了，蔡确有一次误触响板，鹦鹉仍然呼琵琶不止，蔡确遂怏怏不乐。玉箫，人名，也有一段故事。唐朝韦皋少游江夏，寄住于姜氏家。姜氏令小青衣玉箫侍奉他，渐生感情。后来韦归，七年不至，玉箫遂绝食死。后来转世，仍为韦侍妾。将这两个故事连起来，"鹦鹉偷教，方响前头见玉箫"是说鹦鹉之言犹在，但是再也唤不回来那个女子了，她已经永远地逝去了。这个结尾很含蓄，很婉曲，但真情灼人，摄人心魄。

采桑子 而今才道①当时错

而今才道当时错，心绪凄迷。红泪②偷垂，满眼春风百事非③。
情知此后来无计④，强说欢期⑤。一别如斯，落尽梨花月又西。

词解

也许，我哒哒的马蹄是美丽的错误。也许，我不该在你的门前踯躅流连，不该去敲爱情那扇肝肠寸断的门。

再度春风，已是物是人非事事休，欲语泪先流。那段苦涩的故事，不过是些山，将没入云海。不过是弹指的瞬间，却留下永恒的疼痛。

我们终于知道，相聚后，那再一次高高举起的，却不再是花，而是天涯。一别如斯。年年如别。

评析

这是阕怀人之作，至于所怀何人，不甚明晰，或是沈宛，或是入宫的表妹谢氏。但不论所怀何人，"心绪凄迷"总为其旨。

---

① 才道：才知道。

② 红泪：血泪，美人泪。

③ "满眼"句：此句借用前人意象。宋代赵彦端词作《减字木兰花·赠摘阮者》中句："满眼春风，不觉黄梅细雨中。"

④ 无计：无法。

⑤ 欢期：佳期，多指男女情事。

首句"而今才道当时错，心绪凄迷"，用的是歧义之语。"当时错"，现在才明白、才后悔，可是当时"错"的究竟是什么呢？是当初不该与你相识？是当初与你相识后而没有相知？还是当时就该牢牢抱住你，不放你离去？"错"，可以是此，可以是彼，词中并未交代清楚，这反倒给读者留下了广阔的想象空间。"红泪偷垂，满眼春风百事非。"红泪，形容女子的眼泪。当初，魏文帝曹丕迎娶美女薛灵芸，薛姑娘不忍远离父母，伤心欲绝，等到登车启程以后，薛灵芸仍然止不住哭泣，眼泪流在玉唾壶里，染得那晶莹剔透的玉唾壶渐渐变成了红色。待车队到了京城，壶中已经泪凝如血。纳兰性德用这个典故，不知道有没有更切合一些的含义呢？

有情人无奈离别，女子踏入禁宫，从此红墙即银汉，天上人间远相隔。这，是否又是表妹的故事？纳兰性德没有明言，只说那个女子，她在偷偷垂泪，至于为谁伤心，不得而知。

"满眼春风百事非"，这似乎是个错位的修辞。要说"百事非"，顺理成章的搭配应是"满眼秋风"而非"满眼春风"，但春风满眼、春愁婉转，由生之美丽感受死之凄凉，在繁花似锦的喜景里体会百事皆非的悲怀，尤为痛楚。此刻的春风和多年前的春风没什么两样，但此刻的心绪却早已经步入秋天。

"情知此后来无计，强说欢期"，回想当时的分别，明明知道再也不会有见面的机会了，但还是强自编织着谎言，约定将来的会面。那一别真成永诀，此时此刻，欲哭无泪，欲诉无言，唯有"落尽梨花月又西"——情语写到尽处，以景语来作结；以景语的"客观风月"来昭示情语的"主观风月"。这既是词人的修辞，也是情人的无奈。正是：无限愁怀说不得，却道天凉好个秋。

采桑子 明月多情应笑我

明月多情应笑我，笑我如今，孤负春心①，独自闲行独自吟。

近来怕说当时事，结遍兰襟②。月浅灯深③，梦里云归何处寻？

词解

是谁说过，思念是一种痛，一种无可名状又难以痊愈的痛。

我想，回忆也是。你曾说过，我像风，放浪不羁，快意人生，时常吹得你的心，无所适从。你也说过，你像水，微风乍起时，荡起的涟漪中止了你宁静的生活；而当风平浪静后，你也只能端坐如云，重新静守那一湖的寂寞……

我笑了，对你说我要做伴你一生的夏夜晚风；你也笑了，水晶般的眸子里潜藏着淡淡的忧伤。现在我有点懂了，时光变幻，四季交替，哪里又有永远的夏夜和不息的晚风呢？因此我们的故事，注定是一场失速的流离，一场彷徨的关注，一场风花的悲哀，一场美丽的悲剧……谢却荼蘼，起身轻叹，一曲《长相思》勾起来伤心，时光苍茫的洪涛中，一曲一调地演绎着那古老的歌谣——"死生契阔，与子成说；执子之手，与子偕老"……

评析

这阕词清新隽秀，自然超逸，明白如话，非常自然。但是所写为何，尚有争议。有

---

① 春心：指春日景色引发出的意兴和情怀。

② 兰襟：香洁的衣襟，指美女之衣衫。一说喻指良友。结遍兰襟：谓情分深切。

③ 月浅灯深：此处借用前人意象。北宋晏几道词作《清平乐·沈思暗记》中句："犹记那回庭院，依前月浅灯深。"

人说是怀友之作，由"结遍兰襟"佐证——当然，说纳兰性德"结遍兰襟"，也并非夸饰之语，他的确广交游，善交游，有很多志同道合的朋友。

而纳兰性德本人也是极重友情，他的座师徐乾学之弟徐元文就曾在《挽诗》中赞美道："子之亲师，服善不倦。子之求友，照古有烂。寒暑则移，金石无变。非俗是循，綦义是恋。"

但是"兰襟"一词，还有别义，晏几道《采桑子·别来长记西楼事》中说"结遍兰襟"，其"兰襟"指的就是美女之衣衫。元好问《泛舟大明湖》"兰襟郁郁散芳泽，罗袜盈盈见微步"中的"兰襟"，也是此义。此外，此词里还有"春心""当时事""梦里云归"等婉曲之词。但最让人感觉其不似怀友之作的地方还在于，此词多次化用晏几道词句。凡此种种，都说明此篇合该是写情之作，是追怀过去的一段情事。

首句，"明月多情应笑我"，实为倒装，应理解成"明月应笑我多情"，显然是化用了苏轼的"故国神游，多情应笑我、早生华发"。东坡啸出此句，那是因为他由凭吊周郎而联想到自己徒抱壮志，想为国分忧而不可得，而生命短促，人生无常，自己白发已然。故东坡的笑，苦笑也。那纳兰性德的笑，又是什么笑呢？"笑我如今。孤负春心，独自闲行独自吟。"这句极其自然朴素，化用前人词句，了无痕迹，如同己出。晏几道曾作过一首《采桑子》词，和此篇无论在用韵还是在词句上都大大相像：

前欢几处笙歌地，长负登临。月幌风襟，犹忆西楼着意深。

莺花见尽当时事，应笑如今。一寸愁心，日日寒蝉夜夜砧。

纳兰性德词"笑我如今"与晏词"应笑如今"相对，"孤负春心"与"一寸愁心"相对，"独自闲行独自吟"与"日日寒蝉夜夜砧"相对。可以说，上阕词简直就是晏几道下阕词的翻版。晏词下阕的意思是，那啼叫的黄莺和盛开的花朵曾见尽了当时月光柳影下两情依依、情话绵绵的情景，如今，它们恐怕会笑话我的寸寸愁心、丝丝寂寞。知道了晏词言何，纳兰性德此言何义，也就十分明朗了。纳兰性德曾经和她（谢娘或沈宛）有过一段"双鸳池沼水溶溶"的美好恋情，那时他与佳人同调宝瑟，同拨金猊，同唱鹧鸪词。可是如今，只有"独自闲行独自吟"的失落和惆怅了，而那些燕舞莺歌的明媚的春光，也只有辜负殆尽了。

所以下阕，词人会说，"近来怕说当时事，结遍兰襟"。所谓"当时事"即是往昔的情事，也就是"结遍兰襟"，情分极深。那他为何怕说当时情事呢？末句，"月浅灯深，梦里云归何处寻"，因为夜静更阑，残月渐落，孤灯将灭，面对此情此景，他知道已然是事随云去，己身难到，"梦逐烟消水自流"了。爱人已经失去，空提往事，只会令人心生无限怅惘，遂只好"怕说"，不说了。

采桑子 咏春雨

嫩烟分染鹅儿柳①，一样风丝②。似整如欹，才着春寒瘦不支。
凉侵晓梦轻蝉腻③，约略红肥④。不惜葳蕤⑤，碾取名香⑥作地衣⑦。

词解

春天的雨，有着美丽的唇。说出的第一句，是薄薄的雾，轻轻地凝在杨柳眉间，天也朦胧，地也朦胧。春风吹来的时候，她便瘦若晴丝，托不起一只荡秋千的蝴蝶。

春天的雨，又像是闺中的女子，眼角都是三月天气，因此喜欢睡懒觉，不喜欢小花伞。她的小脚，常放在云的怀里，偶尔江南雨巷走过。

然而无情的还是她，推着春雨的小车，轻碾落花无数。

评析

纳兰性德有着一种不可言喻的自然情结，他的词"纯任性灵"，给人一种"纤尘不染"的感觉。敏感任情的天性与人生的真切体验化成的词，感觉特别的自然流丽、清新秀隽。

---

① 鹅儿柳：浅黄似雏鹅毛色的嫩柳。

② 风丝：风中细柳枝。

③ 轻蝉：轻盈透明的蝉鬓。腻：滑泽。

④ 红肥：指花朵因雨水滋润而更加鲜艳。

⑤ 葳蕤（wēi ruí）：鲜丽的样子。

⑥ 名香：落花。

⑦ 地衣：地毯。

比如这首咏春雨的《采桑子》。

　　春雨如何表现？是不是句句皆需有"春"有"雨"？后蜀欧阳炯曾写过一首描写春景的《清平乐》"春来阶砌，春雨如丝细。春地满飘红杏蒂，春燕舞随风势。春幡细缕春缯。春闺一点春灯，自是春心撩乱，非干春梦无凭"，句句不离"春"字，不但颇不达意，反而显得矫揉造作，给人以堆砌之感。此阕咏春雨之词，妙在词中无一句春雨，却又句句不离春雨。

　　首句即从初春之弱柳写起，别有一番心思。"嫩烟分染鹅儿柳，一样风丝。"春雨微细若烟雾，落在泛起鹅黄色的柳枝上，仿佛是空中飘着游丝一样。说"嫩烟"，说"鹅儿柳"，说"催"，都使人感到这是春天特有的那种毛毛细雨，也即"沾衣欲湿"的"杏花春雨"。这种细雨，似暖似冷，如烟如梦，情思杳渺难求，正如秦观词作《浣溪沙·漠漠轻寒上小楼》中的"自在飞花轻似梦，无边丝雨细如愁"。"似整如欹，才着春寒瘦不支"，这句是说微风吹来，细雨若直若斜，就好似弱柳刚经过春寒，娇瘦不支。此"瘦"字用得实在妙极，这"瘦"一出来，清婉也就有了。

　　"凉侵晓梦轻蝉腻，约略红肥。"古人言弱柳，总是不自觉地将它与娇弱的美人联系起来，比如张先词作《满江红·初春》中的"过雨小桃红未透，舞烟新柳青犹弱。记画桥深处水边亭，曾约略"中就用新柳隐喻他娇美的恋人。此句也是如此，将弱柳拟人，托以闺中女子。也许有人会问，此词里并未直言闺中女子啊。的确，直言确实没有，纳兰性德用的是"轻蝉"借代。叶小鸾词作《艳体连珠·发》中云："如云美焉，是以琼树之轻蝉，终擅魏主之宠。"此处即以轻蝉这一古代妇女发式代指闺中人，谓春雨凉意袭人，晓梦初醒，令人烦恼，但略显安慰的是，她又看到红花已绽，略显鲜丽。然而"天公不作美"，这"约略红肥"喜人的春景，转眼之间就变成了"绿肥红瘦"。末句，"不惜葳蕤，碾取名香作地衣"。春雨真是无情，一点怜花之心也没有，就这样催落名香，化作红红的地衣一片。春雨欺花，所谓风流罪过，明是怨春，实是惜春情怀，由此描摹刻画便将春雨之形神表现得淋漓尽致。

072

好事近 马首望青山

马首望青山，零落繁华如此。再向断烟衰草，认藓碑题字①。

休寻折戟②话当年，只洒悲秋泪。斜日十三陵③下，过新丰④猎骑⑤。

词解

总有隐隐青山，总有嶙峋瘦马，也总有匆匆的赶路人。他们今生一遇，就凋零了天涯芳草，几个朝代的繁华。

寒蝉凄切。秋风中冰冷的碑文，像一把多年失修的锤子，凿在历史那泛黄的墙壁上，声声寂寞，声声悲。

孤星映月，你听见猎猎的风衣，卷走尘土，一袭袭罩在，古老的十三陵上，像一阵急促的咳嗽声，碎裂在新王朝的上空。

评析

这是一首描写秋猎的词，词中所描绘的是在北京十三陵地区的行猎。十三陵是明朝国君的墓地，理应有一番繁华雄伟的景象的，然而纳兰性德到此，看见的是什么呢？

---

① 认藓碑题字：意即可辨认出长满苔藓的古碑上的题字。藓：苔藓。

② 折戟：折断的戟。杜牧《赤壁》诗："折戟沉沙铁未销，自将磨洗认前朝。"

③ 十三陵：明代的十三座皇陵，在今北京市昌平区北天寿山一带。

④ 新丰：地名，在今陕西临潼东北，汉初刘邦建国后，迁家乡父老居于此。

⑤ 猎骑（jì）：打猎者的坐骑，代指猎人。

首句"马首望青山，零落繁华如此"，通过马头向前望去，眼前是一脉青山，都市的繁华早已不见，只有一片萧索冷落的景象。诗人似乎有些不甘心，那昔日的辉煌盛景果真就难以再寻了吗？"再向断烟衰草，认藓碑题字。"看来，确实如此，如今只有"断烟衰草"中长满苔藓的石碑，尚且存留着一些"繁华"的记忆。"认藓碑题字"一句，大约是出自唐可止《哭贾岛》诗，"暮雨滴碑字，年年添藓痕"，谓那长满苔藓的古碑上的文字还可依稀辨出，但是旧朝诸事已经成为南柯一梦了。上阕着重写景，景中已透露了凄怆之情。

下阕侧重抒情。不过此中笔触多不在打猎的本身，而是写猎场的景观和感受，悲怆之音，感伤之意，历历可见。"休寻折戟话当年"，此句出自杜牧诗作《赤壁》："折戟沉沙铁未销，自将磨洗认前朝。"杜牧于会昌二年（842）出任黄州刺史期间，曾游览黄州赤壁矶，在江边淤沙之中发现一支折断了的铁戟。这支铁戟，经过了600多年还没有被时光销蚀掉，经过一番磨洗之后，杜牧鉴定它曾是赤壁之战的遗物，于是抚今追昔，发出了"东风不与周郎便，铜雀春深锁二乔"的兴亡之感。纳兰性德此处是"休寻折戟话当年"，显然反用杜诗，意谓不要谈论那古往今来兴亡之事，单是眼前的秋色便已令人生悲添慨了。

结尾二句，"斜日十三陵下，过新丰猎骑"，斜日照耀下的明十三陵已非当年的十三陵，大清王朝的宫廷侍卫们组成的打猎队伍正昂然从这里走过。这两句所绘情景形成了一种强烈的对比，颇含兴亡之感和轮回之叹，令人深思。在《赤壁》诗里，杜牧把赤壁大战成败的关键归结为偶然的"东风"，固然有些牵强，那么大明王朝的灭亡又是什么原因造成的呢？明代也曾有过兴盛的时期，如今却只剩夕照十三陵；现在清王朝的"新丰猎骑"虽赫赫扬扬，将来会不会也零落殆尽呢？词作就此打住，余悠悠不尽之意，启人联想。

073

好事近 何路向家园

> 何路向家园，历历①残山剩水。都把一春冷淡，到麦秋天气②。
> 料应重发隔年花③，莫问花前事。纵使东风依旧，怕红颜不似。

词解

歌云："不要问我从哪里来，我的故乡在远方……"

生命如风筝，漂泊得再远、再久，那线的一端，系住的始终是故乡。如今，关山的路，阡陌万千，却没有一条可以回乡。

春风，从你的胸膛打马经过，折掉了你一季的快乐之枝。你只有举起千斤的目光，把重重的山峦，眺望成一马平川，让思归的心，恣意驰骋……

家中那株盛开的海棠花，凋谢后尚可重发。可是既逝的红颜，她能再度与自己演绎烂漫的花前事吗？衾风冷，枕鸳孤，最销魂。

评析

在纳兰性德心中，爱情的位置非同一般，他往往把与妻子的别离相思看得比什么都重要，故他在长年的护从、入值的生涯中，总是为离愁别恨所困扰。本篇所写，则又是一回的分别，并且从"料应重发隔年花""怕红颜不似"之语来看，还是写在妻子死后的，是一篇伤悼之作。

---

① 历历：分明可数。
② 麦秋天气：谓农历四五月麦熟时节。
③ 隔年花：去年之花。

"何路向家园，历历残山剩水。"由于是随扈在外，关山迢递，无路通向家园，所以心头眼底的山山水水都成"残山剩水"了。"残山剩水"本义是指国土分裂，山河不全，如范成大诗作《万景楼》中的"残山剩水不知数，一一当楼供胜绝"。那此句是说大清朝山河破碎了吗？显然不是，纳兰性德作此语，按照现代的"移情"说，在创作过程中，物我双方是可以互相影响、互相渗透的。比如，把"我"的情感移注到"物"中，就会出现像杜甫诗作《春望》中的"感时花溅泪，恨别鸟惊心"之类的诗句；而"物"的形象、意象也同样会影响到诗人的心态、心绪，如人见松而生高风亮节之感，见梅而生超尘脱俗之思，见菊而生傲霜斗寒之情。纳兰性德公干在外，远离家园，因思家而心生忧伤，这种主观感情投射到路途中的山水之上，遂有"残山剩水"。这与秦观由于心烦意乱，移情于物，将群山说成"乱山"（《南歌子·香墨弯弯画》中的"乱山何处觅行云？"）的做法是一样的。

"都把一春冷淡，到麦秋天气。"这二句是说，已经一春未归，转眼之间，已是春尽夏初之时。结合前句，麦秋天气的山水当然是青山秀水，风光旖旎，但是词人却说"残山剩水"，可见离愁真能褪淡了一切色彩，别情果然令人触目伤怀！

"料应重发来年花，莫问花前事"，下阕承接上阕离愁情绪，道出无限心伤的深层原因。此处，"来年花"之典来自后主李煜事。根据《南唐书·昭惠周后传》记载，后主曾与周后移植梅花于瑶光殿之西，等到花开之时，周后已经死了，后主睹花忆怀，因之成诗——"失却烟花主，东风不自知。清香更何用，犹发去年枝。"意谓当初一起栽花，相约花开共赏，如今，梅花已开，然而蛾眉已残，空留这一树梅香，又有何用？纳兰性德用此典，当是自指：今年芳菲消歇的花枝上，来年还会芬芳重发，可是自己的妻子将何在焉？于是他就告诫自己，不要回忆花前月下的往事，因为即使东风还是昔日的东风，可是红颜已非昔日的红颜，玉人已经永远地逝去了……

一络索 长城

野火①拂云微绿，西风夜哭。苍茫雁翅列秋空，忆写向、屏山曲②。
山海几经翻覆，女墙③斜矗。看来费尽祖龙④心，毕竟为、谁家筑。

词解

四面的沙粒都安静下来，将方圆万里的夜晚，交给大漠的野火。秋风，像佛陀的经声，超度着塞上夜哭的尘埃。你仿佛长了两千岁，立在秦汉时的边关上，手边的雁翅，无限苍茫。时间如高僧入定，落日在凝固，山河在翻覆。你从秦朝返回，一脸怅惘，一脸感慨。古老的长城上，朔风正在猎猎地吹。不知为谁。

评析

纳兰性德主词要抒写"性灵"，又当有风人之旨，骚雅之意。本篇即可视为一例。其于篇中对秦始皇修筑万里长城不置褒贬，但寓含鉴今之深意。

"野火拂云微绿，西风夜哭。"首二句写塞上所见所听。词人看见的是大漠荒野之夜，磷火绿光闪闪，好像与天上的云朵连到了一起；听见的是阵阵西风呼啸，俨然如战场冤魂的哀哀夜哭。词作一开头就给读者展现了一幅野火连天、秋风悲咽的凄厉悲壮之图。

---

① 野火：磷火，即俗称的"鬼火"。

② 屏山曲：像山一样曲折的屏风。

③ 女墙：城墙上呈凸凹形的矮墙。此处指长城。

④ 祖龙：秦始皇。

接着一句，"苍茫雁翅列秋空"，把前两句勾勒的壮阔景致拉得开阔无际：空旷辽阔的秋日，大雁翅列长空，词人仰望，顿觉一片苍茫。至此，词人已经把秋日边地的寥廓之景写到了极致，若再作类似于"大漠孤烟直，长河落日圆"的闳阔之语，就会显得境界单一，缺乏灵动。那该如何应对？

且看下句："忆写向、屏山曲。"好一句"忆写向、屏山曲"！忽地将大开大合之景凝入小小的屏山，真不愧才子笔法也！所谓"屏山曲"，就是屏风曲折如山，纳兰性德这里是说雁阵列空的景象就如同屏风所绘，从而将时空从空旷的大漠挪移到温馨的家中，伸缩驰骋可谓极其灵动，呈现一种迷离之美。此之笔法，堪与姜夔的"已入小窗横幅"相比。姜白石有一首非常著名的咏梅词《疏影》，其最后三句是"等恁时，重觅幽香，已入小窗横幅"，意思是等到那时再重寻梅花的幽香，已经为时已晚，因为那时花已落，香已残，只剩下空秃的疏影，而美丽的梅花则已经变成了小窗上的图画了。一个是雁列长空，倏然飞入曲折屏山；一个是梅花飘落，翩然嵌入小窗横幅，其时空变幻，均是浑成自然，不着痕迹。

下阕，词人由写景转为抒情。"山海几经翻覆，女墙斜矗。"想当初，秦始皇费心尽力，终于统一六国，而后又修筑了举世闻名的万里长城，然而几经山河变换，几经兴亡更替，赳赳不可一世的始皇安在？的确，六国破灭，好似一场梦幻；祖龙雄威，已非昔日，曾经的万里长城，也残余为"女墙斜矗"了，那么，曾费尽移山心力的始皇，究竟是为谁修建这绵延万里的巍巍长城呢？"看来费尽祖龙心，毕竟为、谁家筑？"这可以说是即景抒情，但词人的忧患意识和苍凉之悲感亦充溢满纸，深具感发的魅力，启人深长思之。

075

一络索 _{过尽遥山如画}

过尽遥山如画，短衣①匹马。萧萧木落不胜秋，莫回首、斜阳下。
别是柔肠萦挂，待归才罢。却愁拥髻向灯前②，说不尽、离人话。

---

① 短衣：古代北方少数民族尚骑射，故穿窄袖之衣，
称为短衣。

② "却愁"句：此句借用前人意象。汉代伶玄所著的
《飞燕外传》附《伶玄自叙》中句："通德（伶玄妾）
占袖，顾示烛影，以手拥髻，凄然泣下，不胜其悲。"

词解

莫问马蹄声。吟鞭一指，过尽青山，便是天涯。无边落木萧萧下，不尽长江滚滚来。征途中的秋，沉郁如杜甫的七律。所以，那寂寥的秋景，回首顿成悲。一场寂寞凭谁诉。独在家中守候的那人，思念成锁。你打马归来，是唯一的钥匙。

评析

这是一首别有情趣的抒发离愁别恨的小词。

"过尽遥山如画，短衣匹马。"词人身着短衣，乘着骏马，奔驰在征途上，那历历如画的青山，已被自己远远地甩在了身后。一个"尽"字说明了行程之远，一个"匹"字，彰显了征途之寂寞。"萧萧木落不胜秋"，承"遥山如画"而来，显得大气磅礴。"萧萧木落"显然出自杜甫诗作《登高》中的名句"无边落木萧萧下，不尽长江滚滚来"。杜甫诗里，落木而说"萧萧"，并以"无边"修饰，如闻秋风萧瑟，如见败叶纷扬，无论是描摹形态，还是形容气势，都极为生动传神。纳兰性德虽去其"无边"，只袭用"落木萧萧"四字，但景物之萧瑟和意境之深远，还是历历如绘的。而"不胜秋"三字，也说明了纳兰性德为何要弃老杜"无边"二字之缘由：仅是无边落叶，就已经让人不能经受秋天的萧瑟了，倘再加之以"无边"，此情此景，则何人可堪？所以就有了下一句的"莫回首、斜阳下"，只顾策马而行吧，千万不要回头，那夕阳西下、落木萧萧的景象会让人断肠的。

"别是柔肠萦挂，待归才罢。"字面的意思是：我是特别地牵挂你啊，这种柔肠百转的思念之心只有等你回来以后才能停止。这就出现了一个问题，这个"我"指的是谁？是纳兰性德还是别人？若是他自己，怎还会有"待归才罢"之语呢？显然，这句话说的并不是词人自己，而是与自己遥隔千里的妻子。这就是此阕小词的别致之处：词的上阕写的是征途之景，其见闻感受皆从自己一方落墨，下阕则是从闺中人一方写来的，是作者假想中的情景。因此，其高明之处不在于按题中应有之义诉说了柔肠千转的思念之情以及对归家团聚之日的渴望，而在于最后做了一笔反面文章，强调自己怕受不了他日两人相聚，灯前絮话时她那种"说不尽、离人话"的无限深情，因而又添新愁。这较之唐代诗人李商隐的名句"何当共剪西窗烛，却话巴山夜雨时"，意思更深了一层。所以此篇极有浪漫特色，极见情味。

076

清平乐 烟轻雨小

烟轻雨小，望里青难了①。一缕断虹垂树杪②，又是乱山残照。

凭高③目断④征途，暮云千里平芜⑤。日夜河流东下，锦书⑥应托双鱼⑦。

词解

"天青色等烟雨，而我在等你。"这里是塞上。烟雨蒙蒙的时候，总能想起故乡。想起雨后屋檐下，守望如虹的你。踏上征程，我已难回鞍辔。所谓登高，无关望远。不过是看晚云，一遍遍地错过家园。不过是看乱山中，夕阳如血，梦魂如烟。

大江流日夜，客心悲未央。你的信，鸿雁何时传到？

评析

纳兰性德的边塞诗词中，总是不时地流露出一己之愁思。这首征程中的思乡之作，写塞上离情，全凭景物化出。

"烟轻雨小，望里青难了。"烟轻轻的，雨微微的，塞上是一望无际的青色。此二

---

① 望里青难了：一眼望去，茫茫青色一片，没有尽头。难了：不尽。

② 杪（miǎo）：树梢。

③ 凭高：登高。

④ 目断：望断。

⑤ 平芜：平远的草地。

⑥ 锦书：书信。

⑦ 双鱼：信使。

句是写细雨轻烟之中的远山之景。"青"字是写青翠的山色，"难了"即是杜甫诗作《望岳》中的"岱宗夫如何？齐鲁青未了"一句中的"未了"，是写青翠之色的莽莽苍苍。"一缕断虹垂树杪，又是乱山残照"，二句言雨后的景象，同样苍茫寂寥，但是多了些凄惨冷落：一缕断虹垂在树梢，山峦错杂堆叠，又是残阳斜照时候。用"乱"形容山，是移情于物，足见心烦意乱；用"又是"修饰"乱山"，可知此广阔荒寒之景已经屡见不鲜。

下阕仍然是实景，苍茫凄凉。"凭高目断征途，暮云千里平芜。"纳兰性德此时扈从康熙，正走到一座高岭上，他凭高远望，将要踏上的征途被茫茫的暮云隔断，只有草木丛生的旷野逶迤千里。自古诗人词客，善感多思，每当登高望远，更易引动无穷的思绪：家国之悲，身世之感，古今之情，人天之思，错综交织，纷然而至，如陈子昂登上幽州古台，便发出了"念天地之悠悠"的感叹。可是，词人"凭高目断"，却不是为了去寻求感慨，而是计算征程，希望能早日结束扈从生活，好回到故园与妻子团聚。结尾二句，"日夜河流东下，锦书应托双鱼"就是承此意而来。山下有河，日日夜夜，向东流去，见此情景的纳兰性德遂在心底呼唤：妻子啊，快点把书信装在双鱼腹中，托人给我捎来吧！此篇全作景语，但无处不寓征人怀思之苦情。

雨中花 楼上疏烟楼下路

楼上疏烟楼下路，正招余、绿杨深处。奈卷地西风，惊回残梦，几点打窗雨。

夜深雁掠东檐去，赤憎①是、断魂砧杵。算酌酒忘忧，梦阑酒醒，梦思知何许②。

词解

突然之间，我已不知自己是谁。那莫可名状的茫然，那没有名字的忧愁。如举杯言散，尽离欢。从此，你在天涯，我在海角。

夜已深，如孤雁的哀鸣。蓦然回首，看见你的笑，千回百转的温柔。我就悲伤，伤到骨里。永远都不会忘记，你站在杨柳深处，向我挥手，微笑的样子。

想起你，我就灿若桃花般。满眼的荒芜过后，我知道，你要远走。

是否，你还是你，我还是我？是否，愁思无痕？是否，寂寞无怨？今夜，我希望能这样无伤大雅地痛彻心扉。

评析

此篇写秋夜愁思，全词用意象烘托，至于愁思为何，却不易言喻。

上阕由梦境起，前二句写梦中情景。楼上是冷落的烟火，楼下是寂寞的小路。迷蒙

---

① 憎：可恨、可厌之意。

② 何许：怎样、如何。

的杨柳深处，正有绰绰的身影召唤着他。"正招余、绿杨深处"，绿杨是离别的意象，纳兰性德曾经写过一阕凄凉的塞上离愁别恨之作《浣溪沙》，开篇一句就是"又到绿杨曾折处"。"正招余"，招他的是谁？是亡妻？是恋人？还是故人？"奈卷地西风，惊回残梦，几点打窗雨。"后三句写西风夜雨惊断了残缺的梦。

"奈"字承前句的"正"字，写出正好有梦却猝然被扰的无奈之情。"西风""残梦""打窗雨"，皆是凄冷的意象。

下阕写夜深不寐。"夜深雁掠东檐去"，写出了鸿雁的意象。午夜梦回，与词人一样被惊醒的是鸿雁，鸿雁受惊雨中凄飞的苦境暗合了词人苦闷愁怨的心境：他们同是黑夜中寂寞凄苦的"伤心人"。接下来一句又出现了"砧杵"的意象。古人有秋夜捣衣、远寄边人的习俗，因而寒砧上的捣衣之声便成了离愁别恨的象征。词人说砧杵"断魂"，又说"赤憎"，究竟是何事让他愁绝如此呢？"算酌酒忘忧，梦阑酒醒，愁思知何许。"写借酒消忧，但梦尽酒醒，愁思仍不得解。

整首词前面是一些意象的连缀，只在结尾处提到愁绪，然而对于因何而忧愁却并无点出，或是故园之思，或是怀人之苦，或是悼亡之痛，或是人生家族之忧。抑或词人之愁，从来就不是一端，而是纠结着思乡怀归、相思怨别、恐惧凄惶、寂寞寥落诸种情绪，难以断然分开。而这样的情绪一旦反映到词中，就形成其词缠绵往复、恍惚迷离的特色，让人只觉浑茫茫一片感伤落寞，有一股无法压抑的巨大的悲哀、恐惧、沉痛涌流其中，并与对个体、家族、人生的思索连在一起。或许也正是这种复合性，才使得纳兰性德的词常常笼罩着一种不易言喻的氛围，具有言有尽而意无穷的美学效果。

清平乐 凄凄切切

凄凄切切，惨淡黄花节①。梦里砧声②浑未歇，那更③乱蛩④悲咽。
尘生燕子空楼，抛残弦索⑤床头。一样晓风残月，而今触绪⑥添愁。

词解

思亲重阳佳节，却是惨淡黄花节。

黄昏的余晖里，你坐在孤独的风里，影子犹如深秋的落叶。想起伊人玉兰花瓣般的面容，你总是意犹未尽。有时候嘴角略带甜蜜，有时候哀愁泻于双目间。而她已经走了那么远，那么远。

梦中，你见过最深情的面孔，最柔软的笑意。在炎凉的世态之中，灯火一样给予你温暖的方向。虽然现在，你已经无法再拥抱，路途念念不忘的失去。

回忆，是一种味道。无法释去，更无法追寻。

评析

这首词是作者在重阳佳节为感爱妻之逝而作，为悼亡词。

---

① 黄花节：重阳节。黄花：菊花。
② 砧（zhēn）声：捣衣声。
③ 那更：更何况，更兼。
④ 蛩（qióng）：蟋蟀。
⑤ 弦索：弦乐器之弦，代指弦乐器，如琵琶、筝等。
⑥ 触绪：触动了心绪。

"凄凄切切"，首句即极尽伤情之词。这四个字，孤立来看，看不出其凄凉几何。它实际上是脱自欧阳修辞赋作品《秋声赋》中的"凄凄切切，呼号愤发"，在欧阳永叔啸出此伤心句之前，其实是很有一番铺垫的——"噫嘻悲哉！此秋声也，胡为而来哉？盖夫秋之为状也：其色惨淡，烟霏云敛；其容清明，天高日晶；其气慄冽，砭人肌骨；其意萧条，山川寂寥。故其为声也，凄凄切切，呼号愤发。"所以，知此，就会知道当词人写下这四个字时，其悲心若何。

"惨淡黄花节"，这句点明时令是重阳。而重阳佳节，正是登高、遍插茱萸、赏菊饮酒之佳时，词人何以会觉得"惨淡"？作者并未马上说出缘由，而是继续描摹惨愁之景。"梦里砧声浑未歇"，此处词人不仅听到砧声，而且这催人发愁的砧声还更鼓未歇。这种情景本就使人不胜其苦了，偏偏这时候又传来悲咽的蛩声。"那更乱蛩悲咽"，墙边蟋蟀鸣叫，亦是触发人们秋思的。李贺在《秋来》中云："桐风惊心壮士苦，衰灯络纬啼寒素。"至此，上阕以实写制造了不胜悲伤凄楚的氛围，词人内心的秋潮已经开始暗自汹涌了。

下阕，"尘生燕子空楼，抛残弦索床头"，本于宋周邦彦词作《解连环·怨怀无托》中的"燕子楼空，暗尘锁、一床弦索"，点出悼亡之情，让内心潮水汩汩流出。燕子楼，在江苏徐州，唐时张建封的爱妓关盼盼曾居于此，张死后，盼盼仍居此楼十余年不嫁。这里借指亡妻的居室。因为妻子已经亡故，所以言"燕子空楼"。因为亡故已久，所以曰"暗尘生"，而床头的琴弦也早已束之高阁，任其蒙尘抛残。末二句，"一样晓风残月，而今触绪添愁"。"一样晓风残月"显然是化用了柳永《雨霖铃》"今宵酒醒何处？杨柳岸，晓风残月"中的"晓风残月"，似工笔小帧，无比清丽，且客情之冷落，风景之清幽，离愁之绵邈，皆凝于其中。然而词人在"晓风残月"前添了"一样"二字，就变"古语为吾语"了，送别之意尽去，而悼亡之音弥浓，颇有崔护"人面不知何处去，桃花依旧笑春风"的物是人非之情。最后一句，"而今触绪添愁"，点明玉人已殒，睹物思人的主旨，而词人本就相思无绪的心怀，此时也就愈益伤情彻骨，无法排遣了。

清平乐 忆梁汾①

才听夜雨，便觉秋如许。绕砌蛩螀②人不语，有梦转愁无据③。
乱山千叠横江，忆君游倦④何方。知否小窗红烛，照人此夜凄凉。

词解

劝君更尽一杯酒，西出阳关无故人。这世间让人感动的，原本也有友情。也许，昔日伴君今夜须沉醉的友人，早已一马远去，只剩西风古道上的黄尘。也许，曾经少年风流的哒哒马蹄，如今只有一行形影孤寂的不舍嘶鸣。

但只要彼此的心灵是贴近的，就算千山万水也可以交换心意。正如诗云："忆君无所赠，赠次一片竹。竹间生清风，风来君相忆。"也许，总有一天，我们也会化为一片竹林，在风中升华彼此的情谊。

评析

这是一首秋夜念友之作，抒发了作者对顾梁汾深切的怀念和深挚的友情。全篇亦情亦景，交织浑融。

"才听夜雨，便觉秋如许。"纳兰性德似乎有一种雨情结，而"雨"在他的词里，又似乎总有一种凄清哀婉的情调，并且常常和"秋"联系起来，比如"萧然半壁兼营秋雨""一

---

① 梁汾：即作者挚友顾贞观。见《菩萨蛮·寄梁汾苕中》。

② 蛩螀（qióng jiāng）：蟋蟀和寒蝉。蛩：蟋蟀。螀：蝉。

③ 无据：不可靠、不足凭。

④ 游倦：倦于游宦，谓仕宦不如意而漂泊潦倒。

朵芙蓉著秋雨""夜雨做成秋""秋雨，秋雨，一半西风吹去"等等，简直不胜枚举。此处亦然，一开篇就以"才听夜雨"为全词奠定了秋夜感怀的基调，似乎预示着词人对友人的怀顾也将似这秋雨一般，绵绵不断，细若愁思。

"绕砌蛩蛩人不语"，写完了秋雨，词人转写蟋蟀和寒蝉。在古诗词里，蝉吟多是催愁之声，比如程垓词作《卜算子·独自上层楼》中的"楼下蛩声怨"，用如泣如怨来形容"蛩声"，以显主人公的凄怨情怀。而寒蝉多作凄声，比如柳永词作《雨霖铃·寒蝉凄切》中的"寒蝉凄切"，用作写临别情景，愈加增其哀戚。此处，词人将蛩蝉并举，谓寒蝉之哀鸣与秋蛩之低吟连成一片，如此，则词人之愁绪几何，寂寞几许，读者自可想见。所以在这种不胜寂寥的情形下，只能是"人不语"，窗外的秋声已让他不忍听闻了。于是词人只好寄希望于梦了。但结果如何呢？"有梦转愁无据"，终于因忆念故人而成梦了，但是梦醒成愁，故梦也不可靠，不能慰人相思了。观之上阕，词作从窗外写起，以实笔出之，由"夜雨"和"蛩螿"有声而"人不语"的秋声秋意中，引来了对故人的怀念。

过片转而虚写。词人于梦中想象，极目远望，只见水天空阔、乱山无数；那么，对方此去之远，其觌面之难早已不言自明了。"乱山千叠横江"，由于江山阻隔而与梁汾不得相见，遂点到"忆君"之题旨。"忆君游倦何方"，"游倦"，即倦游，指仕宦不得意而思归隐，张孝祥词作《水调歌头·过岳阳楼作》中曾有"湖海倦游客，江汉有归舟"，辛弃疾词作《水调歌头·舟次扬州和人韵》中也有"倦游欲去江上，手种橘千头"。此处，词人遥问友人倦游于何方，包含着其对湖海漂泊、怀才不遇的友人的深切关怀。

"知否小窗红烛。照人此夜凄凉。"在古典诗词中，"灯"（烛）似乎常与孤独寂寞相连，灯下的情景也是相聚的少，离散的多，因此"灯"就成为表现相思离别之情的最好意象。这在纳兰词中也有所述："夜寒惊被薄，泪与灯花落。""秋梦不归家，残灯落碎花。""月浅灯深，梦里云归何处。""因听紫塞三更雨，却忆红楼半夜灯。"当然还有此处的"知否小窗红烛，照人此夜凄凉"。对友人无形的思念，通过有形的灯烛倾诉着或伤别、或念远、或期盼的感情。这夜不能寐的缕缕思绪，通过夜色中飘摇跳荡的烛火，连接着朋友的天涯路和词人的小轩窗，表现了一种无以名状的凄清冷落之情。在发出了"忆君游倦何方"的内心思语之后，词人终以"小窗红烛"之眼前景收束，更加突出了"此夜凄凉"的氛围和心境。

清平乐 塞鸿①去矣

塞鸿去矣，锦字②何时寄？记得灯前伴忍泪③，却问明朝行未。

别来几度如珪④，飘零落叶成堆。一种晓寒残梦，凄凉毕竟因谁？

词解

醉笑陪君三万场，不诉离伤。这豪迈的承诺，你再一次无法做到。

漂泊太久，你的离伤已经累累。家书不来，你累累的伤痕不愈。都说，时间是水，回忆是水波中的容颜。那夜离别，她憔悴的容颜，如莲花的开落。她挽留的唇，如月光的叮咛。可是你，挥一挥衣袖，还是走了。

如今，月亮圆了又缺。你已走到了异地的落叶里。她忧伤，你就飘零成堆。

评析

又是一首塞外怀妻的小令，凄婉哀怨中透露出一丝寂寥难眠的心境。

"塞鸿去矣，锦字何时寄。"塞鸿，即塞雁，秋季南飞，春季北返。古诗文中常以之比喻远离家乡、漂泊在外的人。"锦字"用典，《晋书·列女传》中有记载，前秦时，窦滔被流放到边疆地区，其妻苏蕙思念不已，遂织锦为回文旋图诗相寄赠。诗图共

---

① 塞鸿：边塞的雁。

② 锦字：书信。

③ "记得"句：此句借用前人意象。唐代韦庄词作《女冠子·四月十七》中句："忍泪佯低面，含羞半敛眉。"

④ 如珪（guī）：本为美玉，这里喻缺月。

八百四十字，文辞凄婉，婉转循环皆可以读。"塞鸿去矣"，望着塞上的鸿雁向南飞去，纳兰性德不禁长思：妻子啊，你的书信何时才能寄到？

"记得灯前伴忍泪，却问明朝行未"，由盼望家书到来，转为追忆与她分别时的情景。此二句，化用唐韦庄词作《女冠子·四月十七》中的"忍泪伴低面，含羞半敛眉"，融合无间，犹如灭去针线痕迹，有妙手偶得之感，把一幅既温馨又感伤的画面呈现在我们面前：妻子忍着眼泪为丈夫打点行装，依依话别，却总是小心翼翼地问，明天真的就要走了吗？她多么希望能从丈夫嘴里得到不走的消息，哪怕只是推迟一天，再多一天团聚的日子啊。这种一往情深的夫妻感情，从只言片语中便浓重地渲染了出来，让读者感动不已。

"别来几度如珪，飘零落叶成堆"，下阕描绘此时的愁思与寂寞。"如珪"，指月圆而缺，南朝江淹赋作《别赋》中有云："乃至秋露如珠，秋月如珪……与子之别，思心徘徊。""几度如珪"，是说分离时间的长久。"落叶成堆"，点出秋色已深，渲染了离情的凄苦：算算又过了好些日子了，月亮圆了又缺，随风飘落的叶子叠了一层又一层。我每天都在寒冷中醒来，连一个完整的梦都不曾有了，这些还不是因为没有了你在我身边陪伴，嘘寒问暖吗？末二句，"一种晓寒残梦，凄凉毕竟因谁"，以残梦凄凉缩结，突出了孤独难耐、相思怨别的深情。

谒金门 _{风丝①袅}

风丝袅，水浸碧天清晓。一镜湿云②青未了③，雨晴春草草④。

梦里轻螺⑤谁扫⑥？帘外落花红小。独睡起来情悄悄⑦，寄愁何处好？

词解

整个春天，演绎的不过是一场落花和流水的故事。有情愿，有不情愿，也如花开花落般的简单。但你的心，从未静如止水。

梦里，你忧愁如柳丝，牵来几朵单身的白云。梦里，你那画眉的指头，抚摸着伊人的浅浅沉吟，浅浅笑。可是醒来，依旧是风雨夜水茫茫，依旧是古渡横空船。

一次次，你唯有轻轻地掬起一捧相思水，喝在口里，渴在心里。

评析

此篇写法别致，即以乐景写哀情，形成强烈的反差，从而凸现了伤春意绪，伤离哀怨。

上阕以轻情妍秀的笔触，描写室外美好的春景。首句，"风丝袅，水浸碧天清晓"，

---

① 风丝：因风飘荡的柳丝。

② 一镜湿云：倒映在水面的云。一镜：谓水平静如镜。

③ 未了：不尽。

④ "雨晴"句：此句借用前人意象。宋代张炎词作《采桑子·采芳人杳》中句："客里看春多草草。"
　　草草：匆促。

⑤ 轻螺：细眉。螺：即黛螺，青黑色颜料，可用来画眉，故作女子眉毛的代称。

⑥ 扫：画。

⑦ 悄悄：忧愁貌。

纳兰性德喜欢将风中的柳丝说成"风丝",比如"帘影谁摇,燕蹴风丝上柳条""嫩烟分染鹅儿柳,一样风丝",还有这句"风丝袅"。他如此称谓风中柳丝,简洁自不必说,更重要的是将这两种轻盈飘柔的意象融合在一起,常常能给人一种逗惹春思的感觉。比如此处"风丝袅,水浸碧天清晓":微风吹来,袅袅的杨柳,丝丝弄碧;清晓时分,碧蓝的天空,澄澄地倒映水中,真是给人几多牵引,几多遐想。

"一镜湿云青未了",承"水浸碧天"而来,谓水面上映出的云朵,一望无际,青色连绵。"青未了"本来是形容翠绿的山色,譬如杜甫"岱宗夫如何?齐鲁青未了",用"青未了"来表现山势之广大,青翠之色浩瀚无涯,笔致简劲有力。此处纳兰性德用"青未了"形容的是"湿云",所以笔致就由刚劲转为飘杳,尽显青云之轻盈。

"雨晴春草草",上阕的前三句写的是清晓雨霁,水天青青,柔风细细。这本应该是一片令人振奋的风光,但词以"春草草"三字陡然折转,露出了心中的苦涩。草草,劳心烦恼之意,如《诗经·小雅·巷伯》中的"骄人好好,劳人草草",李白诗作《新林浦阻风诗》中的"纷纷江上雪,草草客中悲"。那词人为何会觉得雨过天晴,春色反而令人增添愁怨呢?"梦里轻螺谁扫,帘外落花红小。"过片点明烦恼之由,即梦中还曾与伊人相守,还曾为她描画眉毛,梦醒则唯见帘外落花,故生惆怅,难以排解。于是,"独睡起来情悄悄,寄愁何处好",独自醒来,但感忧心悄悄,这缭乱的愁思,不知何处能寄?结二句直发其旨,表达了深郁于胸的孤寂情怀。

清平乐 秋思

凉云万叶，断送清秋节①。寂寂绣屏香篆②灭，暗里朱颜消歇③。
谁怜照影吹笙④，天涯芳草关情⑤。懊恼隔帘幽梦，半床花月纵横。

词解

又是冷落清秋节。月亮，是柔软又冰凉的花朵，重阳夜，它没有开。守望天涯的女子，寂寂的房间，寂寂的心坎，寂寂的人生。只是无人怜惜。两个人的爱，原来隔有一帘幽梦。所以，平生不会相思的人，才会相思，便害相思。

评析

此词抒写少妇清秋懊恼、思念丈夫之情怀。但其情婉而隐，词中只用清秋孤花片叶、天涯芳草，以及寂寂绣屏、香篆熄灭，半床花月之景，将深隐的愁情具象化，极迷离惝恍，极空灵婉约。

上阕写愁。"凉云万叶，断送清秋节"，二句点出室外景和时节，此二句显然是移情入景：由于女主人公的内心是寂寞的，所以当其以孤独之眼观物时，万物皆带孤独之情。既如此，

---

① 清秋节：即九月九日重阳节。
② 香篆：篆香，形似篆文的香。
③ "暗里"句：此句借用前人意象。唐代李白诗作《寄远》中句："坐思行叹成楚越，春风玉颜畏消歇。"
④ "谁怜"句：此句谓女子在月下吹笙，月光照着孤独的影子，有谁怜惜。
⑤ 关情：动情、牵惹情怀。

这采菊饮酒的重阳节，怎会不被断送呢？

　　"寂寂绣屏香篆灭，暗里朱颜消歇"，此二句承上句"断送"，自然转入室内景和景中人。在寂寂的闺房，她黯然独处，绣屏也显得孤单冷落，而篆香又熄灭了；终日鸾孤如此，她秀美的容颜已经憔悴得不成样了。"暗里朱颜消歇"，脱自李白诗作《寄远》中的"坐思行叹成楚越，春风玉颜畏消歇"，但比李白诗愁情更甚：李白诗里是"畏消歇"，即还没有消歇，背景是暖煦的春风；而词里是"消歇"，已然成果，背景是寂寂的绣屏和已经熄灭的香篆。

　　下阕写思。"谁怜照影吹笙"，承接上阕末句而来，"朱颜消歇"应予惋惜，可是无人怜之。"谁怜"一词，叩心击骨，自身消歇无人怜，却还要去怜别人，这就产生了下句的"天涯芳草关情"。关情者何？当然是那位让她魂牵梦萦、行役在外的玉郎了。于是在自己照影吹笙，饱尝落寞后，又希冀晚上与他梦中相会，谁知好梦却被惊醒。"懊恼隔帘幽梦"一句，写出了"好梦难留人谁"的恼情恨意。既然梦不成，那就只有醒来。"半床花月纵横"，醒来之后，只有半床的月下花影，纵横交错，惹人相思不止。

　　这首词轻幽柔婉，缠绵悱恻，致力追求结构链和情感链的完美统一。全词在结构链的连接上，上阕先点出时令，景物由外而内，由高而低，由大而小，由景而人；下阕承己而写，由己及人，由笙及梦，由梦及醒，由醒及恼，层层写来，针线细密。在情感链的连接上，上阕由花之"孤"而自然点出"断送"之念，以"断送"一词总揽全篇。再接以"寂寞""灭""暗""消歇"等词一路回应"断送"；下阕由"消歇"而生，由"冷"而"照"而"吹"，而"梦"而"懊恼"，环环相扣，链条甚紧。其缜密的结构链与柔密的情感链相应相缢，有机地结合在一起，颇具匠心。

083

清平乐 弹琴峡①题壁

> 泠泠②彻夜，谁是知音者？如梦前朝何处也，一曲边愁难写。
>
> 极天关塞云中③，人随雁落西风。唤取红襟翠袖④，莫教泪洒英雄。

词解

泠泠彻夜，谁是知音者？如梦前生何处也，一曲心愁难写……曾说，用一弦锦曲，写尽绮丽，写尽温柔。写尽前生的缘，写尽今生的梦……可奈今生，早已忘却锦曲的调子。任泠泠弦音，随风飞去，舞作迷茫的幽叹。

如梦的前朝繁华，如今再无寻处。唯有边塞的西风，若似曾相识的笑颜。锦弦音，再斑斓时，你孤独得都不是自己了。寂寞的心，一半高山，一半流水，只是琴韵早已不再悠扬。

评析

此篇为行役塞上之作。词中抒发了关塞行役中的"边愁"及作者的兴亡之感。

词作由泠泠水声起兴。"泠泠彻夜"，悦耳的流水声，整夜响动不停。用"泠泠"形容流水的清脆悠扬，自是十分精当。纳兰性德既是饱学之士，化用陆机诗作《招隐诗》中的名句"山溜何泠泠，飞泉漱鸣玉"，也就十分自然。然而唐刘长卿曾作过一首《听弹琴》

---

① 弹琴峡：据《大清一统志·顺天府》，"弹琴峡，在昌平州西北居庸关内，水流石罅，声若弹琴"。

② 泠（líng）泠：形容水流声清脆。

③ "极天"句：谓居庸关的形势极其险要。

④ 红襟翠袖：指歌女。

诗，里面也有"泠泠"二字："泠泠七弦上，静听松风寒。古调虽自爱，今人多不弹。"可见这"泠泠"既可以形容流水，亦可以描述琴声。此处纳兰性德正是由潺潺的流水声联想到泠泠的琴声，从而发出"谁是知音者"的疑问。

那纳兰性德为何又会因琴声而发问"谁是知音者"呢？这里面有一个古老而清雅的故事。晋大夫俞伯牙，善乐，曾游泰山，观沧海，感慨寄于琴内，奈何无人能会其意。一日，伯牙焚香抚琴。一樵夫立于旁侧，久不离去。伯牙为之惊异，问曰："知何曲否？"答曰："孔子赞颜回。"伯牙听罢，遂重抚一曲。樵夫曰："巍巍乎若泰山，洋洋乎若流水。有高山流水之音。"伯牙为之叹，此知我人也！遂与钟子期结为挚友。翌年，伯牙闻子期卒。以头抢地，绝琴断弦，誓永不复鼓。人究其因，方知知音无觅也。显然，此处由溪声而琴声，由琴声之知音而人之知音，这一连串的联想，都是据此高山流水的故事而来的。

"如梦前朝何处也，一曲边愁难写"，看来，这鸣琴一样的水声勾起的还不仅仅是知音难觅的慨叹，这前朝如梦、边愁难写的无端意绪、种种悲感，皆复杂地交织在一起。至此，整个上阕都是从听觉上引来的愁情落笔。

下阕转而从视觉、从眼前景进一步渲染这种愁情。"极天关塞云中"，关塞的形势极其险要，似在极天，似在云中。"极天"言关塞之远，"云中"谓关塞之险，皆出于夸张之辞。这样险要的边关之地，自然是极其寥廓悠远的。"人随雁落西风"，猎猎西风之中，只有南回的北雁伴随着羁旅边关的漂泊之客。在上阕里，词人说，"一曲边愁难写"，在极天云中的关塞，而行军中又伴随着"雁落"和"西风"，这时候"边愁"会如何？更到哪里去找知音者呢？

"唤取红襟翠袖，莫教泪洒英雄"，结尾二句由辛弃疾《水龙吟·登建康赏心亭》中"倩何人唤取，红巾翠袖，揾英雄泪"一句化出，自然浑成，表达了难以名状的孤独寂寞，深切感人。

忆秦娥·长飘泊

> 长飘泊，多愁多病心情恶。心情恶，模糊一片，强分①哀乐②。
> 拟将欢笑排离索③，镜中无奈颜非昨。颜非昨，才华尚浅，因何福薄？

词解

一壶漂泊浪迹天涯难入喉，你走之后，酒暖回忆思念瘦。自从搭上了人生这班车，就注定了天涯倦旅，半零落依依。不知道下一站，在春，还是秋？

一程又一程，人笑我笑，人哭我哭。早已经厌倦了漂泊，厌倦了流浪，可却不得不继续走下去，身心皆已疲，镜里朱颜老。

天地是如此广阔，社会却是如此嘈杂，人生竟是如此的无奈。举杯豪饮，纵情高歌，难解心中郁闷。像生一样苦，像死一样苦，像梦一样苦，像醒一样苦……

评析

这是一阕抒发厌恶仕宦生涯心情的小词。在侍卫生涯的几年中，纳兰性德一直都在康熙身边奔忙，几番北征，几度南巡，皆伴其左右。在许多人看来，能与皇帝一同顾盼江山，该是怎样的一种荣宠啊。清代名士高士奇出身寒微，初以卖字为生，后经纳兰性德父亲明珠的推荐，做了皇帝的文学侍从，经常跟随侍卫们一起当差，便写出了"身随翡翠从

---

① 强分：谓不可分而硬是要分。
② 哀乐：偏义复词，偏于乐。
③ 离索：指离群索居之寂寞。

中列，队入鹅黄者里行"的诗句，一副小人得意忘形之色溢于言表。

但是纳兰性德这位贵胄公子却对"侍卫"这一职位并无兴趣，他虽然得到过皇帝无数次赏赐，却不甘心把自己的生命消磨在这个尊贵而又碌碌无为的位置上，做皇帝御座前的小摆设。他苦于仕宦漂泊，厌恶金阶伫立的侍卫生涯，渴望能与爱妻长相厮守，过一种平淡的日子。然而这种渴望对他而言，却是不能，王权倾轧下的纳兰性德，永远是御座下的孤独之人。他只能在"山一程，水一程"的羁旅之中，写下"长飘泊，多愁多病心情恶"的凄凉诗句，将自己的满腔哀怨离恨织进像本阕《忆秦娥》一般血泪迸发的词里。

"长飘泊，多愁多病心情恶"，词作开门见山，直吐胸中郁郁之气。因为长年累月，如风抛残絮般地漂泊在大江南北，所以愁生如蒿，身体和心情都每况愈下。"多愁多病心情恶"一句，显然借鉴了苏轼的"多情多感仍多病，多景楼中"，连用"多"字言情发端，以其奇兀给人以强烈的印象。因为"心情恶"，所以会"模糊一片，强分哀乐"。这两句有些难解，表面谓哀与乐，模糊一片，分辨不清；实际上是说心中已经无乐，硬是要分的话，也只有随人强作的乐态而已。

"拟将欢笑排离索，镜中无奈颜非昨。"离群索居的寂寞和心头的烦闷郁结久压心中，词人感觉自己都快经受不住了，于是他希望能用欢笑把它们排遣掉。可是，对镜一看，已非昨日之容，无情的岁月，已使词人脸上失去红润的颜色。"颜非昨"，此极简短之句，却蕴含着无比深刻的内容：多愁多病之身，长年漂泊之境，朱颜衰败之景，种种不如意事都在其中。遂于结尾爆发一声喝问："才华尚浅，因何福薄。"

过去词家论词，认为浅露乃词作大忌，对此，纳兰性德似乎忘得一干二净。在这首词里，他简直不做任何掩饰，直喷苦水，丝毫含蓄意味也没有。很清楚，当他对宦途厌恶得无法自制之时，便如骨鲠在喉，不吐不快，完全置词作传统的规则于不顾了。

忆秦娥·长飘泊

阮郎归 斜风细雨正霏霏①

斜风细雨正霏霏，画帘拖地垂。屏山②几曲篆烟③微，闲亭柳絮飞。

新绿密，乱红稀。乳莺残日啼。春寒欲透缕金衣④，落花郎未归。

词解

落花有意随流水，流水无心恋落花。其实落花未曾厚于流水，流水又何曾负于落花？花自飘零水自流。到底是谁的错？

或许他们都没有错，错就错在命运不该如此安排，让他们相遇，相爱，却不能相守。我追逐着你，就如流水追逐着落花，看着前方的你近在咫尺，却如在天涯。

有一种感觉总在失眠时，才承认是怀念。有一种目光总在分手时，才看见是依恋。有一种心情总在离别后，才明白是失落。有一种梦境总在醒来后，才了解是眷念。有一种缘分总在失去后，才相信是永恒。

评析

小词描写女子的闺中情绪，清新雅致，颇有"花间"风味。

首句，"斜风细雨正霏霏"，"斜风细雨"教人想起唐张志和作的《渔父》词里的那句"青箬笠，绿蓑衣，斜风细雨不须归"，当然张词描绘的是一幅斜风细雨垂钓图，表现的也

---

① "斜风"句：语本唐张志和《渔歌子》词："斜风细雨不须归。"霏霏：雨雪纷飞的样子。

② 屏山：绘有山的屏风。

③ 篆烟：盘香的烟缕。

④ 缕金衣：饰有金丝的衣服。

是作者浸浴在江南春色的自然美景之中的欣快心情。此处"斜风细雨"与"霏霏"连用，突出风雨正盛，已经没有渔翁的浪漫和闲适，有的似乎只是闺中女子的盼晴之心。

"画帘拖地垂"，这句由室外景转向室内景。房屋是华美的，画帘垂地，此刻静无人声，曲折的屏风掩住了室内景象，那尚未燃尽的篆香，余烟袅袅。接下来，场景再由室内转回室外，从视觉和听觉两个方面写开。"闲亭柳絮飞"，闲亭，即寂静的小亭，此为静景；"柳絮飞"，柳絮如浮云，并无根蒂，天地阔远，随风飞扬，此为动景。这表面的一动一静之景，其实反映了女主人公的心情亦在动静之间，颇不能平静。

"新绿密，乱红稀"，下阕首二句仍是室外景。春雨初霁，绿色的枝叶由于雨水的滋润渐转葳蕤；而盛开的花朵在雨水的敲打之下，已是落红一片，顿显稀疏。一"新"一"乱"，一"密"一"稀"，对比鲜明，直追李清照的"绿肥红瘦"。接下来一句"乳莺残日啼"，"残日"说明已是黄昏时分，此时身在闺中女主人公听见了乳莺的啼叫声。春天莺啼，自能唤得人春心萌动，况且还是乳莺啼呢。"春寒欲透缕金衣，落花郎未归。"果然，一声莺啼唤起了寂寞几许。因为"春寒"指雨后的寒冷，而雨后的薄寒又怎能"欲透缕金衣"呢？一个"透"字，隐隐写出了心中的冷意。"落花郎未归"，结尾如春光乍泄，点醒题旨，表达了伤春伤别的愁情，有含蓄不尽之意。

画堂春——一生一代一双人①

纳兰词选

一生一代一双人，争教②两处销魂。相思相望不相亲③，天为谁春？
浆向蓝桥④易乞，药成碧海难奔⑤。若容相访饮牛津⑥，相对忘贫。

词解

　　她是你心中的最美，你以为你们可以白头偕老，相拥至死。触手可及的幸福，满得似要溢出来。生活好甜，梦里都要笑出来。

　　一生一代一双人，别无所求。只是那红线，偏生短了那一截。绕来绕去，兜兜转转，终究，还是散了。

　　将门贵胄又如何，失了她，你一无所有。曾经见过天花乱坠的美，所以那些所谓的绝色，对你而言，太渺小。相思相望不相亲。几多无奈。

评析

　　这首小词是纳兰性德对一段可遇不而可求、"相思相望不相亲"的苦涩恋情的真挚

---

① "一生"句：语本唐骆宾王《代女道士王灵妃赠道士李荣》诗："相怜相念倍相亲，一生一代一双人。"

② 争教：怎教。

③ "相思"句：语本唐王勃《寒夜怀友》诗："故人故情怀故宴，相望相思不相见。"

④ 蓝桥：在陕西蓝田县东南蓝溪上，传说此处有仙窟，为裴航遇仙女云英处。此处用这一典故是表明自己的"蓝桥之遇"曾经有过，且不难得到。

⑤ "药成"句：反用嫦娥偷吃西王母之灵药奔月宫的故事，意思是纵有深情却难以相见。

⑥ 饮牛津：指传说中的天河边，此借指与恋人幽会处。

独白。他毫不遮掩，敢于直面这悲剧式的情缘，很有些宝黛之恋的意味。

首句便是"一生一代一双人，争教两处销魂"，明白如话，无丝毫妆点：明明是天造地设的一双人，却偏要分离两处，各自销魂神伤、相思相望。对恋人来说，这样的遭际真是残酷至极，也难怪纳兰性德会追问："天为谁春？"在幽幽凄凄的纳兰性德看来，纵使塞北莺飞、江南草长又能怎样，万千锦绣的山川美景，只关乎万千世人，与他，却无半点关系。

下阕转折，接连用典。"浆向蓝桥易乞"，此是裴航的一段故事。裴航在回京途中与樊夫人同舟，赠诗以致情意，樊夫人却答以一首离奇的小诗："一饮琼浆百感生，玄霜捣尽见云英。蓝桥便是神仙窟，何必崎岖上玉清。"裴航见了此诗，不知何意，后来行到蓝桥驿，因口渴求水，偶遇一位名叫云英的女子，一见倾心。此时此刻，裴航念及

樊夫人的小诗，恍惚之间若有所悟，便以重金向云英的母亲求聘云英。云英的母亲给裴航出了一个难题："想娶我的女儿也可以，但你得给我找来一件叫作玉杵臼的宝贝。我这里有一些神仙灵药，非要玉杵臼才能捣得。"裴航得言而去，终于找来了玉杵臼，又以玉杵臼捣药百日，这才得到云英母亲的应允。这不仅仅是一个爱情故事，在裴航娶得云英之后还有一

个情节：裴航与云英双双仙去，非复人间平凡夫妻。

"浆向蓝桥易乞"，句为倒装，实为"向蓝桥乞浆易"，这里分明是说：像裴航那样的际遇于我而言并非什么难事。言下之意，似在暗示自己曾经的一些因缘往事。到底是些什么往事？只有词人冷暖自知。

那么，蓝桥乞浆既属易事，难事又是什么？是为"药成碧海难奔"。这是嫦娥奔月的典故，颇为易解，而纳兰性德借用此典，以纵有不死之灵药也难上青天，暗喻纵有海枯石烂之深情也难与情人相见。这一叹息，油然又让人想起那"相逢不语"的深宫似海、咫尺天涯。"若容相访饮牛津"仍是用典。有一古老传说，谓大海尽处即是天河，海边曾经有人年年八月都会乘槎往返于天河与人间，从不失期。天河世界难免令人好奇，古老的传说也许会是真的？于是，那一日，槎上搭起了飞阁，阁中储满了粮食，一位海上冒险家踏上了寻奇之路，随大海漂流，远远向东而去。不知漂了多少天，这一日，豁然见到城郭和屋舍，举目遥望，见女人们都在织布机前忙碌，却有一名男子在水滨饮牛，煞是显眼。问那男子这里是什么地方，男子回答："你回到蜀郡一问严君平便知道了。"严君平是当时著名的神算子，上通天文，下晓地理，可是，难道他的名气竟然远播海外了吗！这位冒险家带着许多疑惑，调转航向，返回来时路。一路无话，后来，他当真到了蜀郡，也当真找到了严君平，严君平道："某年某月，有客星犯牵牛宿。"掐指一算，这个"某年某月"正是这位海上冒险家到达天河的日子。那么，那位在水滨饮牛的男子不就是在天河之滨的牛郎吗？那城郭、屋舍，不就是牛郎、织女这一对"金风玉露一相逢"的恋人一年一期一会的地方吗？

"若容相访饮牛津，相对忘贫"，纳兰性德用典至此，明知心中恋人可遇而不可求、可望而不可亲，只得幻想终有一日宁可抛弃繁华家世，放弃世间名利，纵令贫寒到骨，也要在天河之滨相依相偎、相亲相爱，相濡以沫。

087

眼儿媚 重见星娥^①碧海槎^②

重见星娥碧海槎，忍笑却^③盘鸦^④。寻常多少，月明风细，今夜偏佳。休笼^⑤彩笔闲书字，街鼓^⑥已三挝^⑦。烟丝欲袅，露光微泫^⑧，春在桃花。

词解

你很少在你的词中开心地笑过。你笑的时候，也是若有所思，仿佛她已经化作了一只蝴蝶，永远地栖息在你的心上。一旦稍微展眉，那只蝴蝶就会受惊飞走。但这一晚，你却快乐无比。

你刚刚远行回来，伊人心花开了，却强忍着笑容。她的一切都和平时没有什么不同，但不知为什么，她在你眼里却有一种异乎寻常的美丽。

炉香静静地飘着，外面的街巷里，三更的鼓声刚刚打过。夜已阑珊。你再也不想写什么了。推开了手头的纸和笔，坐在那里，微笑地凝视着她那如桃花般动人的面孔。人生若只如初见，那该多好。

---

① 星娥：神话传说中的织女。

② 槎：木筏。

③ 却：再。

④ 盘鸦：妇女发髻的名称。

⑤ 笼：通"拢"，握、拈之意。

⑥ 街鼓：更鼓。

⑦ 挝（zhuā）：敲打。

⑧ 微泫：本指水微微下滴流动之貌。此处是形容爱妻的脸光彩照人。

评析

　　此篇写归家与爱妻重逢之喜悦，其中表现出的夫妻爱情之快乐、喜悦之情感，在纳兰词中极为少见，实为难得。

　　"重见星娥碧海槎"，首句即说别后重新见到了妻子。纳兰性德将妻子称为"星娥"，是有本依。星娥，神话传说中的织女。李商隐在《圣女祠》中说："星娥一去后，月姊更来无？"义山名之圣女"星娥""月姊"，那是因为圣女乃天界神仙，颇难得见。此处纳兰性德承袭义山，用"星娥"称呼自己的妻子，意谓自己常年扈从在外，不能还家，见妻子一面就如同乘碧海槎去天河见织女一面一般。那纳兰性德归家后重见的"织女"，她在干什么呢？"忍笑却盘鸦"，她忍住欢笑，重新梳起她乌黑的发髻，显得妩媚动人。一个"却"字，把妻子内心深处一股难以名状的喜悦激动之情巧妙地反映出来。见此"无声胜有声"的情景，作者遂感叹道："寻常多少，月明风细，今夜偏佳。"意即往日虽也曾有过类似的情景，可是今夜，玉蟾皎皎，清风细细，自然胜过了那时的感受。上阕写夫妻相契的欢好，情溢于词，韵传字外。

　　"休笼彩笔闲书字，街鼓已三挝"，下阕前二句进一步写欣喜之情状：面对容貌姣好的妻子，便不再拈笔作字，纵然是夜已深，还是喜不自持。"休笼彩笔闲书字"一句，化用赵光远诗作《咏手二首》之二中的"慢笼彩笔闲书字，斜指瑶阶笑打钱"一句。原诗表达的是一副怅然无绪的心情，此处，作者用一"休"字告诫自己：不要再援翰以遣闲心啦，好好与佳人共享眼前花辰吧。于是在袅袅沉香之中，他仔细地端详着妻子，看她秋波盈盈，言笑晏晏，好像春天里的桃花一般。"露光微泫"，出自南朝宋谢灵运诗作《从斤竹涧越岭溪行》中"岩下云方合，花上露犹泫"一句。谢灵运的这句诗，描摹山水，不陶而净，不绘而工，纳兰性德借之形容爱妻光彩照人的容颜，十分精当，给人以无穷的美感和无尽的联想。"烟丝欲袅，露光微泫，春在桃花"，这最后三句亦情亦景，清新委婉，情致深厚。

朝中措 蜀弦秦柱①不关情②

蜀弦秦柱不关情，尽日掩云屏③。已惜轻翎④退粉⑤，更嫌弱絮为萍。东风多事，余寒吹散，烘暖微醒⑥。看尽一帘红雨⑦，为谁亲系花铃⑧？

词解

当寂寞的眼神爱上伤春，聆听花开的声音也是一种销魂的美丽。想念的日子里，你会在心底轻吟一曲。

忧伤，在唇齿间轻轻流动，说与飞絮，诉与蝴蝶。然飞絮尚无语，蝴蝶亦翩翩。玉箫吹到肠断处，你便掩上了红窗。爱如落花飘零的美丽。春风不能解忧，只能断肠。

评析

这是一首描绘暮春之景和抒发伤春怨春之情的小词。

首句即说春日寂寂，百无聊赖，纵是有动听的乐曲也不能引起愉悦之情。"蜀弦秦

---

① 蜀弦秦柱：指筝瑟。相传筝为秦蒙恬所造，故称秦筝、秦柱。

② 关情：动情。

③ 云屏：云母屏风。

④ 轻翎：蝶翅。

⑤ 退粉：宋代罗大经所著的《鹤林玉露》中载："杨东山言《道藏经》云，蝶交则粉退，蜂交则黄退。"

⑥ 烘暖微醒（chéng）：指东风和煦，暖意融融，令人陶醉。微醒：微醉。

⑦ 红雨：落花。

⑧ 花铃：为防鸟雀伤花而系在花上的护花铃。

柱不关情"，蜀弦，即蜀琴，泛指蜀中所制之琴。秦柱，犹秦弦，指秦国所制琴瑟之类的乐器。唐彦谦诗作《汉代》中有"别随秦柱促，愁为蜀弦么"一句。既然琴瑟逸韵都难以使她动情，那么就只有整日地掩上云母屏风，独自忧伤了。"尽日掩云屏"，而掩上屏风，又是因为窗外春景，不忍再睹。那外面是什么样的景致呢？"已惜轻翎退粉，更嫌弱絮为萍"，蝴蝶已经褪粉，柳絮也飘落水中，

这预示着春事已消歇。"已惜"说明他的惋惜怜爱之情，而"更嫌"分明是一种懊恼的情怀了。此二句景语，已蓄伤春之意。

下阕转写薄情的东风。"东风多事，余寒吹散，烘暖微醒。"表面的意思是，东风真是多事，吹散了春日余寒，送来融融的暖意，令人陶醉。说"东风多事"，可是后两句"余寒吹散，烘暖微醒"，哪里是作怨语，分明是对春风褒奖有嘉嘛。这不是自相矛盾？且看后面一句，"看尽一帘红雨"，红雨，指落花纷纷如雨，李贺词作《将进酒·琉璃钟》中的"桃花乱落如红雨"，史肃在《杂诗》中的"一帘红雨枕书眠"，似为此句所本。那为何会花瓣散落如雨，满地落花狼藉？此一追问，便知当然是"东风多事"了。结合前三句，方知原来作者是怨东风带走了明媚的春光，尽管它吹散了余寒，送来了温暖，但它又摧残花落，令人心伤。

花是春天的象征，落花飘零满地，意味着万紫千红的春天也将匆匆而去。遂有了结尾句的叹问："为谁亲系花铃？"花铃，指为防鸟雀而置的护花铃铛。据王仁裕所著的《开元天宝遗事花上金铃》中载，天宝初年，有一宁王，喜好声乐，风流蕴藉，诸王皆不如他。春天到来，他在后园中系上了很多的红丝为绳，缀满了金铃，系在花梢之上，遇见有鸟雀聚集在花枝，就令园吏敲击铃铛惊吓它们。后来，诸宫都效仿宁王此举，是为惜花。此处，作者反用"金铃"之典，意思是说东风刮得如此之甚，花瓣落成红雨，飘零殆尽，纵使惜花，在花枝上缀满金铃，可这又是为谁而系呢？"为谁亲系花铃"，结处此语，充满着愁绪无着，愁怀难遣的寂寞感和失落感。小词亦景亦情，其情中景，景中情自然浑融，空灵蕴藉，启人远神。

摊破浣溪沙① _{林下荒苔道韫②家}

林下荒苔道韫家，生怜③玉骨委尘沙④。愁向风前无处说，数归鸦。

半世浮萍随逝水⑤，一宵冷雨葬名花。魂是柳绵⑥吹欲碎，绕天涯。

词解

侬今葬花人笑痴，他年葬侬知是谁？

终于明白黛玉为何要葬花了。花有情，草有心，风也流泪，雨也会有伤痕。所有的刻骨并且铭心过的，都将烟消云散。

长安古道的风尘，江南迷茫的烟雨，那些风花雪月的事，那些俗世红尘的恩怨。葬花原是想念。想念一段过往的美丽情愫，想念那走过的路，那牵过的手。

评析

这首词，有人认为是悼亡之作，但至少表面看上去也像一首咏物词，至于所咏何物，或是雪花，或是柳絮，迷迷濛濛，不能道明。

"林下荒苔道韫家"，句子开头的"林下"二字，感觉不似用典，极易忽略，其实，

---

① 摊破浣溪沙：一作"山花子"。

② 道韫：东晋王凝之的妻子谢道韫。道韫有文才，曾以"未若柳絮因风起"的咏雪名句而为人称赏。此处代指亡妻卢氏。

③ 生怜：深怜、甚怜。

④ 玉骨委尘沙：指亡妻掩埋坟墓中。

⑤ "半世"句：谓半生的命运如同浮萍随水漂流。

⑥ 柳绵：柳絮。

这正是谢道韫的一则轶闻：谢遏和张玄各夸各的妹妹好，都是天下第一。当时有一尼姑，与二人皆识，有人就问这位尼姑："你觉得到底谁的妹妹更好呢？"尼姑说："谢妹妹神情散朗，有林下之风；张妹妹清心玉映，是闺房之秀。""林下之风"是说竹林七贤那样的风采，"林下"一词就从此出，那位谢妹妹正是谢道韫。

接下来，道韫，即谢道韫。谢道韫在诗词中的意象一重一轻共有两个，重的那个与下雪有关：谢家，有一天大家在庭院赏雪，谢安忽然问道："白雪纷纷何所似？"谢安哥哥的儿子谢朗抢先回答道："撒盐空中差可拟（就像往天上撒盐一样）。"众人大笑，这个时候，侄女谢道韫答道："不如比作'柳絮因风起'更佳。"仅仅因为这一句"柳絮因风起"，谢道韫便在古今才女榜上雄踞千年。从这层意思上说，纳兰性德写"林下荒苔道韫家"，或许和雪花有关，或许和柳絮有关。轻的那个，是从谢道韫的姓氏引申为"谢娘"，而谢娘这个称呼则可以作为一切心爱女子的代称。从这层意思上说，纳兰性德写"林下荒苔道韫家"，或许是在怀人。

但是歧义仍在，究竟确指什么呢？下一句"生怜玉骨委尘沙"，不仅没有确认前一句中的歧义，反倒对每一个歧义都可以作出解释。生，这里是"非常"的意思，而"玉骨委尘沙"既可以指女子之死，也可以指柳絮沾泥，或者是雪花落地。前一句里留下来的三种歧义在这里依然并存。

"愁向风前无处说，数归鸦"，点明愁字，而"归鸦"在诗歌里的意象一般是苍凉、萧瑟。乌鸦都在黄昏归巢，归鸦便带出了黄昏暮色的感觉，如唐诗有"斜阳古岸归鸦晚，红蓼低沙宿雁愁"；若是离情对此，再加折柳，那更是愁上加愁了，如宋词有"柳外归鸦，点点是离愁"，有"长亭柳色才黄，远客一枝先折。烟横水际，映带几点归鸦"。归鸦已是愁无尽，前边再加个"数"字，是化用辛弃疾"佳人何处，数尽归鸦"，更显得惆怅无聊。

"半世浮萍随逝水，一宵冷雨葬名花"，下阕开头是一组对句，工整美丽。上句是柳絮入水化为浮萍的传说，而"半世"与"一宵"的对仗，时间上一个极长，一个极短，造成了突兀陡峭的意象；推敲起来，"半世浮萍随逝水"似乎是纳兰性德自况，"一宵冷雨葬名花"则是所咏之人或所咏之物。我，半生如浮萍逝水，不值一顾；你，名花国色，却毁于一宵冷雨。

末句"魂是柳绵吹欲碎，绕天涯"，化自顾夐词"教人魂梦逐杨花、绕天涯"，却明显比顾词更高一筹，以柳絮来比拟魂魄，"吹欲碎"双关心碎，"绕天涯"更归结出永恒和漂泊无定的意象，使情绪沉痛到了最低点。

那此篇所言，到底为何？或是伤悼，或不是。总之是：扑朔迷离，含思要眇，情致深婉，耐人寻味。

摊破浣溪沙 风絮飘残已化萍①

> 风絮飘残已化萍，泥莲②刚倩③藕丝萦。珍重别拈香一瓣④，记前生。
> 人到情多情转薄，而今真个悔多情。又到断肠回首处，泪偷零。

词解

君本天上多情种，不是人间富贵花。君是浊世翩翩佳公子，舍得下荣华富贵，却抛不开纠缠错结的万千情丝。

亡妻的一颦一笑，一缕香魂，都让你柔肠寸断，落泪如雨，魂梦相依。手中的一杯淡酒，心头的几度思量，无人懂，无人知。

茕茕白兔，东走西顾。衣不如新，人不如故。再回首，春已去，花又落，用心良苦成蹉跎。

评析

这是一首缠绵悱恻的悼亡词。

首句，"风絮飘残已化萍"，这是杨花入水化为浮萍的传说，所传达的是"飘零无据"的意象，一个"已"字说明了这已是完成时，更是回天乏力了。"泥莲刚倩藕丝萦"，泥莲，即泥中的莲花，唐诗里有"泥莲既没移栽分，今日分离莫恨人"。显然，词人用泥莲和藕丝，

---

① "风絮"句：旧说柳絮飘落入水为浮萍。

② 泥莲：荷塘中的莲花。

③ 倩：请。

④ 一瓣：犹一炷。

是为了表达相思萦怀、依依不舍的情绪。

"珍重别拈香一瓣，记前生"，这一句略微费解，从上句之杨花与浮萍、泥莲和藕丝来看，这里"别拈香一瓣"似是说，分别之时两人手里各自拈着一片花瓣，以待来生转世之时，凭此花瓣的标识来重续姻缘。但是，更可靠的解释是：此处之香，指的是烧香的香，这是与佛教背景有关的。在佛教里，烧香是一件要切之事，属于礼敬佛门的所谓"十种供养"之一，具有洁净身心、远离污秽的意义。而香的种类又有许多，诸如线香、末香、瓣香等，这里所说的"香一瓣"应该就是瓣香。瓣香乃香中极品，是把檀香木劈成小瓣做成的，惟其尊贵，所以后来被作为香的泛称。

"珍重别拈香一瓣"，这个"拈"字也表明"香一瓣"应是瓣香而非花瓣，此是因为佛家有一专门称谓——"拈香"。所谓拈香，并不能望文生义地理解为手里拈着一支香，而是"烧香"义。佛门讲拈香，意谓烧香。纳兰性德伤情伤世，心向佛门，焚香读经，甚至自号为楞伽山人，许多词作都带着浓浓的出尘色彩，这一首悼亡词，便掺入了佛家语言。所以，"珍重别拈香一瓣，记前生"，这是明知今生已矣，但求来生，以心香一瓣为记，但愿前缘可续、并蒂重开。

"人到情多情转薄，而今真个悔多情"，这是纳兰性德的一个名句。情，是纳兰性德词作中、生命里的一个永恒主题，他似乎永远是为情而生、为情而伤的。这里表面似乎在说：情太多了便物极必反，如今也开始后悔当初的多情，但这果是纳兰性德的真心之语吗？当然不是，仅是他的自我开解而已，因为后面马上就是多情得无法自拔的句子："又到断肠回首处，泪偷零。"多情和无情，有时候乍看上去确实难以区别。惟其多情，恰似无情，这样的感触早在杜牧的时候就已经有了——"多情却似总无情，唯觉樽前笑不成。蜡烛有心还惜别，替人垂泪到天明。"人已无情，所以由蜡烛来替人垂泪。明知情深不寿，却依然情无反顾。人和人毕竟不同，只有挚情的人，才能够理解挚情的人。

摊破浣溪沙 欲语心情梦已阑①

> 欲语心情梦已阑，镜中依约②见春山③。方悔从前真草草④，等闲看。
> 环佩⑤只应归月下，钿钗⑥何意寄人间。多少滴残红蜡泪，几时干？

词解

诗人说：

世界上最远的距离，不是生与死的距离，而是我站在你面前，你却不知道，我爱你。

世界上最远的距离，不是我站在你面前，你不知道我爱你，而是爱到痴迷，却不能说我爱你。

世界上最远的距离，不是我不能说我爱你，而是想你痛彻心脾，却只能深埋心底。

世界上最远的距离，不是我不能说我想你，而是彼此相爱，却不能够在一起。

所以，天下有情人，若你们相爱，却无法在一起，不妨现在就大声告诉他（她），我日夜都在想你；若你们有幸相守相携，求你们彼此好好珍惜，莫待人去楼空时，却那样的一声叹息：方悔从前真草草，当时只道是寻常……

---

① 梦已阑：梦醒。阑：残，尽。

② 依约：隐隐约约。

③ 春山：女子眉毛的美称。

④ "方悔"句：此句借用前人意象。清代彭孙遹词作《卜算子·夏至日》中句："草草百年身，悔杀从前错。"

⑤ 环佩：古人衣带所佩之玉器，后专指女子之妆饰物，这里借指所爱之人。

⑥ 钿钗：女子之妆饰物，代指已逝爱人的遗物。

评析

　　这是一阕悼亡词，虽然体为小令，但却抒情委婉深挚，一波三折。首句"欲语心情梦已阑"，化自辛弃疾《南乡子·舟中记梦》中的"别后两眉尖。欲说还休梦已阑"，辛词正巧也是记梦，也是话未说而人已醒，纳兰性德理怨勾起他睹物思人的那些钿钗环佩，辛弃疾理怨的是那"不管人愁独自圆"的前夜的月亮：

　　欹枕樯声边。贪听咿哑聒醉眠。变作笙歌花底去，依然。翠袖盈盈在眼前。
　　别后两眉尖。欲说还休梦已阑。只记埋冤前夜月，相看。不管人愁独自圆。

　　辛词写梦中思念之人，用的是"翠袖"；纳兰性德写梦中思念之人，用的是"春山"，虽用词有异，但手法皆同。春山在古诗词里的意象颇有好几，这里是形容女子的眉毛。最早的出处或许是卓文君的一段轶事，她的眉毛被形容为"如望远山"。这个比喻堪称绝妙，比柳叶眉之类的形容好过百倍，让人能参其美却无法具体勾勒，能意会而不可言传。后来，眉和山的关系便被牢固地建立起来了，诗词里常用之语便有"远山""春山""远山长""春山翠"等。接下来一句，"方悔从前真草草，等闲看"，这一句大约化自彭孙遹"草草百年身，悔杀从前错"，与"当时只道是寻常"意同，谓总要在失去之后才懂得珍惜。下阕对句益发沉重，"环佩只应归月下，钿钗何意寄人间"，上句用杜甫诗作《咏怀古迹》五首之三中的"画图省识春风面，环佩空归夜月魂"，是过昭君村而吟咏昭君之作；下句用白居易《长恨歌》中的"唯将旧物表深情，钿合金钗寄将去"，是杨贵妃死后，方士为之招魂，"上穷碧落下黄泉"，终于得见，杨贵妃取金钿钗合，合析其半，让方士转交唐明皇以念旧好。纳兰性德用这两个典故，反用其意，说旧时故物何必再见，徒然惹人伤感，不能自拔。这样的话，自是"人到情多情转薄，而今真个悔多情"，愈见沉痛。这两个典故同时还点明：伊人已逝，心期难再。词义到此而明朗，自是为卢氏的悼亡之作无疑。

　　末句"多少滴残红蜡泪，几时干"，明说蜡烛流泪，实指自己泪涟；明问蜡泪几时干，实叹自己伤痛几时能淡。词句暗用义山之名句"蜡炬成灰泪始干"，所以，问蜡泪几时干实属明知故问，纳兰性德明明知道蜡烛要等到成灰之时泪才会干，也明明知道自己要等到生命结束之日才会停止对亡妻的思念。

摊破浣溪沙——一霎①灯前醉不醒

一霎灯前醉不醒，恨如春梦畏分明②。淡月淡云窗外雨，一声声③。

人道情多情转薄，而今真个不多情。又听鹧鸪啼遍了，短长亭。

词解

这是一个至情至性、至温至柔的男子。豪放是外在的风骨，忧伤才是内伤的精魂。人到情多情转薄，而今真个悔多情。

道无情，其实却有情。深爱一个人，又怎舍得，让其成为身边得到又失去的美丽？如果时间能把思念稀释了，那你为什么还在对她的思念里沉沦？

所以，不是人到情多情转薄。而是，情到深处是淡定，变得和呼吸一样自然从容。

情到深处是坦然，变得和生命一样坚定稳固。因为爱着，所以失去。我爱你，是可以到不爱的地步。或许这才是爱的最高境界。

评析

纳兰性德的这几首词，词牌都是"摊破浣溪沙"（又叫"山花子"，较为雅致）。"摊破浣溪沙"实际上就是由"浣溪沙"摊破而来。所谓"摊破"，即把"浣溪沙"前后阕

---

① 一霎：一刹那，谓极短的时间。

② "恨如"句：言怕醉中梦境与现实分明起来。

③ 一声声：此处借用前人意象。唐代温庭筠词作《更漏子·玉炉香》中句："梧桐树，三更雨，不道离情正苦。一叶叶，一声声，空阶滴到明。"

的结尾，七字一句摊破为十字，成为七字一句、三字一句，原来七字句的平脚改为仄韵，把平韵移到三字句末，平仄也相应有所变动。

这首词可与前词《摊破浣溪沙·风絮飘残已化萍》对比来看，都是写离恨而自怜自伤太甚的哀词。全词以"一霎灯前醉不醒"起句，又以"又听鹧鸪啼遍了，短长亭"做结，上下阕结构相似，皆做前景后情之语，交织浑成。犹如人从梦中惊起，尚带着三分迷惘。

摊破浣溪沙·一霎灯前醉不醒

首句，"一霎灯前醉不醒"，因为离愁，所以醉得分外快，仿佛刹那间就在灯前沉醉了，又不愿从梦中清醒过来面对伤人的离别，害怕醉中梦境和现实分明起来。"恨如春梦畏分明"一句，纳兰性德化用唐人张泌诗作《寄人》中的"倚柱寻思倍惆怅，一场春梦不分明"，以"畏"字更替原诗的惆怅之情为矛盾哀沉。接下来两句，"淡月淡云窗外雨，一声声"，谓偏偏在这似梦非梦，愁恨盈怀的时候，窗外的雨声淅沥不断。这两句，亦属它山之石。前一句是借鉴了宋李冠词作《蝶恋花·春暮》中的"数点雨声风约住，朦胧淡月云来去"，以淡月、淡云之浅淡轻盈反衬离人长夜心情之沉重凄苦；后一句脱自花间派的鼻祖温庭筠词作《更漏子·玉炉香》中的"梧桐树，三更雨，不道离情正苦。一叶叶，一声声，空阶滴到明"，以三更雨衬写愁绪冥冥，离心悠悠。

下阕，"人道情多情转薄，而今真个不多情"，前一句"人道情多情转薄"在《摊破浣溪沙·风絮飘残已化萍》也有，且在同一位置，兴许是纳兰性德本人对此句感慨良深吧。情感是共通的，却也是渐入的，"而今真个不多情"，"真个"这看似极平常极淡的两字，却是不寻俗之光亮，值得再三玩味，因为少了这两个字，便品不出纳兰性德那比秋莲还苦的内心。前番是情深转薄，现在是情深到无。还要加上"真个"两字强调，越读越有"愁多翻自笑，欢极却含啼"的反语意味。而反语一旦读穿，比直语更让人心酸。"而今真个不多情"看似比"而今真个悔多情"果决，其实心意更凄绝。

结尾二句，"又听鹧鸪啼遍了，短长亭"。古人认为鹧鸪的叫声似是在说"行不得也哥哥"。长亭作别，远行愁苦，鸟犹如此，人何以堪？显然，纳兰性德并非"而今真个不多情"，只要一想到短长亭前的离别，听到鹧鸪的悲啼，他就会产生如"湘江日夜潮"一般的无涯愁海。

落花时 夕阳谁唤下楼梯

093

> 夕阳谁唤下楼梯，一握香荑①。回头忍笑阶前立，总②无语，也依依。
> 笺书直恁③无凭据④，休说相思。劝伊好向红窗醉，须莫及，落花时。

词解

抬头，楼上珠帘卷处，窗前美人盈盈的身姿，如水的笑容。沁人的芳香，毫不迟疑地扑到身前。那些缤纷的美好，就如此温柔地拥入襟怀。思君如流水，何有穷已时？

斜阳路过了，招手，轻唤，下楼梯。笑语已闻，芳容相许，执手，偕老。

评析

纳兰性德对纯真爱情的执着追求，对恋人妻子的真情挚爱，使他的许多词中描写的爱情生活十分旖旎动人，比如这首极富情趣的《落花时》，写的就是他与恋人之间那种心心相印的温情和且亲且嗔的缠绵怜爱。

上阕，"夕阳谁唤下楼梯，一握香荑"，夕阳西下时分，伊人从楼上被人唤出，下得楼来与人相亲，她的手指，白嫩如荑。"一握香荑"并非说她手里握着一把香草，此句是对伊人形貌的刻画，正如《诗经·卫风·硕人》中"手如柔荑，肤如凝脂"，用柔

---

① 香荑（tí）：荑原为茅草的嫩芽，这里指女子白嫩的手指。

② 总：纵然，虽然。

③ 直恁：竟然如此。

④ 无凭据：不能凭信。

嫩的白茅芽比喻美人的手指，描绘庄姜之美。古代男女相约，十分不易，但是伊人下得楼来，却忍笑伫立，一语不发，叫人摸不着头脑。"回头忍笑阶前立，总无语，也依依"三句，是描绘女子的神情。本该见情郎了，她却回头忍笑，婷婷地在阶前倚立，静默无语；但即使没有言语，在情郎眼里，也还是那样楚楚动人。写二人相会，纳兰性德从女子落笔，写得精致活泼，数十字之间将伊人的形貌神情、心波暗涌、情人间且亲且嗔的复杂心态写得清透，读来惟妙惟肖。

下阕道破伊人忍笑伫立、一语不发的原因。"笺书直恁无凭据，休说相思"，她嗔怪情人信中相约却失约，故假意娇嗔说，书信中的期约竟如此不足凭信，你误期爽约，请你不必再说对我的相思了。但真是"休说相思"吗？"劝伊好向红窗醉，须莫及，落花时"，大约是看见情人慌乱着急，自己心下又不忍，遂以俏皮的口吻转口来抚慰情人珍重春光好沉醉，不要因为犹豫而耽误了两人相处的好时光，言语间隐有"有花堪折直须折"的雅骚之意，含情女子的款曲心事，不言而喻，而彼此且亲且嗔的复杂心态，亦活灵活现。

这阕《落花时》虽写情人幽会，但细致入骨，周身春光亦仿佛流转不定，眉目相照时只见缱绻未露轻薄，其风流蕴藉处颇有北宋小令遗风，言辞殊丽，一似月照清荷。庄重而亲昵，这是纳兰性德风骨心境高于一般市井词人的地方。

锦堂春 秋海棠

帘外淡烟一缕，墙阴几簇低花。夜来微雨西风里，无力任欹斜①。
仿佛个人睡起，晕红不著铅华②。天寒翠袖添凄楚，愁近欲栖鸦③。

词解

庭院静静的。寂寞的思妇，凭倚在阶前的石栏杆畔。初秋之夜，如一袭藕荷色的蝉翼一样的纱衫，飘起淡淡的哀愁。秋海棠开花了，如擎出一个古代的凄美的故事。

多情唯有春庭月，犹为离人照落花。秋海棠一样寂寞的思妇，就像凄清又惆怅的丁香姑娘一样，冰冷的气息中氤氲着薄而密的雾气，散发着幽幽馨香。

落红成阵，风飘万缕愁煞人……

评析

据《采兰杂志》载：古代有一妇女怀念自己心上人，但总不能见面，经常在一墙下哭泣，眼泪滴入土中，在洒泪之处长出一植株，花姿妩媚动人，花色像妇人的脸，叶子正面绿、背面红，秋天开花，名曰断肠花，又名八月春，即今秋海棠。此篇就是一首咏秋海棠之词，兼以表达作者淡然惆怅的心情。

上阕写花之色泽形貌，以及其风雨凄凉的境遇。首二句点出秋海棠生长之地，"帘

---

① 欹（qī）斜：歪斜不整。

② 铅华：指脸上搽的粉。

③ 欲栖鸦：谓乌鸦欲栖息之时，即黄昏时候。

外淡烟一缕，墙阴几簇低花"，"墙阴"即墙角阴处，从门帘远远望去，只见一抹淡淡的绿痕，近而视之，在墙角的背阴处，有几簇海棠花独自微弱盛开。"几簇低花"，一"低"字，画出秋海棠难禁风雨之情状。这就是下二句的"夜来微雨西风里，无力任欹斜"。雨是微微的，风是软软的，但是即使是这样的风雨，秋海棠也难以经受，被吹打得欹斜不整。

下阕以人拟花，进一步刻画花之风采神韵。"仿佛个人睡起，晕红不著铅华"。将海棠与娟娟女子相连，亦属前人笔法。比如苏轼诗作《海棠》——"东风袅袅泛崇光，香雾空蒙月转廊。只恐夜深花睡去，故烧高烛照红妆。"此处将秋海棠喻为美人，自然没有东坡借海棠的圣洁、幽寂抒写自己虽遭贬官，但仍孤特独立的高洁情怀，而是另有一番情事。据《太真外传》载，明皇有一次登沉香亭，召妃子。妃子那时正好是早晨醉酒未醒，明皇就令高力士叫侍女把她扶掖至沉香亭中来。至亭后，妃子醉颜残妆，钗横鬓乱，只拜了一下就不能再拜了。明皇遂笑曰："这哪里是妃子醉，分明是海棠睡未醒嘛。"显然，此句"仿佛个人睡起，晕红不著铅华"就是唐明皇李隆基的那句"是岂妃子醉，直海棠花睡未醒耳"，谓微雨软风后，秋海棠花朵的颜色仿佛是姣美的少女刚刚睡起，脸上还泛着红晕。

结尾二句，"天寒翠袖添凄楚，愁近欲栖鸦"，继续以海棠喻美人，绮丽中增添几许凄凉悲哀。"天寒翠袖"，取自杜甫诗作《佳人》中的"天寒翠袖薄，日暮倚修竹"，原句是形容"幽居在空谷"的绝代佳人忠贞的节操，此处是表现秋海棠女子形象的孤寂凄楚。"愁近欲栖鸦"，化用赵令畤词作《乌夜啼·春思》中的"年年春事关心事，肠断欲栖鸦"，一曰"肠断"，一曰"愁近"，其实都是昏鸦归巢引起的怅惘之情。此结尾二句，如何看也不似写秋海棠，分明是写女子秋日黄昏无情无绪的心思，是写词人自己秋日里苦闷无聊、寂寂难遣的情怀。也许这秋海棠，又是道具一件，虽然华美佳丽，但是演绎的恐怕仍是纳兰性德自己的伤心事吧。

纳兰词选

河渎神 凉月转雕阑①

凉月转雕阑，萧萧木叶声乾②。银灯飘箔琐窗③闲，枕屏④几叠秋山。
朔风吹透青缣被⑤，药炉火暖初沸。清漏沉沉无寐，为伊判得憔悴⑥。

词解

月，遥遥悬挂于寥落的天空上，最是冷清，最是孤寂。谁家今夜扁舟子，何处相思明月楼？问天无语，觅人无踪。

无你的日子，我独自用孤单支撑着落寞的风景，寂寥地行走在长长的雨巷，用一季散落的丁香铺满每一个冰凉的夜。

我清澈的思念，虽然美丽如诗，却只能在夜晚穿梭，落入枕边。思念遥相寄，相思比梦长。红尘俗世永远是一个人的漫游，一个人的烦忧，永远是一个人的月朗星稀，一个人的地老天荒。

---

① 雕阑：即雕栏，雕花的栏杆。

② 乾（gān）：形容声音清脆响亮。

③ 琐窗：雕作连锁形花纹的窗。

④ 枕屏：枕前的屏风。

⑤ 青缣（jiān）被：青色细绢缝制的被子。缣：细绢。

⑥ "为伊"句：语本宋柳永《凤栖梧》词："衣带渐宽终不悔，为伊消得人憔悴。" 判：同"拼"，甘愿、情愿。

评析

这首词，绝大部分篇幅都是景物描绘，只于结尾处点旨，表明秋夜相思之情。

"凉月转雕阑，萧萧木叶声乾。"这两句写室外景色，寒月转过雕栏，落叶萧萧，飘落时发出清脆的响声。时为秋夜，月亦为秋月，所以"凉月"不仅写出作者内心的寒凉之感，也隐约点名时令。"萧萧木叶声乾"一句，化用柳永词作《倾杯·水乡天气》中成句"空阶下、木叶飘零，飒飒声乾"颇为得法，似乎招之即来，挥之即去，取以表达自己秋日冷落情怀，而不露明显的斧凿痕迹。接下来的"银灯"两句，转写室内景象。"银灯飘箔"，银灯里点燃的灯芯草会结花，习习晚风吹来，灯花旋而飘落，此说明作者独坐已久。"琐窗闲"，"琐窗"指镂刻有连琐图案的窗，"闲"字谓无意趣，表明作者无聊的心思。"枕屏"，指床头枕边的屏风。寂寂的枕屏在秋夜里静默着，好似几叠秋山连绵到远方，引起作者对远人的无端怀想。上阕之景是从大景写到小景，从室外写到室内，都是肃杀凄凉之景。

下阕前二句仍是景语，是继上阕的结二句写室内之景。"朔风吹透青缣被"，"朔风"指北风，北风凛冽，似是要把青色细绢缝制成的被子吹透，秋寒如此，可见一斑。接下来的一句，"药炉火暖初沸"，化用王次回诗作《述妇病怀》中的"无奈药炉初欲沸，梦中已作殷雷声"，写恹恹病中情景。那本来无恙的作者为何会遭疾？结尾二句点明是因为相思而致多愁多病。"清漏沉沉无寐，为伊判得憔悴"，清漏声声，悠远隐约，那人再也无法安眠，但即便如此憔悴，为了伊人，我也无怨无悔。"为伊判得憔悴"，显然脱自柳永词作《凤栖梧·伫倚危楼风细细》中的名句——"衣带渐宽终不悔，为伊消得人憔悴"，这一结绾在一片凄凉景象的烘托之下，更显实密厚重。

这首词妙在紧拓"秋夜相思"，却又迟迟不肯说破，只是从字里行间向读者透露出一些消息，显得影影绰绰，扑朔迷离，千回百折，直到最后一句，才使真相大白。词在相思感情达到高潮的时候，戛然而止，激情回荡，感染力更强了。

纳兰词选

096

四犯令 麦浪翻晴风颭^①柳

麦浪翻晴风颭柳,已过伤春候^②。因甚为他成僝僽^③,毕竟是春迤逗^④。红药^⑤阑边携素手,暖语浓于酒。盼到园花铺似绣,却更比春前瘦。

词解

　　片片红云处,芍药花开放。红色的芍药,开在麦浪翻滚的春天,开在栏杆边,一年一年,为谁红?

　　那个叫红药的女子,再也不能拥她入怀,似是从未相聚过。自别后,忆相逢,花开如你,你比花还瘦。栏杆边的那一束芍药,花团锦簇地热闹了一个春天。秋天一到,就寂寥了。孱弱、儒雅,却是这等的、这等的痴心。

　　念桥边红药,年年知为谁生?

评析

　　此篇写伤春怀人意趣,温柔旖旎。"麦浪翻晴风颭柳,已过伤春候",风中绿麦,似是海浪,涟涟无边,清香幽幽;杨柳颭颭,随风飘扬。"麦浪""风颭柳"说明春去夏来,伤春季节已过。起二句,格调清新健朗,似表明作者内心也是自有一番愉悦之情的。

---

① 颭(zhǎn):风吹使摆动。

② 候:时令,时节。

③ 僝僽(chán zhòu):憔悴,烦恼。

④ 迤逗:惹起,引逗。

⑤ 红药:芍药。

但果真如此吗？"因甚为他成僝僽"，"僝僽"即憔悴，愁苦，周紫芝词作《宴桃源·帘幕疏疏风透》中有"宽尽沈郎衣，方寸不禁僝僽"，由此可知"僝僽"绝非一般的忧愁、烦恼，而是因哀愁而颜色憔悴，形容枯槁，就是柳永所说的"衣带渐宽"。然而毕竟"已过伤春候"。既然为春感伤的时候早已过了，那词人为何还落寞依然？这一点，词人似乎并不自知，所以才会有"因甚"的"扪心自问"。但真的不知吗？"毕竟是春迤逗"，上阕结句点出伤春意绪仍在。而这"春"字又不止于自然之春，个中亦含"春怀""春情"的内蕴。因而就有了下阕的回忆之语。

"红药阑边携素手，暖语浓于酒"，此二句承"春迤逗"而来，点明烦恼之由。"红药"，即芍药，"红药阑"即古诗词中常提及的芍药栏，药栏，亦泛指花栏。最早见于南朝梁庾肩吾诗作《和竹斋诗》中的"向岭分花径，随阶转药栏"一句。南宋赵长卿词作《长相思·花飞飞》中有"药栏东，药栏西，记得当时素手时"，《牡丹亭》里也有"转过那芍药栏前"。这两句是缅怀当初两人幽会情景：犹记那日，在开满殷红芍药的阑边，他携起了她的素手，而她也不避闪，温言软语，笑意满眸。这一切如今想来，令人动情，亦使人伤感。"盼到园花铺似绣，却更比春前瘦"，结二句再转回写此时之情景与感受，盼到花铺似绣，却仍不能相见，翻转之中表达出斯人独憔悴的情态，苦恋的悲哀。

添字采桑子 闲愁似与斜阳约

闲愁似与斜阳约，红点苍苔，蛱蝶飞回。又是梧桐新绿影①，上阶来。
天涯望处音尘断②，花谢花开，懊恼离怀。空压③钿筐④金线缕，合欢鞋⑤。

词解

等你，在夕阳下，在翩翩的蝶舞中。夕阳沉落，明月升起。

等你，在对影成三人的酒杯中。望断江南山色远，人不见，草连空。

等你不来。相思也成为一种伤害，爱也成了一道讳疾忌医的伤痕。

花谢，飘落一地忧伤。情到深处人孤独。

评析

这首词，写一闺中女子殷切盼望心爱的人由远方归来的情怀。词中对人物面貌举止着墨不多，对其内心活动的刻画和环境景物的描写却极深、极细致。

"闲愁似与斜阳约"，用笔极为精湛优美，一上来就给人以美的享受。写"闲愁"的句子，宋词里多如牛毛，名句就不可胜数，比如贺铸有"试问闲愁都几许？一川烟草，满城风絮，

---

① "又是"句：此句借用前人意象。北宋欧阳修词作《摸鱼儿·卷绣帘》中句："卷绣帘、梧桐秋院落，一霎雨添新绿。"

② "天涯"句：此句借用前人意象。唐代李白诗作《忆秦娥》中句："咸阳古道音尘绝。"

③ 空压：闲置。

④ 钿筐：有金银贝壳等镶嵌物的筐。

⑤ 合欢鞋：绣有鸳鸯或鸾鸟的鞋子。

梅子黄时雨"，戴复古有"这一点闲愁，十年不断，恼乱春风"，李清照有"一种相思，两处闲愁"。纳兰性德的可贵之处在于，他写"闲愁"，能自铸别辞，尽脱前人窠臼。"闲愁似与斜阳约"，不说正当愁绪满怀之时，偏又逢夕阳西下，而说愁情仿佛是与夕阳有约，一个"约"字就把闲愁写活了，一年三百六十五日，日日黄昏都有夕阳，那岂不是说日日黄昏，闺中人都有闲愁吗？这句"闲愁似与斜阳约"，可谓一空依傍，角度新颖，构思奇特。

"红点苍苔，蛱蝶飞回。又是梧桐新绿影，上阶来。"这四句是首句闲愁情怀的景物化。前两句谓粉红色的蛱蝶翩然飞来，落在了苍苔之上，远远望去似是红色妆点了苍苔。后两句是从欧阳修诗句"梧桐秋院落，一霎雨添新绿"（《摸鱼儿·卷绣帘》）脱化而来，纳兰性德把"新绿"换成"绿影"，且将"梧桐""新绿"叠合成一个新的意象，化用前人诗句，天衣无缝，浑然一体。而"上阶来"一句，又把梧桐绿影活化了，给人以逗引春愁之感。

过片点明离愁。"天涯望处音尘断，花谢花开，懊恼离怀。""音尘断"，似是出自李白诗作《忆秦娥》中的"咸阳古道音尘绝"，添以"天涯望处"，更显远人音信杳无，闺中人引颈西望后的失望寂寞。"花谢花开"，化用韩偓诗作《六言三首》中的"半寒半暖正好，花开花谢相思"，意思是说花谢花开，盼了一年又一年，而远人仍未归来，于是懊恼离怀倍添于心。

"空压钿筐金线缕，合欢鞋。"结尾二句，化离情为绮景，点明闺人心事。值得注意的是此处的"合欢鞋"。合欢鞋，既指鞋上所绣图案，又指制鞋工艺。图案，是指鞋上常绣有莲、藕、鸳鸯、鸾鸟等物；工艺，是说将两鞋帮并齐，依照图样用针绣透两帮而缝纳，完毕之后，再用刀自两帮间剖开，于是两鞋帮就有了相同的绒状花样，称为合欢绣。此外，合欢鞋还有另一说：双行双止，永不分离，并且"鞋"音近于"偕"，所以"凡娶妇之家，先下丝麻鞋一两，取和谐之义"（《中华古今注》卷中）。比如王涣诗作《惆怅诗》中的"薄幸檀郎断芳信，惊嗟犹梦合欢鞋"。纳兰性德这两句说的是，远人不归，闺中人所制合欢鞋无人穿用，只能闲置在筐筐之中。词人并未直接诉陈怀人之语，而是借景于合欢鞋以曲折说之，使词意婉转层深，独具韵致。

098

荷叶杯 帘卷落花如雪

帘卷落花如雪，烟月。谁在小红亭？玉钗敲竹乍闻声，风影①略分明。化作彩云②飞去，何处？不隔枕函③边。一声将息④晓寒天，肠断又今年。

词解

心爱的女子，她知道，这是你寂寞不安的表示……

你爱月夜访竹，问竹，清洁如许，可有愁心，可愿共人知？

她听出来了，你是在寻觅一位红颜知己。其实，她就是一竿冰清玉洁的翠竹。种在你的屋前，朝夕看着你，守住你。

在落花如雪的月夜里，朦朦胧胧中，你又看到了她立在小红亭边绰绰的身影。又仿佛听到了几声玉钗轻敲翠竹的声音。

是她回来了吗？踏着溶溶烟月而归，不改昔日的风貌？只是一瞬的回眸，伊人已化作彩云飞。从此，心如黄河九曲。往昔的珍重，便成了今日的断肠。

评析

此篇是怀念妻子卢氏之作，浮想联翩，颇具浪漫特色。

上阕写梦中幻景，别饶风致。"帘卷落花如雪，烟月。谁在小红亭。"在落花霏霏

---

① 风影：随风晃动之物影，这里指那个人的身影。

② 彩云：心爱女子的代称。

③ 枕函：枕头。

④ 将息：珍重、保重。

如雪的月夜里，朦朦胧胧的烟雨中，仿佛看到了妻子正亭立在小红亭里，身影历历，卓然可爱。"帘卷落花如雪"，将落花喻为雪花，凸显其轻盈、散漫之态，前人已有之，宋之问诗作《寒食还陆浑别业》中的"洛阳城里花如雪，陆浑山中今始发"，王安石诗作《钟山晚步》中的"小雨轻风落楝花，细红如雪点平沙"，似皆为其本。

接下来一句，写词人仿佛听到了几声玉钗敲竹般的声响，"玉钗敲竹乍闻声"，此之空寂幽静，与高适诗作《听张立本女吟》中"自把玉钗敲砌竹，清歌一曲月如霜"一句的意境颇似：一个纤弱女子，在皎皎月光下，情不自禁地从发髻上拔下玉钗，敲着阶沿下的修竹，打着拍子，朗声吟诵起来。以钗击节大约是唐宋以来文人歌吟的习惯，而本词中的那位"小红亭"里的女子，信手击竹，对月而吟，大概是求"知音赏"吧。知音者谁？当然是多情的词人了。然而这毕竟是梦中情景，词人并非在揣度妻子心事，而是写他梦中的景象。"风影略分明"，正是言梦中妻子的身影不甚分明，影影绰绰，朦朦胧胧。整个上阕写梦中情事，活泼生动，风致嫣然。

下阕则由幻象转为奇想的描绘。"化作彩云飞去。何处？""彩云"，是对心爱女子的代称，大约出自李白诗作《宫中行乐词》中的"只愁歌舞散，化作彩云飞"。这句是说她的形影化作彩云飞逝了，然而飞往何处呢？词人并未作答，显得含而不露，更为意蕴深远。接下来又转而回到现实中来，直叙此时不能忘情的心境。"不隔枕函边"，意谓与她的枕边情义总是隔不断的。最后二句，"一声将息晓寒天，肠断又今年"，"将息"，即珍重、保重，宋谢逸词作《柳梢青·离别》中有"香肩轻拍，尊前忍听，一声将息"，纳兰性德此处是用当年曾有过的嘱咐珍重的情景，和此际无限伤感之语作对比，凄情苦况尽在其中，令人凄然惘然。

099

荷叶杯
知己一人谁是

> 知己一人谁是？已矣。赢得误他生①。多情终古似无情，别语悔分明。
> 莫道芳时易度，朝暮。珍重好花天②。为伊指点再来缘③，疏雨洗遗钿④。

词解

终于，你等到了。高山流水遇知音。她是那么冰雪聪明。吹花嚼蕾弄冰弦，赌书消得泼茶香。真真神仙眷侣。然而，那一支高山流水曲，还未来得及演绎，知音便已去。

你伤心至极，醒也无聊，醉也无聊。梦好也难留，真个残忍。黄泉碧落，你恨不能随她而去。只是高堂在上，幼子在下，你有你的责任。真爱已矣。只向从前悔薄情。天上人间，从此眉不展。

评析

这是一首怀念亡妻的小词，凄婉哀怨，动人心魄。"知己一人谁是？已矣。"词发端显旨，开头径直道出"知己"二字，点明了卢氏对自己来说是无可替代的重要，正在于相知相许，琴瑟相谐，这一定位在悼亡词中显得格外珍贵。然而，这样一位知己竟然猝然离世，凄然归天，令人恨然心痛。"已矣"一句，虽只有两个字，但是笔力千钧，直抒伤痛之情，

---

① 他生：犹来生。
② 好花天：指美好的花开季节。
③ 再来缘：来世的姻缘，用韦皋、韩玉箫事。
④ 钿：指用金、银、玉、贝等镶饰的器物。这里代指亡妇的遗物。

已是先声夺人。接下来"赢得误他生"，却笔锋勒马，由刚转柔，用情语铺叙。"赢得"即落得，"他生"即来生，李商隐诗作《马嵬》中有"海外徒闻更九州，他生未卜此生休"，"误"即来生被误，属于正话反说，意思是今生遇见你，不可能有别的选择了，其实是指生死不渝。此篇前三句，连连转折，感情却层层升腾：先说"知己一人"正是爱妻，接着倏然一句"已矣"，再接着一句说爱妻虽亡，但是两人情意至死不渝。

接下来两句，"多情终古似无情，别语悔分明"，前一句化用杜牧诗作《赠别》中的"多情却似总无情，惟觉樽前笑不成"，表达了对亡妻铭心刻骨的缅怀。"有情"，指双方本来就有真挚感情，此刻死别，更是思绪万端，黯然销魂。也许词人应当表现两人曾经缱绻缠绵的柔情，但实际上，却是默然与妻子亡魂相对，无以为语，所以说"终古似无情"。"终古"二字强调，说明这是一种普遍现象。为什么"多情"反而似"无情"呢？这是因为，在死别的情绪高潮中，一般的言语和感情根本不足以充分表达深浓的怀念和追悼，而永别的伤感痛苦又使得词人近乎铁石心肠；也许是最多情的人反而会有这种漠然无情的表情。说"似"，又正道出这"无情"的表象下蕴藏着"多情"的实质。这"多情"与"无情"的矛盾统一绝妙地反衬出情之深刻，刻骨铭心。正因为如此，才有了后一句的"别语悔分明"。按常理来说，词人思念卢氏，念及她对自己的温柔体贴，病体沉沉时尚不忘嘱咐自己千事万事，这些话事后想起来应该会非常分明，怎会言"悔"呢？其实，"别语悔分明"同"多情终古似无情"一样，都是一种错位的表达：词人后悔将别语记得太分明，是因为妻子千嘱咐、万叮咛之后，就飘然而逝，而一想起对自己的深情别语，他就痛不欲生。假若别语记得不是很分明，自己也就不会这么痛苦了。"别语悔分明"，淡淡一句，却蕴含深意，用情彻骨。

下阕，"莫道"三句，仍是抒发这剪不断的丝丝挂念、缕缕哀思。"莫道芳时易度，朝暮"，意谓不要说良辰美景能轻易度过，我朝朝暮暮都怀念着你啊。既是"朝暮"思念，那么这良辰美景，也应是虚设了。那又为何要"珍重好花天"，爱惜这美好的花开季节呢？这是因为要"为伊指点再来缘，疏雨洗遗钿"，即要收拾好亡妻遗物，使她来生看见此物时，为她指点，让她能记起前生。"为伊指点再来缘"一句，用的是韦皋、韩玉箫事。韦皋年轻时游历江夏，住于姜使君处教书。姜家有一婢女，名叫玉箫，年仅十岁，常往服侍韦皋，二人久而生情。后来韦皋因事离开，便和玉箫约定：少则五年，多则七年，一定回来接走玉箫。五年过去了，韦皋没有回来，玉箫总是在鹦鹉洲上默默祈祷，就这样又过了两年，到了第八年的春天，玉箫绝望了，悲伤之下，绝食而死。后来，韦皋出任蜀州，当时祖山人有少翁的法术，能使死者魂魄出现在人面前。韦皋见玉箫魂魄，就和她说，明日就托生，十二年后再为侍妾。后来有一次，适逢韦皋诞日，东川卢尚书献一歌姬祝寿，年十二，名字就叫玉箫。于是韦皋唤她，发现就是以前的婢女玉箫。词人用此典故，是深感从前美满已成绝望，深痛知己的永诀，幻想再续前缘，深切感人。最后"疏雨洗遗钿"一句，清淡凄冷，有景有情，全词情意飞流直下，到这里收刹非但没有不妥，还恰到好处地催人泪下。

寻芳草 萧寺①记梦

> 客夜怎生②过？梦相伴、绮窗吟和③。薄嗔④佯笑道，若不是恁⑤凄凉，肯来么？
>
> 来去苦匆匆，准拟⑥待、晓钟敲破。乍偎人、一闪灯花堕，却对着琉璃火⑦。

词解

这荒野古寺，鸦啼阵阵，远磬声声。这霜寒时候，西风断雁，萧萧落木。漂泊处谁相慰，谁知你冰霜摧折，壮怀都废？若不是恁凄凉，肯来吗？

但她来。密语移灯，闲情枕臂。她来，烧灯时候，酒暖葡萄。她来，并吹红雨，同依斜阳。她来，被酒春睡重，赌书泼茶香。她来，纵不语，也依依。

你拥她在怀里，拥得更紧。在梦里，不愿醒来。

评析

这是一首记梦之作，表达了对所爱之人的深深思念和怨离之情。

---

① 萧寺：泛指佛寺。

② 怎生：怎样。

③ 吟和：吟诗唱和。

④ 薄嗔：假意嗔怪。嗔（chēn）：怒，生气。

⑤ 恁：如此。

⑥ 准拟：准备、打算。

⑦ 琉璃火：指寺庙中的琉璃灯。

首句以"客夜怎生过"提问和起,第二句以后便具体描述征人怎生度过孤眠之夜。客夜无聊,他一早便进入梦乡。在梦中,他回到家里,和妻子窗下联诗。鸾笺分韵,红袖添香,闺房之乐,甚于画眉。他还见到,妻子对他"薄嗔佯笑",怨他归来太晚,以为他只一心一意勤于王事,忘记她独守空房。这上阕的几句,少年夫妻久别重聚的神态跃然纸上。它简直使人感觉到,征人确已回到了妻子身边,共同度过了一个难忘的夜晚。

然而,那一晚回家,相聚的时间很短,天亮时又得匆匆离别。于是这一对聚少离多的人,尽量俄延,打算等到"晓钟敲破",没法再拖延下去时才肯分手。到最后,分手时间真的到了,夫妻俩紧紧偎依在一起,情意缠绵,难分难舍,谁知道,那时灯花一闪,随即熄灭,他们也掉进了黑暗的深潭里。下阕这几句,感情真切,词人只约略点染了夫妻不肯分离的情景,便表现出他们之间感情的深厚。

词最后一句,"却对着琉璃火",写得最为精彩。就在灯花一闪的刹那间,征人醒了。原来,在他眼前的灯,并不是那盏照着他们俩依窗吟和的灯,而是借宿于萧寺里的"琉璃火"。重聚的欢乐,离别的依恋,这一切,原来都是一场春梦。值得注意的是,琉璃佛火,在寂寞的殿堂里闪烁,使人感到分外虚无空幻。午夜梦回,征人对着它回味着梦里的悲欢离合,此中滋味,真不足为外人道。

这首词,从梦中重逢写到梦中再别。梦里重逢固然喜出望外;梦中分手,也还掺和着柔情蜜意,然而,作者酣畅地描写客夜梦境的缠绵,却在于突出萧寺的荒凉,抒发对妻子的无限思念。

南歌子 *翠袖凝寒薄*①

翠袖凝寒薄，帘衣②入夜空③。病容扶起月明中，惹得一丝残篆④，旧熏笼。暗觉欢期过，遥知别恨同。疏花已是不禁风，那更夜深清露，湿愁红⑤。

词解

因为你不在，以前我们一起时做的事，现在都惹得人伤心。你多么可恨，竟让我一人独自，看那清凉如水的月色。白色的月光下，镜中的我，脸色竟然也是这般苍白。不，我不要你看到我这般憔悴的模样。我一定要面若桃夭，唇如樱桃，巧笑倩兮，眉目流盼，看你归来。

夜已深了，你睡了吗？还是与我一样，独望残月呢？是否还记得，我为你点燃的熏笼味道？那时，你曾说，你喜欢这味道，因为这味道可以让你想起我。你若有一天远行，定要带它在身边才好。

你这样每晚因思念我而哭泣，生病了如何是好？愿托明月，将我对你的思念，送至你的身边。其实却也是不必的，因为你我的思念，早已穿越千里，到达对方身旁。其实我们一直都在一起，不曾分离。

---

① "翠袖"句：语本杜甫《佳人》诗："天寒翠袖薄，日暮倚修竹。"凝寒：严寒。

② 帘衣：帘子。

③ 空：空寂。

④ 残篆：将要燃尽的篆字形的香。

⑤ 愁红：即惨绿愁红，指残花败叶。

评析

《南歌子》也名"水晶帘""碧窗梦"等，都是很美的名字。原是唐教坊曲名，后用作词牌名。这阕《南歌子》，全从对方落笔，写她苦苦相思的情态，被人评为纳兰性德"哀感顽艳，得南唐二主之遗"的代表之一。

首二句是说，入夜，帘幕里空空寂寂，他不在身旁，不免孤单凄冷。"翠袖凝寒薄"，系用杜诗《佳人》"天寒翠袖薄，日暮倚修竹"句意，杜诗写了一位为丈夫所遗弃的妇人自保贞节的德操品行。这里用以描摹女主人公不胜清寒之貌，同时暗示她离居的忧伤，和对远人一往情深的盼望。"帘衣入夜空"，帘衣，就是帘子，帘是用来隔开屋里屋外，似是人穿的衣裳，故曰。"空"既可以指帘内空寂，也可以指帘外空漠，总之是衬人离怀之语。此句，意境幽夐美妙，直教人想起陆龟蒙的"画扇红弦相掩映，独看斜月下帘衣"，一位绝色女子，在月光之下，神色黯然，思念归人。

"病容扶起月明中"，清凉如水的夜晚，一人独自，身难暖，心亦寒，更何况"病容扶起"？"病容扶起"，也就是扶病而起。想必是皎洁的月光下，她对镜自视，发现自己倏然憔悴许多，而此僝僽模样，她又不想让远人看到，所以辗转反思，难以成眠，于是只好"病容扶起"，看那如水月色了。

"惹得一丝残篆，旧熏笼。"夜已深了，篆香也将要燃尽，她还没有睡，独望残月后，她又凝视着旧时的熏笼，想起往日与他一起点燃熏笼的情景。"惹得"二字，精妙非常，似是说那淡白色的烟丝丝缭绕，分明是她对他的心，万般牵挂，不能割舍。

"暗觉欢期过，遥知别恨同"，下阕首二句终于点明离别相思的题旨了。二人的欢期已经过了，但即便分离已久，她仍然知道，恋人和自己一样，都在思念着对方。接下来三句，"疏花已是不禁风，那更夜深清露，湿愁红"，表面意思是说，花朵已经稀疏冷落，不能经受风吹，又怎么经得起夜深露重呢？于是经风著露，只落得个惨绿愁红。实际上，"疏花"是与上阕的"病容"相对应的，古人常有把女子比成花朵，以花朵经受风雨摧残喻女子青春易逝的写法，词人此处亦然。所以表面上谓花朵一片惨淡，实际上是说女子再也不能经受离愁别恨的折磨，否则就会红颜憔悴，身心交瘁，伤心彻骨。这最后三句，写花写人，一语双关，情韵宛然。

南歌子 古戍①

古戍饥乌集，荒城野雉飞。何年劫火②剩残灰，试看英雄碧血③，满龙堆④。玉帐⑤空分垒，金笳⑥已罢吹。东风回首尽成非，不道兴亡命也，岂人为。

词解

戍守的人已归了。留下，边地的残堡。一千八百年的草原，如今，是沙丘一片……

百年前英雄系马的地方，百年前壮士磨剑的地方，这儿你黯然地卸了鞍。一切都老了，一切都抹上风沙的锈。

撩起沉重的黄昏，唤来守更的雁。趁着月色，做一个铿锵的梦。谁自人生来，要回人生去？古今成败，原是过眼云烟，创痛与悲戚最永恒。

评析

这首边塞词，不啻是一篇吊古战场文，悲凉慷慨。首句即吸收李白诗作《战城南》中"乌鸢啄人肠，衔飞上挂枯树枝"和沈佺期诗作《被试出塞》中"饥乌啼旧垒，疲马恋空城"的诗意，表现了萧萧古戍、饥乌群集的凄惨景象。次句，"荒城野雉飞"，是化用刘禹锡"麦

① 古戍：指古代将士守边的地方，一般有营垒、烽火台等设施。

② 劫火：佛家语，指世界毁灭时所起的大火，后亦借指灾火、兵火等。

③ 碧血：指志士仁人所流的血。

④ 龙堆：汉代西域地名，汉后诗文中用来代指北方边塞沙漠。

⑤ 玉帐：军中将帅所居军帐的美称。

⑥ 金笳：笳的美称。笳是古代北方民族的一种乐器，类似笛子。

秀空城野雉飞"句意，把古战场阴森可怖的情景写得活灵活现。接下来的"何年"三句，
颇有唐朝边塞诗的味道，但纳兰性德毕竟不是岑参那类边塞诗人，唐时的边塞诗是荒凉
中透出豪迈，这首边塞词却是豪迈转向了凄凉。"何年劫火剩残灰"，是哪一年的战乱
造就了如今一切的皆似残灰？惨淡的历史已遥不可考，如今只有看英雄们当日的碧血，
化作了这蛮荒的土色。"试看英雄碧血，满龙堆"，"碧血"，典出《庄子·外物》："人
主莫不欲其臣之忠，而忠未必信，故伍员流于江，苌弘死于蜀，藏起血三年，而化为碧。"
后来就把忠臣志士所流之血称为"碧血"。纳兰性德此处谓，君不见那些忠魂碧血，不
管埋骨何方，到头来不都是付与这无边瀚海了吗？上阕，古戍、荒城、劫灰、碧血……
组成的是一幅凄惨悲凉的大漠边城之景，奏响的是一曲苍凉沉郁的悲歌。

下阕前两句承接上阕，继续铺写古战场萧然之景。"玉帐空分垒，金笳已罢吹"，
军中将帅的军帐再也不能分开营垒，悲咽的金笳也已永远停吹了。"空分""已罢"，
四字写出昔景的黯然难以掩盖。既然古战场遗下了残灰，遗下了英雄的战骨，玉帐成空，
金笳已罢，那就说明厮杀斗争，恩仇荣辱，一切都成过去，于是，词人不禁废然道："东
风回首尽成非，不道兴亡命也，岂人为。""东风回首"，出自李煜词作《虞美人·春
花秋月何时了》中的"小楼昨夜又东风，故国不堪回首月明中"，此处是说如今回首前
朝往事，但觉物是人非，事事皆休。所以，词人最终感言，兴亡之理，不在人为，而在
乎天命，遂见纳兰词哀伤风骨。在那片八旗子弟抛头颅、洒热血的战场上，纳兰性德既
不缅怀"开国英雄"的功绩，更不慷慨悲歌，从中吸取振奋精神的力量，却在那里冷冷
清清、忧忧戚戚地寻寻觅觅。这种行径，还颇有点"不肖子孙"的意味。

103

秋千索

药阑①携手销魂②侣

药阑携手销魂侣，争③不记看承④人处。除向东风诉此情，奈竟日春无语。

悠扬⑤扑尽风前絮，又百五韶光⑥难住。满地梨花似去年，却多了廉纤雨⑦。

词解

当年，虹是湿了的小路，月的足迹深深，美人的足迹深深。那个男子柔柔地牵着，心爱之人的纤纤素手，一步一吻地，在那药栏之畔流连，流连。慢慢步远，身旁星群散了。

再回首，男子两袖空空，美人被一朵柳絮带走。东风不起，相思的心花不开。往事如寂寞空城。唯有梨花，忆起雨后的故事。忆起凋零。

---

① 药阑：芍药花的围栏，也泛指一般花栏。

② 销魂：极度的悲愁或欢乐。

③ 争：怎。

④ 看承：特别看待。

⑤ 悠扬：飘扬。

⑥ 百五韶光：清明前后的美好春光。百五：寒食节，即清明前二日，因从冬至到寒食日共一百零五，故称。

⑦ 廉纤雨：毛毛细雨。

评析

　　这是一首怀人之作，至于写给哪位红颜，难以考证，我们只将其作为一首爱情词看待。

　　上阕侧重写孤寂之情。"药阑携手销魂侣，争不记看承人处"，当年曾与心爱的人携手款步在园亭中药栏之畔，虽然现在已时过境迁，但又怎能不记起当时特意相迎相会的情景呢？此二句写对往日欢会的追忆，字字珠玑，情深流连，比如"携手""销魂""争不记""看承"都是浓语。当然浓语蕴浓情，那这一腔如醇酒一般的深情厚谊，伊人不在，都付与谁呢？"除向东风诉此情，奈竟日春无语"，意思是除了向春风诉说，真是别无选择。然而令人无可奈何的是东风不起，春天整日不作一语，如此不解人意。显然，此处作者把春天拟人化了，既指自然界之景观，又含社会之人事，颇似于朱淑真的"把酒送春春不语，黄昏欲下潇潇雨"，把主客双方的不同情意和心态共织于一体，显出艺术涵蕴的美。

　　下阕着重写景，景中含情。"悠扬扑尽风前絮"，词人鹄望的东风终于来了，但却不是倾听他的哀诉，而是吹起柳絮飘扬，四处飞舞。古代，杨柳飞絮是暮春的使者，而此处说"扑尽风前絮"，一"尽"字，道出了柳絮全被春风吹去后春也将尽的隐隐惆怅与怜惜。而这时候，正是清明寒食时节，此时春色最浓，却是将残之候，所以清明前后的美好春光总是难以驻留。"又百五韶光难住"，一个"又"字，惜春怀人的怅惘之情又叠加一层。下一句，承前句"风前絮""韶光"，谓柳絮、梨花依然如昔，但伊人却踪影难觅，遂不胜悲怅。"满地梨花似去年"，化用刘方平诗作《春怨》中的"寂寞空庭春欲晚，梨花满地不开门"，将"不开门"三字替换为"似去年"，词句遂由表现失落女子青春已逝的凋零之感转为表现风景依稀，犹似昔年，而物事人非的伤怀情绪。结句用"却多了廉纤雨"收束，谓天公不作美，廉纤的细雨又沾湿了满地的梨花，令人难以为怀，平添了含婉幽伤的情韵。

104

忆江南 宿双林禅院有感

心灰尽，有发未全僧。风雨消磨生死别，似曾相识只孤檠①。情在不能醒。

摇落后，清吹②那堪听。淅沥暗飘金井③叶，乍闻风定又钟声。薄福荐倾城④。

词解

此恨何时已？萦绕于心头的痛，是前生而来的无奈，是生死两茫茫的凄凉。

为何依旧不能忘记，夕阳西下后蓦然的回首？为何仍然记起，如梦似梦里，伊人端坐画眉的样子？何不喝了孟婆汤？何不从此萧郎是路人？

忘记霓裳舞，忘记琵琶弦，把前尘往事里的久远的感动，尽力地忘记掉。可梦寐思之，琵琶弦上，还在空寂的房间里说着相思。

相思的缘，仍在这样的月夜里，引了柔肠千转，惹了灯花同落。衣上泪痕，诗里字，点点行，总是相思意。

心记得那久远的微笑，那含泪的别离里是不能忘记的永远。情在不能醒。索性多情，索性多情。

---

① 孤檠（qíng）：指孤灯。檠：灯架。

② 清吹：北方风俗，夜间在亡者灵前奏乐。另一说为：凄清的声音。

③ 金井：井栏上有雕饰之井。

④ "薄福"句：此句意为词人让僧人念经超度亡妻。薄福：薄福之人，作者自称。荐：祭献，使僧人念经以超度亡灵。倾城：美女，此处代指亡妻。

评析

　　这是一篇悲悼卢氏的悼亡词。卢氏于康熙十六年（1677）五月去世后，直到康熙十七年（1678）七月才葬于皂荚屯纳兰祖坟，其间灵柩暂置于双林寺禅院一年有余。纳兰性德在这一年多时间里，不时入双林寺守灵，写下了多首悼亡词，除了这篇，还有《忆江南·挑灯坐》《寻芳草·萧寺记梦》《青衫湿·悼亡》和《清平乐·麝烟深漾》。此阕《忆江南·宿双林禅院有感》，哀感凄绝，词人心灰意冷之情，历历溢于言表。

　　"心灰尽、有发未全僧"，劈头就表述心曲：如今已是心如死灰，除了蓄发之外，似乎与僧人无异了。"有发未全僧"，出自陆游诗作《衰病有感》中的"在家元是客，有发亦如僧"。陆放翁是国仇家恨，郁郁于心，千回百折，遂有万事聚灰之感，所以是"有发亦如僧"；纳兰性德纵然槁木死灰，然而仍是不能忘情于卢氏，所以是"未全僧"。但何以如此呢？"风雨消磨生死别"，只缘与所爱者作了"生死别"，而风雨凄厉，无情地消磨着伤心的岁月。如今，昔欢成非，似曾相识的也只有这盏孤灯，相伴在凄苦的夜晚。"似曾相识只孤檠"，这句不禁让人想到白居易的"同是天涯沦落人，相逢何必曾相识"，然而乐天遭遇贬谪，还可以听琵琶曲暗抒幽怀，与琵琶女互相同情，互诉衷肠，然而纳兰性德只今唯有独对"只孤檠"，可以从中找寻几许旧日踪迹，却始终不能从痛苦中解脱。"情在不能醒"，一句于执迷中道破天机：不是不想自拔，而是人在情中，"心似千丝网，中有千千结"，不能由己。

　　卢氏的确是已经不在人世了，可是他不敢相信，不愿相信，然而事实又是如此残酷地摆在他面前。"摇落后，清吹那堪听"，她的逝去像花朵凋零一样，夜间在她灵前的奏乐声，凄清难以听闻。"淅沥暗飘金井叶，乍闻风定又钟声"，淅沥的风雨中，寂寂的金井旁，梧桐树叶怅然飘落满地；好不容易风声初定，寺庙凄冷清凉的钟声复又敲响，于是薄福之人叫来僧侣，让他们念经以超度妻子的亡魂……"薄福荐倾城"，凄艳至极，沉痛至极。

105

浪淘沙 紫玉①拨寒灰

紫玉拨寒灰，心字全非，疏帘犹自隔年垂，半卷夕阳红雨②入，燕子来时。回首碧云西，多少心期③，短长亭外短长堤。百尺游丝④千里梦，无限凄迷。

词解

深夜时分，你径自取来一段红烛，红如牵绊人一生的缱绻缠绵。你伸出纤细白皙的手指，一笔一划地刻上缘字。缘，铭刻在三生石映照的前世今生中，被时光风干成绮丽的传说，嵌在他的灵魂。很美，不是吗？

你刻意把那缘字对向他，点燃。等它化作一池红泪，等缘，四散成空。即便缘灭，你依旧执拗地，不想放手。可心呢？非要等到死，才罢休吗？

悲欢离合总无情，一任阶前，点滴到天明。天涯路，已望断。他仍未归来。熏香里那一个心字，早已全非。留不住，真的留不住。才发现所有的心愿，全都枉费。成灰。

评析

本篇采用从对方落笔的手法，写春怨，写闺中少妇寂寞无聊，伤春伤情的情状。

上阕写她在室内百无聊赖的情景。"紫玉拨寒灰，心字全非"，"紫玉"即紫玉钗，

---

① 紫玉：指紫玉钗。
② 红雨：比喻落花。
③ 心期：心愿、心意。
④ 游丝：飘着的蛛丝。

"寒灰"即心字香烧完之后的冷灰,亦可喻指心如死灰。"心字"就是心字香烧完之后灰烬落在地上构成心字的形状。此句谓只见她拿着紫玉钗拨弄心字香的灰烬,把原本那好端端的一个心字全都拨弄乱了。

"疏帘犹是隔年垂",再看那竹帘,自从去年垂下之后就再也没有动过。"隔年",一般用作"下一年""明年"之义,也可用作"去年",比如贺铸词作《卷春空·定风波》中的"露莹鲜浓妆脸靓。相映。隔年情事此门中。粉面不知何处在。无奈。武陵流水卷春空"。联系上下文,便知此处"隔年"当是去年之意。

"半卷夕阳红雨入,燕子来时",红雨并非红色的雨,而是纷飞的落花,如果用动词来表达,就是"落红如雨"。"半卷夕阳","半卷"是承接上一句"疏帘犹是隔年垂"而来,是说这位女子把那垂了很久的帘子半卷了起来,马上便透进了夕阳,也飘进了纷纷的落花。"燕子来时"作为上阕的结语非常巧妙,似乎平淡无奇,但一经思虑,却别有一番滋味,似言燕子来了人却没来,似是在思念着谁。

"回首碧云西,多少心期",下阕起头,开始转写她所见的室外景象。"心期"即心愿,从上阕看到燕子飞来,转而"回首碧云西",以"碧云西"来感叹"心期",自见几分渺茫和惆怅。心里或许在盼着那人能与燕子一同归来,却望断碧云,渺茫无极。

"短长亭外短长堤","短长亭外",为诗词语言,盖为两义:一是送别,二是思归。这句是化自宋谭宣子词作《江城子·嫩黄初染绿初描》中的"短长亭外短长桥",只把"桥"字换成了"堤",大约是押韵之故。

末句"百尺游丝千里梦,无限凄迷","游丝"是飘荡的蛛丝,意象就是心思,比如李商隐"几时心绪浑无事,得及游丝百尺长"。游丝长,就是心绪无聊;游丝乱,就是心绪乱。那么在此,心绪的纷乱,又是何为?答案就在"千里梦"里——思念远人。思而不得,无限凄迷。结句"无限凄迷"与发端之"心字全非"相呼应,通篇情景浑融,凄迷动人。

浪淘沙 夜雨做成秋

> 夜雨做成秋，恰上心头^①，教他珍重护风流。端的^②为谁添病也？更为谁羞？
>
> 密意未曾休，密愿难酬。珠帘四卷^③月当楼。暗忆欢期真似梦，梦也须留。

词解

与秋雨有约的女子，在这萧瑟时节，你是为了谁害那相思之病，又是为了谁而红晕满颊？

相爱的时候，满天的星，颗颗都是永远的春花；遍地的花影，簇簇都是永远的秋月。

可厮守一生的心愿，却遥如高楼飘渺的歌声。月光下，参差的往昔情事，暗忆如流水。你的寂寞，你的美。蝶飞如梦，梦飞如蝶。

评析

这首词描写一个思念情人的女子，以该女子的口吻诉说自己的心事。笔势灵动，自然优美。首二句谓夜雨过后，天气乍凉，带来秋意，引起人心中的愁思。"夜雨做成秋，恰上心头"，脱胎于宋吴文英词作《唐多令·惜别》中的"何处合成愁，离人心上秋"。"心"字上面加"秋"字，成为"愁"字，是汉语特有的文字结构手法，又近于字谜游戏。

---

① "夜雨"二句："秋"上"心"头，为"愁"字。

② 端的：究竟、到底。

③ 珠帘四卷：谓楼阁四面的珠帘卷起。

然而在词意的表达上，似乎是信手拈来，涉笔成趣，毫无造作之嫌，且紧扣主题秋思离愁。

"教他珍重护风流"，"他"指夜雨，意谓希望夜雨能好好地保护人间的美好事物，不要给人带来烦忧。那词人为何会有此语？因为她已染疴憔悴，不能再经风着雨。"端的为谁添病也，更为谁羞？"二句写自己目前之心情，用"为谁"提问，其实自己心里明白。如果直接道出，就如《会真记》里的"不为旁人羞不起，为郎憔悴却羞郎"，谓不是为了旁人，就是为了你，我才一身憔悴一身病，羞于相见呀！

下阕，"密意未曾休，密愿难酬"，慨叹自己的情意尚未了结，心中的愿望又难以实现，唯有在夜雨过后，皓月当空之时，卷起帘子，对月沉思。"珠帘四卷月当楼"，化用杜牧诗作《怀钟陵旧游四首》中的"一声明月采莲女，四面朱楼卷画帘"，插入"珠帘""月""楼"之景语，使词意变得比较舒缓，有顿挫。最后二句写回忆。"暗忆欢期真似梦，梦也须留。"此时想起过去的恩爱，恍如一梦。但即使是梦，也值得珍惜。一片痴情，怨而不怒，深得诗教温柔敦厚之旨。

107

浪淘沙 野店近荒城

野店近荒城，砧杵①无声。月低霜重莫闲行。过尽征鸿书未寄，梦又难凭。
身世等浮萍，病为愁成。寒宵一片枕前冰②。料得绮窗③孤睡觉，一倍
关情④。

词解

十年踪迹十年心。如今，身在荒城。眉间心上，无计相回避的思念，如影随形。

寸寸柔肠，盈盈粉泪，你焉能不知生如浮萍，愁多成病？奈何青鸟不传云外信，家乡的断肠花开也未？此刻的她，独自睡去，寂寞吗？

想了一生，念了一生，痴了一生的那个女子，仍然是烙在你胸口的最深的伤痕。

评析

此为塞上思闺之作，抒发对妻子的相思相念之情。

上阕由描述野宿孤寂入手。"野店近荒城，砧杵无声"，词人在野外过夜，靠近一座荒凉的古城，因远离故园，所以听不见砧杵声声。"砧杵"，是制衣用的垫石和棒槌。这里指捣衣时砧杵相击发出的声音。在古诗词中，砧杵常用以代指闺中人为征人制寒衣，故

---

① 砧杵（zhēn chǔ）：捣衣石和棒槌。亦指捣衣。

② "寒宵"句：谓寒夜无眠，枕边一片冰冷凄清。

③ 绮窗：饰有彩色雕画之窗，代指闺人、思妇。

④ 一倍关情：更加倍地牵动情怀了。

砧杵之声寓有思妇之怨，或寓有征人思妇之意。如乐府诗《子夜四时歌·秋歌》中的"佳人理寒服，万结砧杵劳"，还有韦应物诗作《登楼寄王卿》中的"数家砧杵秋山下，一郡荆榛寒雨中"。此处，词人因寄身塞外，宿于荒城，远离住家，所以言"砧杵无声"。但"此处无声胜有声"，砧声虽无，思家之心却有。所以，词人紧接着说"月低霜重莫闲行"，意谓寒月低沉，霜露渐重，切莫独自悄然缓行。"莫闲行"不是说"不闲行"，而是说因思家难耐而出来闲步后发现"月低霜重"，已倍添闺愁，所以就告诫自己不要再"闲行"了。

"过尽征鸿书未寄，梦又难凭。"歇拍前一句化用宋赵闻礼词作《鱼游春水·青楼临远水》中的"过尽征鸿知几许，不寄萧娘书一纸"，谓好久未有收到家中妻子的来信；后一句翻用唐毛文锡词作《更漏子·春夜阑》中的"人不见，梦难凭，红纱一点灯"，谓音讯不见，想索之于梦以求慰藉，但是梦又难以依靠。"梦又难凭"，一"又"字，顿显沉吟至此的无限怅惘之情。

下阕推开去写身世之感。"身世等浮萍，病为愁成。"此句系用韦庄《与东吴生相遇》中的"十年身事各如萍，白首相逢泪满缨"，用随风漂泊的水上浮萍，刻画了自己多年来随波逐流、流离失所的身世和此刻的凄清孤独、愁苦成病。

纳兰性德毕竟是至情至性之男子，并非一味地自遣幽怨愁苦，而是想到自己身为一堂堂男子，如今都被别离所伤，"病为愁成"，那家中娇弱的妻子又何以堪？她一定是寒夜无眠，清晨起来，枕边泪水也凝成寒冰，而一想到她独自倚窗孤眠，他的满腔柔情就更加被牵惹起来。"寒宵一片枕前冰，料得绮窗孤睡觉，一倍关情"，这后三句转为从对方写来，料想此时闺中的妻子更会伤情动感，这就加倍地表达出相思的恨怨之情。

浪淘沙 闷自剔残灯

闷自剔残灯，暗雨空庭，潇潇已是不堪听。那更①西风偏著意②，做尽秋声③。

城柝④已三更，欲睡还醒，薄寒中夜⑤掩银屏。曾染戒香⑥消俗念，怎又多情。

词解

一夜。又是一个一夜。无数个一夜。你不管红尘，只管剪掉凋残的灯花。但你剪不掉的是愁，篝纹灯影，青绫湿透。

篆香清梵中，你想安放一下自己备受多情磨折的心。曾染戒香消俗念，怎又多情？你如此诘问自己。哪里知道，多情种子，乍一相逢，已是"风波狭路倍怜卿"。

一个眼神交接，亦是教你辗转反侧，心事费相猜。自古多情空余恨，好梦最易醒。为何你仍然放不下？是还爱着，还是伤得不够深……

评析

本就多情的纳兰性德，偏要无情起来，结果仍是陷入多情的烦恼之中。此篇即写这

---

① 那更：犹云况更，兼之。

② 著意：犹专意、用心。

③ 秋声：万木零落之声。

④ 柝（tuò）：梆子，巡夜时敲击以报时。

⑤ 薄寒中夜：此句意为半夜寒意袭人。薄寒：逼迫的寒气。薄：迫。中夜：半夜。

⑥ 戒香：佛教说戒时所点燃之香。这里以戒香代指超脱尘世烦恼的忘机之意。

种矛盾的心情，给词人倍添的愁苦。

首句，"闷自剔残灯，暗雨空庭"，且不管因为何事而心情愁闷，只顾剔掉残余的灯花，把灯拨亮，听闻幽暗的夜雨打在空寂的庭院。"闷自剔残灯"，这句的落脚点不在"剔"字（剪剔灯芯的动作），而在"自"字。"自"字是体现词人心绪的，谓千般事、万种情，皆都不管，只管自己剔着自己的"残灯"，是一种索寞无绪的心情。

"潇潇已是不堪听"，"潇潇"，承"暗雨"而来，意思是疾风暴雨的声音。如《诗经·郑风·风雨》中的"风雨潇潇，鸡鸣胶胶"。因为心中颇不自聊，所以一听见洪霖疾雨，就愁绪纷纭，不能经受。而这时，西风又偏偏送来秋声，似是专门增添愁人懊绪。"那更西风偏著意，做尽秋声"，这两句由初稿"那更西风不解意，又做秋声"锤炼而成的。"不解意"而做"秋声"，秋风原无心欺人，这是客观描写，显得意浅。改作"偏著意"而做"秋声"后，西风是有意肆虐，这是主观描写，所以意深，并且又加一"尽"字，更见恣肆至极。

下阕言明时间已至三更，而词人仍是难以安寝。"城柝已三更，欲睡还醒"，"城柝"原指巡夜敲的木梆，这里指城上的打更声。"欲睡"将睡未睡，有睡意，但是睡不着，所以"还醒"。当然词人难以成眠，除了愁情萦心之由，还因为天气的寒冷，即"薄寒中夜掩银屏"，"薄寒"，指逼迫的寒气，源自宋玉诗作《九辩》中的"憯悽增欷兮，薄寒之中人"一句。这句是说半夜寒凉袭人，遂将屏风紧掩。"曾染戒香消俗念，怎又多情"，末二句作告诫之辞。诗人自悔多情，想从中自救，故"曾染戒香"去消解之。但秋夜秋声偏偏又触动了他的多情。本来是多情，偏要学无情，结果仍是陷入多情的烦恼中，如此矛盾的心情，又使诗人平添了更多的愁苦。此翻转层进的表达之法，使所要抒发的感情更加透彻，更能启人联想。

109

浪淘沙 清镜上朝云

清镜①上朝云，宿篆②犹薰，一春双袂尽啼痕。那更夜来山枕③侧，又梦归人。

花底病中身，懒画湘文④，藕丝裳带奈销魂。绣榻定知添几线，寂掩重门。

词解

清晨，夜来香还眠着，他旧时的味道。入梦的伊人，已经醒来。然而，天涯无归客，何以烟雨梦归人？

窗外，梨花已经飘零一地。窗内，她泪眼朦朦，晚风中对着枝头最后一束，喃喃哀求，留住！留住！可否？可否？

日夜思君不见君，共饮长江水。黄昏，看那飘渺的云，仿佛是杳杳无期的音讯。

评析

此篇是借女子伤春伤离写作者之离恨。

词由景起，"清镜上朝云，宿篆犹薰"，清晨，朝云映到明镜里，夜来焚烧的篆香还未燃尽。说"清镜"，谓"朝云"，都说明主人公应该是一闺中女子。所以，接下来

---

① 清镜：明镜。

② 宿篆：夜来点燃的篆香。篆：篆香。

③ 山枕：一种枕头，两端似山峰耸起，故得名。

④ 湘文：湘地丝织品的花纹。

的一句是，"一春双袂尽啼痕"。"袂"，指衣袖；"啼痕"，即泪痕。此句似是由韦庄词作《小重山·一闭昭阳春又春》中的"罗衣湿，红袂有啼痕"和顾敻词作《虞美人·晓莺啼破相思梦》中的"画罗红袂有啼痕"化出，添一"尽"字，以突出泪水之多，愁怨之炽，心伤之甚。本来啼痕满袖，已经是泪干肠断，够伤心的了，可又兼以夜来孤眠，无人于枕侧相伴的孤苦清寥，该如何消受？而孤眠无梦也罢，偏偏又梦见了归人，此之千愁万怨的郁郁之怀，千回百转，翻转折进，又叫人怎么忍受？

所以，下阕起首就说："花底病中身。"终于病了，为愁，为离，为伤，为梦而染病了。病中的她，懒散倦怠地站在花底，再也不想与女伴相约了。只有"藕丝裳带奈销魂"。纵有良辰美景，无人相伴，愁绪难解，一个"奈"字点出她的寂寞难耐。末二句，"绣榻定知添几线，寂掩重门"，"绣榻"句，用的是添线之典。据《岁时记》载，魏晋时，宫人用红线量太阳的影子，冬至后，太阳的影子就会添长一线。此处言"添几线"，意谓已经过了好几年。"寂掩重门"，戴叔伦诗作《春怨》中有"金鸭香消欲断魂，梨花春雨掩重门"，用黄昏时雨打梨花的景象，衬托了一位深怀相思之情的女子孤寂的心态，纳兰性德此句似是由此化出。这两句是说，不是不想二人相携，畅叙幽情，而是一别就是几年，实在无法相聚啊！如今惟有寂寞地关上一层又一层的门，空怀相思了。词于平实率直中见真婉深致，且不乏情韵流漾。

鹧鸪天
别绪如丝睡不成

别绪如丝睡不成，那堪孤枕梦边城。因听紫塞①三更雨，却忆红楼②半夜灯。

书郑重，恨分明③，天将愁味酿多情。起来呵手④封题处⑤，偏到鸳鸯两字冰。

词解

人间销魂是离别。冬天的边城，形单影孤的你，没有月夜一帘幽梦，没有春风十里柔情。只有，被离别的刀锋划伤的伤痕。

窗外，塞上的冷雨萧萧。远在家中的她，可是孤灯痴痴地想你？

书已成，却是那么的沉重。你已厌倦漂泊，甚至思念，都已不是一杯对饮的酒。今夜好冷，你的双唇已经冻僵，再也不能以吻封缄。天水一方，相见遥遥，一寸柔肠情几许？

评析

此篇所写，仍是思念。词人出使塞上而依然对闺人魂牵梦萦，他对妻子的爱可谓铭心刻骨了。

---

① 紫塞：边塞。

② 红楼：指绘有艳丽彩画的楼阁。

③ 书郑重，恨分明：语本唐李商隐《无题》诗："锦长书郑重，眉细恨分明。"

④ 呵手：天寒时呵气暖手。

⑤ 封题处：书札的封口签押处。

首句"别绪如丝睡不成"，化自梅尧臣"别绪如丝乱"，别后情怀最难堪，寤寐思服，辗转反侧，但这还不算最难过。最难过的是"那堪孤枕梦边城"，孤零零地躺着，在"梦边城"。此处"梦边城"，殊为难解，按照常规的句法，这应该是说"梦见边城"，但联系后文，这里却应该是"梦于边城"。纳兰性德此刻正在边塞公干，孤枕难眠。

"因听紫塞三更雨，却忆红楼半夜灯。""紫塞"，即边塞，语出鲍照赋作《芜城赋》中的"北走紫塞雁门"一句。紫塞原本应该实有其地，就在雁门关附近，但后来便被诗人们用来泛指边塞了。"红楼"，指华美的楼阁，如苏轼词作《水龙吟·黄州梦过栖霞楼》中的"小舟横截春江，卧看翠壁红楼起"，这里代指家中的楼阁。这两句谓沉沉寒夜里，听着边塞的雨声，不知为何，心却回到了家乡，回到了妻子的红楼，看着楼上白色的窗帘微微透出浅黄的灯光。夜深了，她还没睡，她一定也在想念我吧？

下阕"书郑重，恨分明"，化用李商隐"锦长书郑重，眉细恨分明"。李商隐的原诗是一首《无题》——"照梁初有情，出水旧知名。裙衩芙蓉小，钗茸翡翠轻。锦长书郑重，眉细恨分明。莫近弹棋局，中心最不平。"这首诗的背景是李商隐新婚不久之后，在仕宦旅途上遭遇了不公正的待遇。诗的前四句是描写妻子王氏之美，后四句很传神地写出了妻子对自己的深切关心以及为自己所遭受的不公的愤愤不平。纳兰性德截取"书郑重""恨分明"二语，语义有些让人迷惑，大概纳兰性德是要把我们引向李商隐的原诗也说不定。至于引到李商隐原诗的哪一步，甚为难说，也许只是引到"妻子对丈夫的关切和命运与共"这一层；也许纳兰性德仅仅是断章取义，是说自己正在给她写信，写得郑重其事，相思之恨也甚是分明；也许这个"书"是指自己收到的书，"恨"是指书信里的恨；也许，还有更深的什么含义……但无论如何，这又属于"如鱼饮水，冷暖自知"的事了。

接下来"天将愁味酿多情"，真是无限多情的一笔，把"愁"和"多情"用"天"关联起来，是说"愁"和"多情"就是天生的一对。我愁绪萦怀，因为我对你多情；我对你多情，所以愁丝如织。一个"酿"字，更显匠心。

"起来呵手封题处，偏到鸳鸯两字冰"，以一个小细节、小动作收尾，愈显巧妙。封题，是古代书札封口处的签押。纳兰性德辗转反侧，终于还是按捺不住思念，起来写信，写好后，因为天冷，所以呵着手给信笺签押，偏偏签押到鸳鸯两字的时候毛笔的笔尖被冻住了。"偏到鸳鸯两字冰"，从字面看，可以有好几种解释，至于"鸳鸯"，明显比较奇怪：在书信封口上签押，为何要签"鸳鸯"两个字呢？——也许有什么特殊讲究，也许这只是寄信人和收信人的名字吧？那个"冰"字，可以理解为手，可以理解为毛笔，字面上都讲得通，但真正"冰"的那个应该是心才对。

111

鹧鸪天 冷露无声夜欲阑①

> 冷露无声夜欲阑，栖鸦不定朔风寒，生憎②画鼓③楼头急，不放征人梦里还。
>
> 秋淡淡，月弯弯，无人起向月中看。明朝匹马相思处，知隔千山与万山。

词解

一望无际的大草原，那是胡马的故乡。空空无痕的碧云天，那是大雁的旧居。

那么，征人的故乡在哪里？当年送别他的人，如今可好？

当年事依稀犹记，当年人却再也无缘重逢……

也许，记起了杨柳岸边，和风的细语。以为会天长地久，可杨柳是别离的情绪。

也许，记起了花前月下，夜色的柔和。以为时光就此定格，但月总有阴晴圆缺。

那些日子都已过去。如今，别君只有相思梦，遮没千山与万山。如今，只有淡淡的秋、弯弯的月。只有以千山万山为脚。思念的时候，就往故乡的方向，一步一步地挪移。

评析

这篇亦是写征人对闺中妻子的相思之情，清丽空灵，明白如话。

起首两句，"冷露无声夜欲阑，栖鸦不定朔风寒"，化用唐王建诗作《十五夜望月寄杜郎中》中的"中庭地白树栖鸦，冷露无声湿桂花"，写塞上早寒。寒夜将尽，于夜

---

① 阑：将尽。

② 生憎：甚憎。

③ 画鼓：饰有彩画之鼓。此处指更鼓。

深时分悄然暗凝的露水，此刻寂然无声；北风凛冽，把已经栖息的乌鸦吹得惊飞不定。这两句，一静一动，与词人颇难平静的心境暗合。

"生憎画鼓楼头急，不放征人梦里还"，这两句顿然打破首二句动静之间的平衡，呈现出一种焦躁不安、令人懊恼的气氛。"生憎画鼓楼头急"系用辛弃疾词作《鹧鸪天·指点斋尊特地开》中的"只愁画角楼头起，急管哀弦次第催"，谓可憎的画鼓偏又楼头急响，声声恼人，令征人无法入梦还乡。"不放征人梦里还"，"征人"显然是词人自指。"不放"，即不让，宋词里有"守定花枝，不放花零落"的句子。此处用"不放"形容急骤的画鼓声，似是说这鼓声急如行军，能将人的梦魂擒住，不让其归家与妻子团聚。如此寒夜，画鼓扰人，有梦难回，于是懊恼惆怅，个中况味，可想而知。

过片拈出秋，点出月，进一步绘景并烘托氛围。"秋淡淡，月弯弯"，"淡淡"，原作澹澹，谓颜色淡，不浓。比如李煜有"澹澹衫儿薄薄罗"，唐元稹有"款款春风澹澹云"。"澹澹"二字，一个用以形容衣衫，一个用以描绘春风，都是清雅妍美，美不胜收。纳兰性德是"秋淡淡"，但秋乃一抽象词汇，不像衫、云那样具体，怎能以"淡淡"形容呢？实际上，秋"淡淡"，是指秋天那种淡淡的气息、氛围，与后面的"月弯弯"形成相互关照的关系，共同衬托词人内心深重的思念。后面一句"无人起向月中看"，也不是说真的无一人看月，而是说除了自己一人，再也没有谁起身在月光下凝望，更加突出了他的孤独寂寞、凄清伤感。结尾两句"明朝匹马相思处，如隔千山与万山"，化用岑参诗作《原头送范侍御》中的"别君只有相思梦，遮莫千山与万山"，出之于虚笔，料想明朝更会越行越远，归程阻隔，相思更烈，归思难收了。

112

鹧鸪天 送梁汾①南还，时方为题小影

握手西风泪不干，年来多在别离间②。遥知独听灯前雨，转忆同看雪后山。
凭寄语，劝加餐，桂花时节约重还。分明小像沉香缕，一片伤心欲画难③。

词解

茫茫尘世，谁是知己？离别的伤感都同出一辙。握紧你的手，泪在风中干了又湿。因离别，情更重。朋友间的亲切，朋友间的关心，尽在琐碎的杂事中。无语的浓烈的感情，在彼此心底游动。唯有你最懂。丹青在右，你在左，描得了外在的形体，描不了知己的情感。伤情处，笔无法落下。你走了，我多么思念。

你离我那么远，那么久我们会失去联系。想要说的话太多，以至于已经无法言说。我们是哥们，我们是兄弟，我们是知己。隐隐青衫，泪流满面。

一片伤心画不成，是写给我最爱的红颜；一片伤心欲画难，是写给你的，我最好的朋友。

评析

这是一篇送别之作，送的是顾贞观。当时，顾贞观正在京城，逢母丧欲南归，纳兰性德欲留不得，更想到和顾贞观虽然心心相印，却聚少离多，此番又将长别，愈发难舍。

---

① 梁汾：作者的好友顾贞观。

② "年来"句：从康熙十五年到二十年（1676—1681）之间，梁汾于十七年（1678）初曾南回，词人亦多次扈驾到昌平、霸州、巩华、遵化、雄县等地。

③ "一片"句：语本唐高蟾《金陵晚望》诗："世间无限丹青手，一片伤心画不成。"

"握手西风泪不干",劈头便是一派伤别景象,这伤别却不是小儿女的临歧泪沾襟,而是男人之间的萧瑟与苍凉。握手、西风、泪不干,这只是几个再平常不过的字眼,组合在一起却以天然之工营造了极强的感染力。"握手西风泪不干,年来多在别离间",这两句既是因果,也是递进,知心人难得聚首,陌路人天天面对,这样的日子确实难过。

"遥知独听灯前雨,转忆同看雪后山",这两句转而描述具体场景,前一句是虚拟未来,后一句是回忆过去。我在京城,遥想你独对孤灯,凄凉听雨,忽然回想起当初我们一同雪后看山的快乐日子。这又是诗歌当中的一个套路:拟境出"你"的孤独,来表达"我"的孤独。也即,纳兰性德的意思是:在你离去之后,我很孤独。但他表达这个"我孤独"的意思时却用到"你孤独"的拟境手法。杜甫的"香雾云鬟湿,清辉玉臂寒"就是运用这一手法的名句。

"凭寄语,劝加餐",下阕转折,从伤感转为关切,这句化自王彦泓"欲寄语,加餐饭。难嘱咐,鱼和雁",更古老的源头能在汉魏找到,如"长跪读素书,书中竟何如:上言加餐食,下言长相忆",还有"思君令人老,岁月忽已晚。弃捐勿复道,努力加餐饭",都是思念、叮嘱、关切的意思。"加餐饭"是个非常朴素的说法,就是劝人多吃饭,这种词汇真是汉魏风格,未经雕琢,质朴感人。

"桂花时节约重还",这是纳兰性德与顾贞观相约,要顾贞观在桂花开放的时候重回北京。最后两句"分明小像沉香缕,一片伤心欲画难",小像即人物肖像,切题"送梁汾南还,为题小影",这句是说梁汾的小像在缕缕沉香的轻烟里历历可见。"一片伤心欲画难",化自唐代高蟾诗"一片伤心画不成"。高蟾这首诗,题为"金陵晚望",是在晚上来眺望金陵这座六朝金粉地,兴起沧桑兴废之慨叹:"曾伴浮云归晚翠,犹陪落日泛秋声。世间无限丹青手,一片伤心画不成。"是说金陵之地,风景可以画得出,但历史的苍凉兴废任再好的丹青国手也是画不出的。纳兰性德借境高蟾诗,也是说梁汾容貌固然可画,但那怀情却难画,自己对朋友的深情厚谊难画。"一片伤心画不成",此之结句,极尽深情地表达了诚挚的友情和离别的伤情。

鹧鸪天 十月初四夜风雨，其明日是亡妇生辰

尘满疏帘①素带飘，真成暗度可怜宵。几回偷湿青衫泪，忽傍犀奁见翠翘②。

唯有恨，转无聊，五更依旧落花朝③。衰杨叶尽丝难尽，冷雨西风幂④画桥⑤。

词解

回来了，从天涯，我回来了。可你在哪儿，在哪儿呀？你说过要等我回来，相约白首，为何失言，为何失言？我回来了，回来了，你听见了吗，听见了吗？

是我来晚了，我日夜兼程，可还是来晚了，你走了，带着一怀的愁绪，走了，带着眷恋与不舍，走了。你走了，留下一缕青丝，一支碧钗，留下思念与我相伴；你走了，留下一叠素稿，半壁残诗，留下寂寞与我相伴。物是人已非，从此，孤灯伴冷衾，箫音独自鸣。

评析

这是一首悼亡之作。词序云"其明日是亡妇生辰"，可知十月初五日是为其亡妻卢

----

① 疏帘：编织稀疏的竹帘。

② 犀奁（lián）：犀角制作的镜匣。翠翘：古代女子之首饰，即翡翠翘头。此处代指亡妻生前遗物。

③ 落花朝：落花的早晨。

④ 幂（mì）：覆盖，罩。

⑤ 画桥：饰有彩绘图案的桥。

氏之生日。这又引发了词人对亡妻深深的怀念，遂赋此词以寄哀思。

起首句，"尘满疏帘素带飘"，夜已深沉，窗帘上落满尘土，风儿静静地吹了进来，室内一片死寂，只见素带飘动。此处值得注意的是一系列冷落寂静意象：窗帘是"疏帘"，带是"素带"，动作是"飘"，"尘满"则说明疏帘许久没有打扫，所以这句整体给人营造出来的感觉是：物是人非，人去楼空，往事尘封。

"真成暗度可怜宵"，"可怜宵"，通俗言之，即可爱之夜，为诗人钟情之语。比如宋谭宣子词作《江城子·嫩黄初染绿初描》中的"可爱风流，年纪可怜宵"，苏轼词作《西江月·闻道双衔风带》中的"莫教空度可怜宵，月与佳人共僚"。初四之夜，是个"可怜宵"，本是最当珍重的一个晚上却只有词人一人孤单度过了，所以说"暗度"，自是凄凉孤寂之意。

"几回偷湿青衫泪，忽傍犀奁见翠翘"，词人在这个寂寥的夜晚，好几次想起妻子，总要偷偷地抹上几回眼泪，忽然看见妻子的梳妆盒旁边躺着一支翠翘，更不由得睹物思人。"偷湿青衫泪"，这个"偷"字颇令人费解。既然是一人夜不能寐，独自沉思往事，流泪即流泪，何必"偷偷地抹去眼泪"呢，难道怕谁人看见？问题就在于此处"偷"，不是实指，而是虚笔，作为一个符号意象，它传达的一个意思是：情何以堪。

"唯有恨，转无聊，五更依旧落花朝"，夜不能寐，转眼已是五更天，马上就要天亮了。"落花朝"即落花时节的早晨。十月初五不是落花时节，五月才是。卢氏之死正在五月。词人由妻子的生辰想到忌日，"依旧"二字无限悲伤：无论如何，妻子也不可能死而复生，失去的便永远也回不来了，以后的每一天皆是一落花朝呀。

"衰杨叶尽丝难尽，冷雨西风罨画桥"，最后两句以景语作结，"衰杨"不是杨树，而是柳树，"丝"谐音"思"，此处是诗人们颇为常用的一个谐音双关。"衰杨叶尽丝难尽"，用今之白话言即是：卢氏虽然死了，但她永远活在我的心中。

河传 春浅

> 春浅，红怨，掩双环①。
> 微雨花间，昼闲。无言暗将红泪弹。阑珊②，香销轻梦还。
> 斜倚画屏思往事，皆不是③，空作相思字。
> 记当时，垂柳丝，花枝，满庭蝴蝶儿。

词解

许多的往事，才下眉头，却上心头。那一天，绣榻旁，春雨淅沥，你们，听雨，谈天。那一天，雕栏曲处，杨柳依依，你们，赏花，倚栏。

一切的时光，都如开在衣角的春天，温柔又腼腆。而什么时候，如水的月光，被你们遗失了呢。

想起时，却似十年踪迹十年心，空余叹息，以及无望的回首。当时的样子，天真烂漫。连纯白枕头都留着美梦的余香，像春日里的细风，轻轻地，暖透小小的你。而如今，月似当时，人似当时否？

评析

此词写微雨湿花时节，闺中女了的一段难以诉说的柔情。全词以形象出之，极缠绵

---

① 掩双环：关起门来。双环：门环。

② 阑珊：衰落的样子。

③ 皆不是：都不称心如意。

婉约之致。

"春浅，红怨，掩双环"，首句即描摹了一幅残败的暮春图景。春色已浅，凋零的春花，也似充满了怨愤的情绪，令人不忍目睹，只得把门关上，独自沉吟。

"掩双环"，主语当然是闺中女子了，于是自然过渡到下两句"微雨花间，昼闲。无言暗将红泪弹"微雨蒙蒙，一人独立花间，白日里，空虚无聊，只有弹泪无言。此处，"昼闲"是因，"泪弹"是果，因为索寞无绪，无人可说，所以只有静默无语，流下悲伤的泪水。

"阑珊，香销轻梦还。""阑珊"，本义是将尽、衰落，既可以指物，亦可以指人。此处，"阑珊"二字并没有主语，所以既可以说春色阑珊（春色将尽），亦可以说意兴阑珊（精神低落）。但不管作何解，传达出来的情感基调皆同，即感伤春逝之情。"香销轻梦还"，化用李清照词作《念奴娇·春情》中的"被冷香消新梦觉"，以"轻梦"替掉易安"新梦"，虽是一字之移，含义却大不一样。"新梦"，是梦乡新到；"轻梦"，是指做的很浅的梦，梦乡说不定还没有到。梦乡未到，一下子就醒了，梦中的情景消逝，眼前一片凄凉，那人早已不在身边了，这种表达，就句意而言，比易安更为凄苦哀怨。

"斜倚画屏思往事，皆不是，空作相思字。"上阕说闺中女子怅怅地醒来，这里说她醒来后，斜倚着画屏，开始思念往事。但是左也不是，右也不是，一切都令人伤感，都让人倍感凄清，此时此刻只剩相思二字占据了全部情怀。"相思字"，即相思语、相思字句，亦为词人最为钟情之词。譬如苏轼有"向彩笺写遍，相思字了，重重封卷，密寄书邮"，辛弃疾有"相思字，空盈幅；相思意，何时足"，张炎有"薛涛笺上相思字，重开又还重摺"。词人此处，"空作相思字"，意谓她面对一片春景不由伤感，意中人不在身边，对景伤情，将写满了相思字也无计可施。

"记当时，垂柳丝，花枝，满庭蝴蝶儿。"最后四句回忆起当时与意中人相会的情景：柳丝，花枝，蝴蝶，春光旖旎。而如今往事皆非，空作相思意。全篇流露着一种淡淡的哀伤，写尽了"思往事"那种刻骨铭心的寂寞情怀。

木兰花 拟古决绝词柬友①

人生若只如初见，何事秋风悲画扇②。等闲③变却故人④心，却道故人心易变。

骊山语罢清宵半⑤，泪雨零铃终不怨⑥。何如薄倖锦衣郎，比翼连枝当日愿⑦。

词解

初见惊艳，再见依然。这也许只是一种美好的愿望。初见，惊艳。蓦然回首，曾经沧海。只怕早已换了人间。所以你说，人生若只如初见？

---

① 古决绝词：古诗《白头吟》："闻君有两意，故来相决绝。"唐元稹已有《古决绝词》三首，所以本标题有"拟"字。决绝：断绝交情，永不再见。柬友：即以男女情事的手法告之朋友，与其绝交。

② "何事"句：此用汉班婕妤被弃典故。班婕妤为汉成帝妃，被赵飞燕谗害，退居冷宫，作《怨歌行》诗，以秋扇为喻抒发遭弃的怨情。

③ 等闲：轻易地，平平常常。

④ 故人：情人。

⑤ "骊山"句：《太真外传》载，唐明皇与杨玉环曾于七月七日夜，在骊山华清宫长生殿里盟誓，愿世世为夫妻。

⑥ "泪雨"句：唐郑处诲《明皇杂录》载，唐明皇奔蜀途中夜雨闻铃声，伤悼刚死去的贵妃，遂作《雨霖铃》曲以寄哀思。

⑦ "何如"二句：此二句谓其当年虽有比翼连枝之誓言，而终于薄情。薄倖：薄情。锦衣郎：指唐明皇。

是的，人生若只如初见，所有往事都化为红尘一笑，只留下初见时的惊艳、倾情。忘却也许有过的背叛、伤怀、无奈和悲痛。这是何等美妙的人生境界。

　　正如，君子之交淡如水。正如，相濡以沫，不如相忘于江湖。正如，有情不必终老，暗香浮动恰好，无情未必就是决绝，我只要你记着：初见时彼此的微笑……

评析

　　这首词，看似明白如话，实则用典绵密。

　　"人生若只如初见，何事秋风悲画扇"，秋风画扇，是诗词当中的一个意象符号。扇子夏用，迫至秋风起了，扇子又该如何呢？汉成帝时，班婕妤受到冷落，凄凉境下以团扇自喻，写下了一首《怨歌行》——"新裂齐纨素，皎洁如霜雪。裁成合欢扇，团团似明月。出入君怀袖，动摇微风发。常恐秋节至，凉飙夺炎热。弃捐箧笥中，恩情中道绝。"扇子材质精良，如霜似雪，形如满月，兼具皎洁与团圆两重意象，"出入君怀袖"自是形影不离，但秋天终至，等秋风一起，扇子再好也要被捐弃一边。这就是秋风画扇的典之所出。"人生若只如初见，何事秋风悲画扇"，人之与人，若始终只如初见时的美好，就如同团扇始终都如初夏时刚刚拿在手里的那一刻，该多好？

　　下面两句"等闲变却故人心，却道故心人易变"，看似通俗易懂，如唠家常，其实也是用典，出处就在谢朓的《同王主簿怨情》——"掖庭聘绝国，长门失欢宴。相逢咏蘼芜，辞宠悲团扇。花丛乱数蝶，风帘入双燕。徒使春带赊，坐惜红妆变。平生一顾重，宿昔千金贱。故人心尚永，故心人不见。"谢这首诗，也是借闺怨来抒怀的，最后两句"故人心尚永，故心人不见"，正是纳兰性德"等闲变却故人心，却道故心人易变"一语之所本。意思大约可解为：你这位故人轻易地就变了心，却反而说我变得太快了。

　　下阕继续用典，"骊山语罢清宵半，泪雨零铃终不怨"，这是唐明皇和杨贵妃的故事。"七月七日长生殿，夜半无人私语时"，此长生殿就在骊山华清宫，这便是"骊山语罢清宵半"，后来马嵬坡事过，唐明皇入蜀，正值雨季，唐明皇夜晚于栈道雨中闻铃，百感交集，依此音作《雨霖铃》的曲调以寄托幽思。

　　"何如薄倖锦衣郎，比翼连枝当日愿"，这里的"薄倖锦衣郎"仍指唐明皇，"比翼连枝当日愿"则是唐明皇和杨贵妃在长生殿约誓时说的"在天愿作比翼鸟，在地愿为连理枝"。此处纳兰性德的意思应该是：虽然故人变了心，往日难再，但无论如何，过去也是有过一段交情的。以过去的山盟海誓对比现在的故人变心，似有痛楚，似有责备。

　　这首词，若作情事解，则看似写得浅白直露；若依词题解，实则温婉含蓄，怨而不怒，正是"君子绝交，不出恶声"的士人之风。但我们始终无法说清纳兰性德的这首词到底是真有本事，还是泛泛而谈。也许这是他一位故友的绝交词，也许只是泛泛而论交友之道，皆很难说。

木兰花·拟古决绝词柬友

虞美人 春情只到梨花薄①

春情只到梨花薄，片片催零落。斜阳何事近黄昏，不道②人间犹有未招魂。

银笺③别记当时句，密绾④同心苣⑤。为伊判作⑥梦中人，索向画图影里唤真真⑦。

词解

你一伸手就触到故去的我。秀眉微蹙，似笑非笑。多么近。贴紧心、贴紧魂的近。来，把手给我，并请一遍遍呼唤我……

桃花开后该是梨花了。花香郁郁的夜。本该是谁的青丝枕了翡翠衾，本该是谁的胭脂染了芙蓉帐，本该是谁的红袖添了香。但没有，没有。

我在画里，看画外的你，枕角孤馆，迷离醉影，一穗灯花残。今夜不必独酌独醉，独唱独卧。我带着你，从画中来。

身前是烟尘缭乱的尘世，身后是亘古不变的蛮荒。进一步是三生石，退一步是奈何桥。来，我握紧你的手，该忘记的都忘掉。该记住的，你要记得牢牢。记住这韶光永夜，抵死温存。我与你。来，把你给我。任谁也无法看见。任谁也无法拘管。在梦想与真实的交界，我，与你缠绵。

---

① 梨花薄：谓梨花丛密之处。薄：指草木丛生之处。

② 不道：犹不管、不顾。

③ 银笺：白色的笺纸。

④ 绾：缠绕。

⑤ 同心苣（jù）：象征爱情的同心结。

⑥ 判作：甘愿作。

⑦ 真真：女子的代称。此处借指所思之情人或妻子。

评析

　　这首词以春到梨花开，又风吹花落之景象写对亡妻的刻骨相思。

　　上阕侧重写景。起首两句，"春情只到梨花薄，片片催零落"，"薄"，指草木丛生之处。语出《楚辞·九章·思美人》中的"揽大薄之芳茝兮，搴长洲之宿莽"。《淮南子·俶真训》中也有"鸟飞千仞之上，兽走丛薄之中"之句。"梨花薄"，即梨花密集之处。"春情"这两句，并非是说梨花因为春光消逝而凋残变薄，而是说春到梨花盛开，来不及欢喜就风吹花落。以春光比喻相处的美好时光，用凋谢梨花来指代心中的爱人，不写悼亡而流露悼亡之伤，感情抒发自然而清丽。

"夕阳何事近黄昏，不道人间犹有未招魂。""夕阳"一句，显然是反用李商隐《乐游原》"夕阳无限好，只是近黄昏"，意谓"无限好"的夕阳为什么偏偏出现在黄昏呢？此问似是无理至极，因为日出日落乃自然之规律，并不是人能决定的。那纳兰性德为何有此怪诞一问呢？且看后一句："不道人间犹有未招魂。"此句一出，则一切皆明。在纳兰性德看来，夕阳之景是无边无际、灿烂辉煌的，然而这种硕硕之美却出现在黄昏，很快就会消失，没于无边的黑暗之中。夕阳虽有"无限美"，但又是如此的无情，此时此刻，我还未来得及给亡妻招魂，它就要落了，真是毫不为人计啊！"夕阳何事近黄昏"，语似无理，却是至情之语。其相思之痛苦，自是不言而喻了。

下阕写追忆之怀。前二句承上阕意脉勾画当日的浓情蜜意。"银笺记梦当时句，密绾同心苣。"遥想当时，那素白的信纸，纸上那些缠绵的字句，都在我的梦里历历在目，那时我们密结同心，多么恩爱呀！"同心苣"，指织有同心苣状图案的同心结，古人常以之象征爱情。苣，即衣带。"同心苣"，同"罗带同心"，"同心"都是古人表达相思的常用符号。如晏小山的"罗带同心闲结遍，带易成双，人恨成双晚"；温飞卿的"垂翠幕，结同心，待郎熏绣衾"；牛峤的"窗寒天欲曙，犹结同心苣"，俱是此中极品。

"为伊判作梦中人，索向画图影里唤真真。"结句则化实为虚，写想象中的情景。前一句较好理解，意谓为了她（亡妻），自己甘愿长梦不复醒，在梦中与她一生相会。后一句则用唐代赵颜的典故，表达痴情心愿。

唐朝有一进士，名为赵颜，某日在一个画师那里看到一张美女图。赵颜恋上画中女子的美艳，便问画师是何许人，画师告诉他只要每天呼画中美女为真真，不分白天黑夜，连呼百天，真真就会答应，这时让她服下百家彩灰酒便可让其复活。赵颜遵循画师的指点，果然得到了真真。然而几年之后，赵颜听信谗言，给妻子喝了符水。真真遂将以前喝下的百家彩灰酒呕出，流着泪对赵颜说："妾本地仙，感君至诚才与你结为夫妻，今夫君既已对我见疑，再留下也没有意思，我将带着两个孩子回去，不会让他们给你增添烦恼。"说完，拉着两个孩子朝画屏走去，赵颜大惊，拉也拉不住，再看画屏上，真真已换成了愁容，双眼泪盈，身边赫然多了一双儿女。赵颜后悔也为时已晚。他再像从前一样声声长唤，真真和一双儿女却是千唤不回头。

"索向画图影里唤真真"，纳兰性德此句究竟何意？是渴望着能美梦成真，幻想着像传奇故事中那样，只要长唤不歇，伊人就会从画上走下来和自己重聚？还是谓自己也像赵颜那样因辜负了妻子，而后悔不迭，遂日夜呼唤她，希望得到她的谅解？但不管如何，纳兰性德宁愿沉湎于梦境，这就真实地体现了他的痴情和忠贞，而这种真实正是悼亡之作最珍贵和最感人的地方。

虞美人·曲阑深处重相见

曲阑深处重相见，匀泪①偎人颤。凄凉别后两应同，最是不胜清怨②月明中。

半生已分③孤眠过，山枕檀痕涴④。忆来何事最销魂，第一折枝⑤花样画罗裙。

词解

湖水色罗裙。一波一波迤逦荡开。水波上亭亭生出长长一茎莲花。淡喜薄嗔。比莲更娟静比莲更洁净的，是她的容颜。他惊起，握她的手：这么单薄，你冷不冷？

灯影憧憧，她浮起一朵莲的微笑，笑着摇头。终又见，这云鬓风鬟。他伸手拉她入怀，一把盈盈瘦骨。依稀何时？而斯时身置何地？她在他怀里，一盏红蜡，一扇疏窗，一片昏罗帐。

评析

从内容看，此词是纳兰性德为一位昔日恋人而作的，遗憾的是这位意中人早已同词

---

① 匀泪：拭泪。

② 不胜清怨：难以忍受的凄清幽怨。

③ 分（fèn）：料想。

④ 檀痕涴：染上带香粉的泪痕。檀痕：带有香粉的泪痕。涴（wò）：浸渍、染上。

⑤ 折枝：中国花卉画法之一，不画整枝，而只画其中一段。

人劳燕分飞了。这种不可求的爱情使词人的心灵饱受折磨，于是他总是追忆、怀念着她，总是为他们痛苦的恋情呻吟唱叹。

"曲阑深处重相见，匀泪偎人颤"，起首二句，显然是从李后主李煜词作《菩萨蛮·花明月暗笼轻雾》中的"画堂南畔见，一向偎人颤"之句化出，活画出当年与伊人相会的情景，是在曲阑深处，她心情激荡，轻轻落泪。二句读来，叫人心旌摇曳。然而后两句词意陡转，道破这原是记忆中的美妙而已，现在已经是别后凄凉，凄清幽怨到让人不堪承受了。

"凄凉别后两应同，最是不胜清怨月明中"，这两句是说，分别之后，你和我应该同样凄凉吧，最不能忍受的明月照耀时的凄凉哀怨。"两应同"，谓词人先是自己感到凄戚，然后再料想对方也应该和他一样悲伤。此三字的关情点缀，为本来春光凄凉一片的词境，稍稍增添了几丝温暖气息。

"半生已分孤眠过，山枕檀痕涴"，下阕发端二句凄惨悲伤，将"两应同"的暖意尽去，紧承上阕"凄凉别后"，将失意一倾到底，尽管用词精美婉约，可是凄怆之意并未因此而消减，依然辛酸入骨。"半生已分孤眠过"，半生已经孤零零地度过，思念却未消减，依旧是潸潸红泪，沁湿了枕头。想来与她别离不过数年，纳兰性德却觉得半生已过，心态一老如斯。到底是怎样一种难以排遣的离愁别绪，让纳兰性德说出了如此的伤感话语？

"忆来何事最销魂，第一折技花样画罗裙。"这两句是说，最令人销魂者首推你那绘有折枝图样的彩色罗裙。此之结句，并未托出究竟是何种离情紫怀，而是专摹其罗裙，借物映人，将追忆情怀推向极致，遂显含婉隽美。

虞美人·彩云易向秋空散①

彩云易向秋空散，燕子怜长叹。几番离合总无因，赢得一回僝僽②一回亲。

归鸿旧约霜前至，可寄香笺③字？不如前事不思量，且枕红蕤欹侧④看斜阳。

词解

霁月难逢，彩云易散。美好的事情，总是匆匆地逝去，决绝地远离。握手西风泪不干，年来多在别离间。友人走了，燕子怜你。

太不舍，你才会写下那么多的词句来祭典，来纪念。静夜里，有幽香来袭，是不变的珍贵。烟雨黄昏后，珍珠满枝头。念君秋风里，瑟瑟使人愁。

评析

以恋人口吻作寄友诗，亦是诗家常用技法。同前篇一样，此篇也是寄好友顾贞观之词。全词似是从闺中人的角度写的，借她相思的愁情难耐、痛苦矛盾的心理来写自己对友人的思念之情。

---

① "彩云"句：此句本意为美丽的彩云容易消散在秋天的天空，这里比喻美满的姻缘被轻易拆散。

② 僝僽（chán zhòu）：埋怨、嗔怪。

③ 香笺：书信之美称。

④ 红蕤（ruí）欹侧：靠着红蕤枕侧卧。红蕤：即红蕤枕，一种红色的玉石枕，这里代指枕头。欹侧：侧卧。

起首句"彩云易向秋空散","彩云",古诗词里以此借指美丽而薄命的女子,盖由《高唐赋》"且为朝云"而来,最先使用此词的似是李白,其《宫中行乐词》中有"只愁歌舞散,化作彩云飞",宋晏几道词作《临江仙·梦后楼台高锁》中有"当时明月在,曾照彩云归"。但最先用"彩云易散"四字的,却是白居易诗作《简简吟》中的"大都好物不坚牢,彩云易散琉璃脆"。纳兰性德此句"彩云易向秋空散"便是由乐天诗句化出,由于是赠友,所以当解为:彩云容易消散,美好的事情多磨,终于与相知有素的朋友分手了。

"燕子怜长叹",亦非自铸之辞,而是由李商隐诗作《无题》四首之四"东家老女嫁不售,白日当天三月半……归来辗转到五更,梁间燕子闻长叹"演化而来。义山这两句描写的是无媒难嫁,自伤迟暮的东家老女归来后的痛苦心情:在寂寥的夜里,她辗转难眠,直到五更,连不解人情的梁燕都听到了她的喟然长叹。纳兰性德此处,改"闻"为"怜",虽是一字之移,但含义赫然有别。"燕子怜长叹",包含了两个心理过程,首先是"闻长叹",燕子听到了他们离别时的声声叹息;其次才是"怜长叹",即怜惜这一对好朋友的怅然分襟。由此可见,纳兰性德眼中梁燕更为多情,这也反映出词人的惜友之情,更为深挚,更为殷厚。"几番离合总无因,赢得一回僝僽一回亲",二句是说和顾贞观的几次相聚与分别,使得词人一会儿欢喜,一会儿忧愁。

"归鸿旧约霜前至,可寄香笺字",下阕首二句从字面上可作两解:一为归来的鸿雁和往年一样在霜落前到达,我可以托它捎去信笺;二为虽然先前已经约好,于秋天相会,虽然如此,但也应该寄封书信以慰相思啊!然而玩味词意,似是后解更切合本义,也与结尾二句相合。"不如前事不思量,且枕红蕤欹侧看斜阳","前事"未有确指,不过从词意看,盖言此前"几番离合总无因"以及香笺不寄之事。唉!那些不愉快之前事,不如不想,我还是枕着我的红蕤仙枕,侧卧观赏斜阳吧!这最后二句的自宽自慰之语,很有"愁多翻自笑"的妙趣,使词情更显深婉。

119

虞美人 <small>银床①淅沥②青梧老</small>

> 银床淅沥青梧老，屧粉③秋蛩④扫。采香行处蹙连钱⑤，拾得翠翘⑥何恨不能言。
>
> 回廊⑦一寸相思地，落月成孤倚。背灯和月就花阴，已是十年踪迹十年心。

词解

流光飞转，物是人非之后，曾经依偎相随的佳人，早已远去而不可再寻。伤痛如何不多？还有什么可以重新拥有？

也许只有这相同的旧日回廊，相似的月灯花影。在相恋的人之中，最痛苦的是谁呢？是烟消云散的那个？还是碧海青天夜夜心的这个呢？

"已是十年踪迹十年心。""十年之后，我们是朋友还可以问候，只是那种温柔再也找不到拥抱的理由。"

评析

这首缅怀昔日恋人的《虞美人》，又是表面明白如话、水波不兴，实则用典绵密、

---

① 银床：井栏的美称，也指辘轳架。

② 淅沥：象声词，形容风雨声、落叶声等。

③ 屧（xiè）粉：置于鞋内的香粉。此处借指所恋女子的踪迹。

④ 秋蛩：蟋蟀。

⑤ 连钱：草名，叶呈圆形，大如钱，故称。

⑥ 翠翘：女子的头饰，指翡翠翘头。

⑦ 回廊：用春秋吴王"响屧廊"之典。此处借指与所爱之人曾有过恋情的地方。

潜流滚滚的一篇。

　　"银床淅沥青梧老"，"银床"，一般有两种解释，一为井栏，一为辘轳。此处，银床是指井栏，因为纳兰性德这句是依本于前人《河中石刻》诗中的"井梧花落尽，一半在银床"。"屧粉秋蛩扫"，"屧"，鞋之木底，与粉字连缀即代指女子，此处借指所恋女子的踪迹。此二句是说秋风秋雨摧残了井边的梧桐，蟋蟀不再鸣叫，她那美丽的身影踪迹难寻。

"采香行处蹙连钱"，采香行处，传说吴王在山间种植香草，待到采摘季节，便使美人泛舟沿一条小溪前往，这条小溪便被称为采香径。如此浪漫的名称自然成为诗人们常用的意象，比如姜夔有"采香径里春寒"，翁元龙有"香深径抛春扇"。纳兰性德此处是用"采香行处"来比喻当初那心爱的女子曾经流连的地方。"连钱"，草名，叶呈圆形，大小如钱，故称。但文徵明曾作《三宿巖》诗，里面有"春苔蚀雨翠连钱"，谓青苔被雨水侵蚀，好像连钱的斑纹。所以，"连钱"又可以代指苔痕。如此，则这句应解为：所爱之人旧日走过之处已经长满青苔，久无人迹，这就与前一句"银床淅沥青梧老"在意境上契合无间了。

接下来"拾得翠翘何恨不能言"，化用温庭筠诗作《经旧游》中的成句："坏墙经雨苍苔遍，拾得当时旧翠翘。"温庭筠的这一句庶几是纳兰性德上阕词的缩影，"坏墙经雨苍苔遍"就等于"银床淅沥青梧老，屧粉秋蛩扫"，"拾得当年旧翠翘"就等于"采香行处蹙连钱，拾得翠翘何恨不能言"。因此纳兰性德这句"拾得翠翘何恨不能言"，未必是说在爱侣昔日行经之地拾到了她当初遗落的一只翠玉首饰，伤感而不能言，或许只是要把我们引到温庭筠的"拾得当时旧翠翘"而已，表达的仅仅是一种情感，而未必真是写实。

下阕开始，"回廊一寸相思地，落月成孤倚"，"回廊"，用春秋吴王"响屧廊"之典。据宋范成大所著的《吴郡志》，响屧廊，在灵岩山寺，相传吴王令西施等美女穿着木鞋履步其上，咔嗒作响，回音缭绕。"一寸相思地"，是化用李商隐的名句"一寸相思一寸灰"，纳兰性德说出"一寸相思"，给人即刻联想就是"一寸灰"，更显出怀念与伤逝。

末句"背灯和月就花阴，已是十年踪迹十年心"，出自高观国《玉楼春·春烟湛湛生春水》词中的"十年春事十年心，怕说湔裙当日事"，乃点题之句，是说距离当初欢聚已经过了十年，这十年之中，不管她在何方，我都魂牵梦萦，心怀系之。十年，对于纳兰性德而言，就是他全部生命的三分之一，就是他成年生活的几乎全部时光，而缅怀故地，依然不能忘情，其至情至性，由此可见一斑。

虞美人 为梁汾赋

凭君料理①花间课②，莫负当初我。眼看鸡犬上天梯③，黄九④自招秦七⑤共泥犁⑥。

瘦狂那似痴肥⑦好，判任⑧痴肥笑。笑他多病与长贫，不及诸公⑨衮衮⑩向风尘⑪。

词解

顾子，你曾言：人人争唱饮水词，纳兰心事有谁知。君言此，表君知。初相识，你玉树临风立于我面前，我知道，我生命中的知己来到了。

只有在你面前，我才完全是我自己，我的人前尊耀，背后落魄，我所有的心不甘情

---

① 料理：本为指点、指教，此处为辑集。

② 花间课：本意为效法《花间集》的词风作词，文中指词人自己的词作。花间：指蜀赵崇祚编的《花间集》。课：指词作。

③ 鸡犬上天梯：即一人得道，鸡犬升天之意。天梯：道教中所说的登天的云梯。

④ 黄九：北宋诗人黄庭坚，因排行第九，故云。

⑤ 秦七：北宋词人秦观，因排行第七，故云。此借指词人与顾贞观。

⑥ 泥犁：梵语，意即地狱。

⑦ 瘦狂、痴肥：比喻官场失意者与得意者。作者以瘦狂自喻，而以痴肥比喻那些脑满肠肥的人。

⑧ 判任：一任、任凭。

⑨ 诸公：此指仕进得意、占据险要地位者。

⑩ 衮衮：谓络绎不绝。

⑪ 风尘：指仕途、官场。

不愿在你面前可以尽情展现。细细想来，那些江南俊杰们，严绳孙、朱彝尊、陈维崧、吴汉槎等不肯为朝廷折腰，却愿意和我这奸相之子、皇帝近侍亲近，皆因有你。一生诗文交与你，知君不负当初我，终结成为《饮水词》。

真的是这样："霸业等闲休，跃马横戈总白头。"莫把韶华轻换了，封侯。多少英雄只废丘。来、来、来，顾子，牵你手共走江湖。金裘花马换美酒，与君同销万古愁。

评析

词题"为梁汾赋"，梁汾即顾贞观，为纳兰性德的第一知音。这首词当写于纳兰性德与顾贞观结交的初期，事由是：纳兰性德委托顾贞观把自己的词作结集出版。对于古代文人而言，为人辑集庶几等同于托妻寄子，是把自己的全部心血托付出去。这等事情纳兰性德若要托付出去，舍顾贞观之外再无旁的人选。而此篇正可以看做是二人同怀同道的真实写照。

"凭君料理花间课，莫负当初我"，纳兰性德这是叮嘱顾贞观：我的词集选编出版之事全权委托你了，切莫辜负当初我将你引为知己的本意啊。此处他用"花间课"，并非说他的词风效法《花间集》，只不过是以之代指自己的词作罢了。事实上，纳兰性德的词风和词学主张都是远远超出花间的。花间一脉是词的源头，属于"艳科"，花间之美在于"情趣"，而非"情怀"。而纳兰性德的词学主张，虽是从花间传统而来的，仍然提倡"情趣"，但同时主张性灵，主张填词要独出机杼、抒写性情。也就是说，这是处在情趣和情怀之间的一个点，是为性情。所以，为纳兰性德所推崇的前辈词人，既非温、韦，也非苏、辛，而是秦七、黄九。这便是下一句里的"眼看鸡犬上天梯，黄九自招秦七共泥犁"。

"鸡犬上天梯"，此是淮南王刘安"鸡犬升天"的典故，谓刘安修仙炼药，终有所成，一家人全都升天而去，就连家里的鸡犬也因沾了一点药粉而跟着一起升天了。这句是说眼看小人入仕朝廷，登上高位。"黄九自招秦七共泥犁"，秦七，即秦观；黄九，即黄庭坚。秦七婉约，黄九绮艳，故而并称。泥犁，本指地狱，此处用黄庭坚事典：黄庭坚年轻时喜好填词，格调绮艳温婉，人争而传之。当时，有一关西和尚，名叫法云，斥责黄庭坚，说他作的黄色小调，撩拨世人淫念，罪过太大，将来要堕入拔舌泥犁的。此处，秦七和黄九显然就是纳兰性德和顾贞观的自况，而纳兰性德用这个典故，也是说：我们不求富贵显达，只耽于填自己的艳丽小词，你们那些鸡犬尽管升天好了，我们即使下地狱也不后悔！

下阕，"瘦狂那似痴肥好，判任痴肥笑"，瘦狂和痴肥是南朝沈昭略的典故。沈昭略为人旷达不羁，好饮酒使气，有一次遇到王约，张目视之："你就是王约吗，为何又痴又肥？"王约当下反唇相讥道："你就是沈昭略吗，为何又瘦又狂？"沈昭略哈哈大笑道："瘦比肥好，狂比痴好！"纳兰性德用这个典故，是断章取义式的用法，与顾贞观自况瘦狂，把对立面比作痴肥，表面是说你们痴肥尽管笑话我们瘦狂，我们既然不如你们，那就随便你们怎么笑吧！但是实际上却是说：你们这些痴肥脑满肠肥，无所用心，也配笑话我们？此时的纳兰性德，哪里是一个多情种子，分明是一位狂放豪侠！

末句"笑他多病与长贫，不及诸公衮衮向风尘"，"笑"字上承"判任痴肥笑"——痴肥们所笑为何？笑的是我们的多病与长贫。这里，多病与长贫实有所指，多病的是纳兰性德，长贫的是顾贞观，两个人放在一起，遂为贫病交加。纳兰性德最后语带反讽，谓我和顾贞观一病一贫、一狂一瘦，实在比不上你们各位痴肥风风光光地衮衮向风尘呀。"举世皆誉而不加劝，举世皆非而不加沮。"我走我路，任人评说。这是一个"德也狂生耳"的旷达形象，也是一个绝世才子的风流自赏。

虞美人·残灯风灭炉烟冷

残灯风灭炉烟冷，相伴唯孤影。判①教狼藉醉清樽②，为问世间醒眼是何人？

难逢易散花间酒，饮罢空搔首。闲愁总付醉来眠，只恐醒时依旧到樽前。

词解

举世皆浊我独清，众人皆醉我独醒。那是屈原沉重的感喟。判教狼藉醉清樽，为问世间醒眼是何人？那是你悲苦的叹息。

世上人皆浑浑噩噩，却活得简单快乐，若独清独醒，便活得悲凉寂寥。你的时代并不需要你。所以没有红袖为你添香，没有英雄为你温泪。

你始终是一个孤独者，在人生戏剧惨白的舞台上演出苍凉的悲剧。你是一尊华丽的雕塑，是情为你安上了那颗会滴泪的心。你永远是心的所有，唇是远离。

评析

本词有"为问世间醒眼是何人"一句，有人据此推测是纳兰性德为好友顾贞观作的。与否如此，无法考证。但从本篇秉承骚踪，蕴含骚人之旨来看，此说还颇有道理。

首二句即以冷风、残烟、烛灰、孤影交织而成一幅孤寂凄凉的室内独居图景。"残灯风灭炉烟冷，相伴唯孤影"，冷风吹灭了香炉中的残烟，燃尽的烛灰早已不再温热；

---

① 判：甘愿，不惜。
② 樽：古代盛酒的器具，此处借指醇酒。

陪伴他的，只有自己孤单的影子。他自感忧愁如此，漫漫长夜该如何打发呢？

借酒消愁吧。"判教狼藉醉清樽"，是说我情愿喝得酩酊大醉，借着醇酒来麻醉自己。"判教""狼藉"，都是决绝之语，这就说明词人之愁并非一般愁楚，其中定然包含许多痛切和无奈，否则他也不会大声质问苍天，谁是这世间清醒不醉之人呢？"为问世间醒眼是何人？"这句质问，似也点明了词人为何会有满腔郁郁之怀。《楚辞·渔父》说，"屈原既放，游于江潭，行吟泽畔，颜色憔悴，形容枯槁。渔父见而问之曰：'子非三闾大夫与？何故至于斯！'屈原曰：'举世皆浊我独清，众人皆醉我独醒，是以见放！'"显然，这句"为问世间醒眼是何人"正是由此化出。历史上，屈原因为独醒，所以悲愤太深，以致憔悴可怜。如今，纳兰性德因为清醒阅世，所以"闲愁"萦怀，以致孤清之感难以排遣。"为问世间醒眼是何人"，"是何人"？还不是纳兰性德自己？

"难逢易散花间酒，饮罢空搔首"，花间饮酒，李白诗作《月下独酌》中有"花间一壶酒，独酌无相亲。举杯邀明月，对影成三人"。由于此句中有"难逢易散"，所以这里的"花间酒"应指美景良辰时与知己（即顾贞观）畅饮的酒宴：为何能与知己畅饮的盛宴总是相逢难，离别易，而人去宴散后，只能对着满桌的空杯搔首长叹。"饮罢空搔首"，辛弃疾词作《贺新郎·甚矣吾衰矣》中有"一尊搔首东窗里。想渊明、《停云》诗就，此时风味"，也是抒发知音稀有，一人独居的寂寞与苦闷，词境与纳兰性德此句很像。

"闲愁总付醉来眠，只恐醒时依旧到樽前"，既然闲愁萦怀，难以排遣，我还是用美酒和梦乡来逃避它吧。但只怕醒来之后，满腔的愁思就会让我又一次来到酒杯的面前。全词迂回曲折，结尾二句又绕到"酒"字，但此时已非"判教狼藉醉清樽"了，而是对酒产生了怀疑，心中隐忧赫然可见，这大概又是李白的"抽刀断水水更流，举杯消愁愁更愁"了吧。

鹊桥仙 倦收缃帙①

倦收缃帙，悄垂罗幕，盼煞一灯红小。便容生受②博山香③，销折得、狂名多少。

是伊缘薄，是侬情浅，难道多磨④更好？不成⑤寒漏也相催，索性尽、荒鸡⑥唱了。

词解

那月，缘起。洁白的月光，轻轻洒落在散开的书卷。你和她交斟对饮，手把金樽，珠光流转。那一夜，你拥着那玉样的美人，一棹春风，烟水含香。那一夜，金风玉露一相逢，便胜却人间无数。然而佳期，却如梦。

月落，缘尽。卷帘青空，枯比黄花。如花美眷，终也却是，人走茶凉。只是你，仍不知道叶子的离开，是因为风的追求还是树的不挽留。爱情随风而逝。你拥着那些湿凉的、破裂的露珠，静静地哭了。

---

① 缃（xiāng）帙：书的浅黄色封套，代指书卷、书籍。

② 生受：享受。

③ 博山香：放在博山炉中烧的香。

④ 多磨：好事多磨。

⑤ 不成：语助词，表示反诘。

⑥ 荒鸡：指三更以前啼叫的鸡。古人以为其鸣为恶声，主不祥。这里则是说彻夜不眠，漏壶滴尽，天将亮了。

评析

是阕描绘了与恋人如胶似漆的蜜意浓情和这段恩爱情缘失去后的痛苦失落心情。上阕忆旧，清丽欢快。下阕抚今，忧伤抑郁。

"倦收缃帙，悄垂罗幕"，起首两句写二人在书房里甜蜜相聚的情景。他们相对读书，读着读着，就把那一帙帙翻动过的书，丢弃一边，只顾沉醉在爱情的温馨中，谁也懒得把书收起。书房里的帷幕，悄然而垂，环境几多安谧宁静，似乎偌大的世界，此刻只有他们两人。此处，"倦""悄"两字，委婉曲折地表达出书房里的脉脉情思。

"盼煞一灯红小"，第三句写相聚时的心情。他们多希望灯火暗淡下去，好让他们在朦胧之中感受梦一般的幸福。在以上的描写中，"倦收""悄垂"和"盼煞"，一宽一紧，恰好表现出相爱者外表和内心的冲突，他们抛弃书卷，默默无言，但是内心却翻滚着感情的波涛。这样的情态，不涉轻狂，却显得旖旎甜蜜。

"便容生受博山香"，博山，即博山炉，旧时妇女在博山炉里燃起檀香，用以熏衣。"生受博山香"，即是说耳鬓厮磨，彼此得以亲近。而"便容"二字则说明他想不到她会爱他，竟让他获得爱情的温暖。幸福来得如此之快，使他充满喜悦，自然引出了"销折得、狂名多少"的想法。主人公觉得，为了她，为了幸福，即使受到指责嘲讽，也颇为值得。然而激动也罢，欢愉也罢，一切皆成过去。下阕，"是伊缘薄，是侬情浅"两句一落，情绪尽变，也表明了上阕所写，不过是记忆中的愉悦。如今，再难相聚。为何沦落至此，谁也不知。紧接着，词人还追问一句：难道多磨更好？人常言，"好事多磨""祸兮福所倚"，现在失去了爱情，难道反是将来获得幸福的先兆？以上三句，词人诘问，如发连珠，感情强烈，道出了失恋者极度苦恼的心情。他似乎在怨她，又似乎在怨己，绝望之余，又觉得仍有一线希望残存。如此微妙的心理，于三个问号中倾盘托出。

一首小词，连发三问，此种表达已属罕见。更使人吃惊的是，词人还要再问一次："不成寒漏也相催？"难道更漏也要催人起来，存心不让人安睡吗？此一问，无理至极，失眠之人与更漏声有何干？然而，此句一下，又清楚地表明失恋者从苦恼转为愤懑，觉得谁也不同情他，甚至连寒漏也来作践。如此愤懑之情，到了极限，遂迸发出最后一句，"索性尽、荒鸡唱了"。他再也不准备睡了，索性眼睁睁地迎接黎明，此心一横，便不计较扰人清梦的荒鸡之鸣了。

这首词，上阕轻倩的旋律和下阕忧郁的调子形成了鲜明的对比，当读完全词，读者就会于一片嫣红的词采中，觉察到失恋者心情的阴冷。此也是纳兰性德爱情词所表现的特有色调。

鹊桥仙 梦来双倚

123

梦来双倚，醒时独拥，窗外一眉新月。寻思常自悔分明①，无奈却、照人清切②。

一宵灯下，连朝镜里，瘦尽十年花骨③。前期④总约上元时，怕难认、飘零人物⑤。

词解

"白月光，心里某个地方。那么亮，却那么冰凉。每个人都有一段悲伤，想隐藏，却欲盖弥彰。白月光，照天涯的两端。在心上，却不在身旁……"

一个人的离开，两个人的孤单，莫言别后苦。有心无人疼，有缘没有分。情的深浅，究竟是敌不过，缘的深浅。

春花秋叶，冷雨凄风，如果可以，再相见，也只是"梦来双倚，醒时独拥，窗外一眉新月"。沉思往事，西风又凉，他，独自走向寂寞的长路。

评析

本篇像是悼亡之作，又像是写给分别十年之久的某一恋人。风格恍惚隐晦，思绪跌

① 悔分明：后悔将往事记得太清楚。

② 清切：清晰真切。

③ 花骨：形容女子骨弱如花，此处指憔悴。

④ 前期：指以前的约定。

⑤ 飘零人物：作者自称，谓失意之人。

宕跳跃，颇有李商隐无题诗的幽眇朦胧。

"梦来双倚，醒时独拥，窗外一眉新月。"起首三句写从梦中醒来，唯见一弯新月，空虚寂寞，而梦中双倚的情景不见了。此处，"梦"与"醒"相对，"双倚"与"独拥"相对，梦中与情人并倚阑干，醒来却独自拥衾而卧，虽不言愁，但愁思已跃然纸上。"窗外"句写醒后的情景，见新月如眉而引起回忆。描摹新月，最为熨帖者，莫过于用"钩"字形容，比如李煜有"无言独上西楼，月如钩"，秦观有"又是一钩新月照黄昏"，谢逸有"一钩新月天如水"。但是此处，词人却偏偏不用"一钩"，而是别用"一眉"，这是因为此刻他眼中的新月，已不是新月，而是恋人的弯弯月眉。

"寻思常自悔分明，无奈却、照人清切。"这三句转而痛悔当时、怨恨此际，心绪颇为矛盾。我亦曾寻思，对于往昔情事，自己原本不应该记得这么清楚，若能模糊一些，淡忘一些，也许就不会像今天一样痛苦不堪了。然而月光照得如此清澈，纵欲淡忘也不能啊。"无奈却、照人清切"，此句与前句"一眉新月"暗合，因为他眼中的新月就是伊人的秀眉，所以月光如许，往事亦如许，怎么能淡忘呢？

下阕，"一宵灯下，连朝镜里，瘦尽十年花骨"三句是遥想情人的景况。"一宵"并非言只有一宵，而是言每一宵，与"连朝"同义，是说情人年年灯下愁思，对镜含悲。"花骨"，花本无骨，此处是虚拟，以花骨比喻女子弱骨珊珊，容颜消瘦衰老。如宋史达祖词作《鹧鸪天·搭柳栏干倚伫频》中的"十年花骨东风泪，几点螺香素壁尘"。十年里，她灯下镜中，郁郁寡欢，鸟啼花怨，能不玉肌瘦损，憔悴消骨吗？

最后二句归结到自身。十年来漂泊风尘，形容憔悴，过去与情人常约定在元宵夜相会，将来假如能重见，恐怕她已不认识我这个"飘零人物"了。"前期总约上元时"，若变将来时为现在时，就是欧阳修词作《生查子·元夕》中的"去年元夜时，花市灯如昼""月上柳梢头，人约黄昏后"的意境了，这当然是无限温馨甜蜜，然而"怕难认、飘零人物"一句又道出了如今自己大不如意的怅惘和忧伤，其中既有哀婉的怀思，也有身世之感的隐怨。所谓"飘零人物"，显然是有感慨的，至于感慨为何，读者自可以根据纳兰性德的身世来揣想了。

南乡子 飞絮晚悠飏①

飞絮晚悠飏，斜日波纹映画梁②。
刺绣女儿楼上立，柔肠，爱看晴丝③百尺长。
风定却闻香，吹落残红④在绣床。
休堕玉钗惊比翼⑤，双双，共唼⑥苹花绿满塘。

词解

黄昏，夕阳揉进了水中。湖水泛起柔柔的波。刺绣女儿默默地站在小楼上，轻轻地抬头，看着惊鸿掠过后渐远的影子。痴痴地，傻傻地，许久，许久，低头时已是，一寸柔肠情几许。

徐徐的风停了。她的眼眸明净清亮，略带忧伤。轻拈一瓣落花，茕茕双眸，对花频语，多少愁，多少怨，多少思，多少盼……

轻叹，花可解人多情？在那个百鸟啼啭垂柳倒映的湖边，是否会相逢偶然？又是哪一个男子的唇音，在她心底里长久地奏着和弦？

---

① 悠飏：飘飞。

② 画梁：饰有彩画的屋梁。

③ 晴丝：虫类所吐的、在空中飘荡的游丝。

④ 残红：败落的花瓣。

⑤ 比翼：鸳鸯。

⑥ 唼（shà）：水鸟或鱼吃食。

评析

此篇小词专意刻画了"刺绣女儿"伤春的形象,在他那大量的伤感词之外,倒显得清新可爱。

"飞絮晚悠飏,斜日波纹映画梁。"起首二句勾勒了一幅清新明亮的水墨画卷——傍晚时候,柳絮飘飞,落日余晖斜射,将天地染成一片暖融融的橘红色;湖水泛起幽波,缓缓将倒影打散了,又合拢,波光眼影中掩映着那饰有彩画的屋梁。

在这样一幅春日融融的画卷中,女主人公翩然出场。"刺绣女儿楼上立",这句以特写镜头将"刺绣女儿"推出。小楼也映在橘色的水中,波纹摇荡,闪烁着落日的金色光芒,整座楼都好像微微晃动起来,衬得那默立在小楼上的女子,更是身姿摇曳,飘飘宛若水中的凌波仙子。有了画面之后,当点染女主人公的心理了。那她是何种心思呢?"柔肠",以极为简短的两字,形象地道出了她情意的缠绵。

南乡子·飞絮晚悠飏

有了画面，有了心思，接下来就是摹画她的动作了。"爱看晴丝百尺长"，"晴丝"，也即"游丝"，指飘荡的蛛丝。飘荡的蛛丝能有多长？最多不过三五尺吧，但纳兰性德却说"晴丝百尺长"，这并非词人违反常识，因为在诗词里，"晴丝"和"百尺"基本是一个固定搭配，比如唐李商隐诗作《日日》中的"几时心绪浑无事，得及游丝百尺长"，还有宋黄机词作《夜行船·京口南园》中的"百尺游丝，胃莺留燕，判与南园一醉"。晴丝即是蛛丝，那为何"刺绣女儿"爱看蛛丝呢？难道它有何含义吗？当然有，晴丝的比喻意象即是心思，比如汤显祖《牡丹亭》中有"袅晴丝，吹来闲庭院，摇漾春如线"。那么此处，女主人公心思是什么呢？显然是少女怀春，但是词人并没有说破，而是继续写景。

　　下阕，"风定却闻香，吹落残红在绣床"，风渐渐止了，阵阵淡淡香味却传了过来，少女目光轻转，绣床已铺满一层薄薄的花瓣，香气袭人。"残红"即落花，也是古诗词里常用的一个意象，诗人们大都将其与明媚春光、美好韶华、爱情相思等相联系。这在宋词里俯拾皆是，比如张先的"惜春更把残红折"，苏轼的"携手佳人，和泪折残红"，周邦彦的"雨过残红湿未飞，疏篱一带透斜晖"，陆游的"鸠雨催成新绿，燕泥收尽残红"，简直不胜枚举。此处，"吹落残红在绣床"一句，隐隐地写出了少女怀春的孤寂。这可从下句的"休堕""比翼""双双""共唼"等语涉相思之词看出。"休堕玉钗惊比翼，双双。共唼苹花绿满塘。"结尾三句是说少女的娇媚的自言自语、自我告诫，意思是说你不要把玉钗丢在地上，那样会吓走比翼双栖的鸳鸯，你再看看碧绿的池塘，成双成对的水鸟和鱼儿正吞食着、唼吸着满塘绿色的浮萍……显然，词人是用小心"休堕玉钗"的细节、怕"惊比翼"和观"共唼苹花"的心理，反衬出她的略显寂寂的怀春之情，从而使少女思春的形象鲜活灵动，美妙传神。

⑫⑤

南乡子 捣衣①

鸳瓦②已新霜，欲寄寒衣转自伤。见说③征夫容易瘦，端相④，梦里回时仔细量。

支枕⑤怯空房，且拭清砧⑥就月光。已是深秋兼独夜，凄凉，月到西南更断肠。

词解

长安一片月，万户捣衣声。秋风吹不尽，总是玉关情。又到秋风乍起，又是寒叶萧瑟。

空房自伤的闺中女子，又开始月下捣衣，为夫君重新浣洗和裁剪过冬的寒衣。一砧一杵，一思一念。梦中爱人消损的容颜，一直栖息在她心头最柔软的地方。

寒衣兼明月，千里寄相思。相思也难寄，夜夜成断肠。

评析

"捣衣"是古诗词中常见的主题，所写都不离征夫怨妇的内容。本词也是如此，词

---

① 捣衣：古代服饰民俗。即妇女把织好的布帛，铺在平滑的砧板上，用木棒敲平，以求柔软熨帖，好裁制衣服，称为"捣衣"。又，妇女洗衣时以杵击衣，使其洁净，也称"捣衣"。

② 鸳瓦：即鸳鸯瓦。

③ 见说：听说、闻说。

④ 端相：仔细看。

⑤ 支枕：将枕头竖起、倚靠。

⑥ 砧（zhēn）：即捣衣石。

人以一个丈夫戍边在外、自己留在家中的年轻妇人口吻，一气呵成，哀而成篇，将其思、其苦、其怨的心理活动细腻地表现出来。

"鸳瓦已新霜"，因为古时捣衣，多于秋夜进行，所以词作首句即点明时令。"鸳瓦"，即鸳鸯瓦，只是称物，无甚特殊含义。"新霜"是初霜，前几日还未下霜，近几日突然落霜了，是为"新"。屋外，鸳鸯瓦上已结了一层薄薄的清霜，那屋内呢？"欲寄寒衣转自伤"，屋内孤灯下，她对着准备为他寄去的寒衣暗自心伤。此处，"欲""转"二字颇值得留意。"欲"是做好衣服，将寄未寄；而"转"说明先前心情并非"自伤"，但是一想到寄给丈夫寒衣就感到伤心。那她为何如此呢？元朝姚燧曾作过一首清新别婉的元曲《凭阑人·寄征衣》，其中"欲寄君衣君不还，不寄君衣君又寒""寄与不寄间，妾身千万难"两句惟妙惟肖地道出了思妇内心的苦楚。那么此处，这位女子是否也同其中的女主人公一样，有着"妾身千万难"一般的心思？

且看下句"见说征夫容易瘦，端相"。看来，不是"千万难"的心思，而是牵挂丈夫，唯恐玉郎憔悴：都说戍边在外的人受尽苦寒，相貌容易消瘦，真想再好好地看他一眼啊。然而细细端详还不够，"梦里回时仔细量"，还想在夜梦中与他相遇，执手相望。

"枕怯空房，且拭清砧就月光。"然而她并没有入梦，因为寒衾孤单，空房寂寞。既然夜不能寐，而牵挂之心又盈盈于怀，所以只有趁着月光再为他缝制一件秋衣。而此时"已是深秋兼独夜"，秋寒意重，孤单夜长，所以月下捣衣，一砧一杵，一思一念，无不透着牵挂，无不透着哀怨，无不透着凄凉。至此，一个让人怜惜不已的思妇形象跃然纸上。然而词作并未结束，词人继续渲染她哀怨的心情。

末句，"月到西南更断肠"。蓦然回首，发现斜月沉沉，挂在西南方向，想着天下多少有情人早已相拥而眠，不由得更加让我欲断肠！此之结句情景并茂，其幽怨之情，自是承接前面的"自伤""怯空房""凄凉"层层写来的，所以情致幽婉，情调凄绝。全词犹如一曲秋夜箫声，呜咽婉转，的确是一篇"断肠"之作。

南乡子 柳沟①晓发

灯影伴鸣梭②，织女③依然怨隔河④。曙色远连山色起，青螺⑤，回首微茫忆翠蛾⑥。

凄切客中过，未抵秋闺一半多。一世疏狂应为著，横波⑦，作个鸳鸯消得⑧么？

词解

又一次，你离开了她。你离开了她，成为天涯孤旅，成为人间惆怅客。

金风玉露一相逢，便胜却人间无数。那是天河里，牛郎织女的美好传说。而你们，你们的别离滋味，浓于酒，使人瘦。但你总是这样安慰自己，两情若是久长时，又岂在朝朝暮暮。

可惜，没有朝，更没有暮。一相逢，离别无数。因此，你厌倦了。

侍卫的无聊，鞍马的漂泊，辗转的人生，你都厌倦了。你只希望一世疏狂，作个鸳鸯，醉生梦死又何妨……

---

① 柳沟：柳沟城，在今北京延庆八达岭北。古时为关隘。

② 鸣梭：用梭子织布。

③ 织女：织女星。

④ 河：天河，银河。

⑤ 青螺：以青色的螺髻喻山。

⑥ 翠蛾：本指女人之眉毛，后代指美丽的女子。古代女子以青黛描画修长的眉毛，故称。

⑦ 横波：女子的眼波。这里代指所爱之女子。

⑧ 消得：值得。

评析

　　此篇是词人为妻子而作，描绘的是柳沟清晨晓发时的情景，抒发了与爱人被迫分离的痛苦和幽怨。清晨于柳沟晓发，词人却出之于想象之笔，从家中的妻子写起。"灯影伴鸣梭"，天色未明，依然是灯影憧憧，摇曳着她娇弱的身影，伴着她在静寂的寒夜里拿着梭子，织着布。当然这只是虚景，只是词人的臆想，一旦从美好的想象世界里抽身而出，词人就会发现自己并不在温馨的家里，而是在客地清晨的柳沟，早已与妻子分别。

　　"织女依然怨隔河"，这句用牛郎织女的民间传说表明词人已同萧娘分袂。古代民间把织女星与牛郎星被阻隔在银河两岸的传说衍生成故事，谓牛郎、织女遥遥相望却不能厮守，唯有每年七月七日相会一次。后人以此作为夫妻或恋人分离，难以相见的典故。此处，词人是说早晨准备出发时天未透亮，银河清浅，天际的织女星仍隐隐亮着，仰首瞭望青灰色的天空，银河的对岸，今夜却不见牵牛星在。

　　"曙色远连山色起，青螺。回首微茫忆翠蛾。"接下来的三句写清晨晓发，行军路上对妻子的想念。晨光初露，绵绵曙色掩映之中，青翠山色，若隐若现。那青色螺形的山，真是像极她的发髻。渐行渐远，再回首时，看到微茫中的远山，遂再一次地由那翠蛾似的山形想到了闺中的她。这上阕，虽然写的是清晨柳沟晓发的情景，但是或展开想象（鸣梭），或借用传说（织女），或使用比喻（青螺），或直接回忆（忆翠蛾），句句围绕闺中人写相思，写眷恋，写忆想，无限多情。

　　下阕则言情抒慨，表达与所恋之人被迫分离的隐恨和幽怨。"凄切客中过，未抵秋闺一半多"，因为长久寄身客地，行在他乡，扈从别处，所以感觉在客中度过的凄凉日子，比在闺中陪伴爱人日子的一半还要多。"未抵秋闺一半多"，说明了自己在外奔波时间之长。

　　"一世疏狂应为著，横波。作个鸳鸯消得么。"这三句写出了渴望消闲的痛苦心情。"疏狂"即放荡不羁，纳兰性德作此语，是效仿魏晋时的竹林七贤。他曾在寄给张见阳的信中牢骚道："弟比来从事鞍马间，益觉疲顿；发已种种，而执殳如昔；从前壮志，都已销尽。昔人言，身后名，不如生前一杯酒，此言大是。弟是以甚慕魏公子之饮醇酒近妇人也。"此处"魏公子之饮醇酒近妇人"说的就是作为竹林七贤之一阮籍的一桩轶事：阮公邻家，住的是一美貌少妇，在酒肆卖酒。阮籍时常去那儿饮酒，酒醉，便睡在少妇的近旁。一开始，其夫颇为怀疑阮籍心怀不轨，观察几日后，发现阮公终无他意。纳兰性德说自己"甚慕魏公子之饮醇酒近妇人也"，其实就是本词中的"一世疏狂应为著"：他曾有过"逸四海"之"猛志"，奈何美好青春皆消磨于鞍马之间，越发感觉疲顿劳苦，心生倦怠之情，而从前壮志，都已销尽，遂只愿像魏公子阮籍一样任诞放达，不拘于人间礼法。而那在别人眼中可以赢得皇帝器重的金贵差事，在他看来，也终抵不过所爱女子的一双横波目，他只愿和她"作个鸳鸯"，管他"消得"不"消得"。

"一世疏狂应为著"，"一世疏狂"四字展露纳兰性德心曲，然而他始终也没疏狂起来，高贵的御座下那孤独的影子，是一只被囚禁在金笼里的婉转高歌的鸟儿。

南乡子·柳沟晓发

红窗月 燕归花谢

燕归花谢，早因循①、又过清明。是一般风景，两样心情。犹记碧桃影里誓三生②。

乌丝阑纸娇红篆，历历③春星。道休孤④密约，鉴取⑤深盟。语罢一丝香露湿银屏⑥。

词解

誓言是开在舌上的莲花，它的存在是教人领悟，爱已入轮回。三生的誓言，滴水穿石。似此星辰非昨夜。我以为那些事已经被遗忘很久，结果想起来，还以为就是昨夜发生。

遇见，你已不在身边。一别如斯呵。常常别了一次，就错了今生。遇见，只想你明白。誓三生，与迷信无关，与信仰无关，我只是需要一个理由，许自己一个期限，可以在等待时更坚定。遇见，只要你记得。心仪一个人，是我一个人的事，从一开始，我的付出就只是付出，你的回应也只是让它有归属，仅仅，乐于此时。

然后，紫陌红尘，碧落黄泉。或许有一天，连这归属也不需要了，我仍是我，你仍是你，而我们，已不再是我们。

---

① 因循：本为道家语，意渭顺其自然。此处则含有不得不顺应自然之义。

② 三生：佛家语，指人的前生、今生和来生。

③ 历历：清晰的样子。

④ 孤：辜负。

⑤ 鉴取：察知了解。取，助词，表示动作之进行。

⑥ 银屏：镶有银饰的屏风。

纳兰词选

127

评析

　　这首词写离情，大约是写给昔日恋人的。

　　上阕摹写景物，念及回忆，交代背景。"燕归花谢"，娟娟春花已经凋谢，双双燕子归来。首句不仅点明了时间为暮春，而且以"燕归"暗衬伊人不归，"花谢"遥寄韶光易逝之感。"早因循、又过清明"，以"早"字领起，表达春去匆匆的扼腕心绪。"因循"，随意、顺应自然之意。你看，花已谢，燕已归，明媚的春光如此轻易滑过，转眼之间，又过了清明，春光将尽也！一个"又"字，急促相承，进一步表现出一种无可奈何的叹惋。

　　接下来的二句点出本题，即风景如旧而劳燕分飞，不无伤离之哀叹。"是一般风景，两样心情"，伊人去后，风景明丽如昨，人却是两地相隔，思念恋人之心，在美好春景的映衬下，欲显难耐。于是回想起当初，在碧桃影深处，幽香初动时，他与佳人，脉脉相对，彼此心中情意涌动，萌生出情定三生的铮铮誓言。此即"犹记碧桃影里誓三生"。所谓"三生"，是佛教语，即前生、今生、来生。佛教传说，在这世上有一条路叫"黄泉路"，有一条河叫"忘川河"，"忘川河"上有座"奈何桥"，在桥之尽头，有一块通体鲜红的石头叫"三生石"。据说，天下有情的男女们，只要在这"三生石"上刻下两个人的名字，就可以"缘订三生"——三生三世都可以在一起。此处，词人借用佛家语，说自己当初曾与恋人"誓三生"，乃是极言两人爱情之深厚。

下阕忆旧，追忆当时相亲相恋的往事。"乌丝阑纸娇红篆，历历春星。"执起伊的手，看着伊的眼，那乌丝纸上写下的鲜红篆文，如今想来，仍犹如夜空的星斗一样清晰。谓"乌丝阑纸"，谓"娇红篆"，都说明这所书写之字，必非二人"吟诗作赋北窗里"式的寻常翰墨，而是别有寄托，别有深意之辞。那寄托为何？深意为何？"道休孤密约，鉴取深盟"，原来这贵重丝绢上，记取的是二人的海誓山盟，它作为凭证，见证着互不辜负的密约。而深盟誓毕，已是深夜，一丝清淡的露珠湿了银色的屏风。"语罢一丝香露湿银屏"，这既是昔日之景，又是今日之景。那时，"一丝香露"和"银屏"见证了两人的爱情秘誓，但是如今"香露"依旧，"银屏"依旧，伊人却再也不见了。此之情境，当又是晏几道"琵琶弦上说相思。当时明月在，曾照彩云归"和欧阳修"今年元夜时，月与灯依旧。不见去年人，泪满春衫袖"的情境了。

踏莎行 春水鸭头①

> 春水鸭头，春山鹦嘴②，烟丝无力风斜倚。百花时节好逢迎，可怜人掩屏山睡。
>
> 密语移灯，闲情枕臂，从教③酝酿孤眠味。春鸿不解讳相思，映窗书破人人字④。

词解

春水朵朵涟漪,悄悄爬上了鸭子的头。鹦鹉薄薄的嘴唇，轻声一唤，山上的春花都红了。烟丝靠着风的肩膀，把百花时节，荡得左边一朵，右边一簇。可是你却睡得可爱，眼睑的屏风虚掩着，给多情的往事留着一道缝儿。

那时候，我们说了，四只耳朵都装不满的话，以手臂为枕，为梦。可是就在大雁飞过时，你醒了。讨厌，队也不能成个"人"字。

评析

这是一阕很可爱别致的词。写春景如画，摹春怨如见，清丽凄婉。

"春水鸭头，春山鹦嘴。"这两句用比喻。写春天的河水,涟涟碧绿,翠如鸭头一般颜色。

---

① 鸭头：指绿色。也叫鸭头绿。

② 鹦嘴：鹦鹉红嘴，故以鹦嘴指红色。

③ 从教：任凭、听凭。

④ "映窗"句：此处喻指雁行不成"人"字形。书破：本指书写错乱。人人：即人，重言表示亲昵。

"烟丝无力风斜倚"，春天的风，也是轻缓，而略带温暖的，连淡白的烟丝都吹不散，摇摇曳曳，仿佛是在依靠着风似的。

前三句，分别以轻妍倩美的笔触描摹了春水、春花和春风，而这三般景致，正是春天风韵之所在。所以接下来，用"百花时节"轻点带过，为三春之景作结，为女子春思牵出线头。春天到了，水绿衫红，柳絮斜倚，百花盛开，如此的百花时节，正是情人幽会的好时节，可她却偏偏掩起了屏风，独自沉睡。这上阕既描绘了春景宜人，又于结处点出"可怜人"无聊无绪的情态。春景与她形成了极大的反差，这就透露了"可怜人"的独自忧伤。

下阕二句承上阕结句，追忆往日良宵共度的情景。"密语移灯，闲情枕臂"，那时，天色渐渐暗了，你将灯移过来，火焰跳跃，映亮我脸上的朵朵红晕。我们说着那些秘密的话语，头枕着手臂，互相端详着，永远也不疲惫。然而，当年的亲密无间、如胶似漆，却酿成了今日孤眠的痛苦。"从教酝酿孤眠味"，这句分明有着范仲淹"残灯明灭枕头敧，谙尽孤眠滋味"的凄然感人力量。

"春鸿不解讳相思，映窗书破人人字。"结尾二句，自"孤眠味"外，取来雁字，真是愁上加愁。自然界的大雁，飞行时总成人字形，所以睹雁字而思及远人就成了古诗词里的传统。比如晏几道的"天边金掌露成霜，云随雁字长"。李清照的"雁字回时，月满西楼"。周密的"雁字无多，写得相思几许"。而此处，词人说"春鸿不解讳相思，映窗书破人人字"。谓大雁不知避讳此时的相思，偏偏从窗外飞过，却不成"人"字的阵形，真是一支生花妙笔，旁逸斜出，从烦怨的心理上再加深加细地铺写相思的苦情，构思之巧妙，令人观止。

踏莎行 寄见阳

倚柳题笺^①，当花侧帽^②，赏心应比驱驰好。错教双鬓受东风，看吹绿影^③成丝早。

金殿寒鸦，玉阶春草，就中冷暖和谁道？小楼^④明月镇长^⑤闲，人生何事缁尘^⑥老。

词解

出门七步是红尘，多少人在熙熙攘攘、尔虞我诈中迷失了方向，迷失了自我，从心底渴求回归自然，回归宁静悠闲的生活。然而从古至今，又有几个人能真正遂了心愿？

晋陶潜，葛巾漉酒，是何等的放荡不羁。宋林逋，梅妻鹤子，是何等的潇然洒脱。明唐寅，闲卖青山，又是何等的风流倜傥。更有诗云："车尘马足富者趣，酒盏花枝贫者缘。若将富贵比贫贱，一在平地一在天；若将贫贱比车马，他得驱驰我得闲。"

人人都知道"赏心应比驱驰好"的道理，可更多的人仍在生活的旋涡中身不由己地苦苦挣扎着。你这位千古伤心人便是这众多不如意之人中的一个……

---

① 倚柳题笺：指作诗、填词等悠闲自适的生活。

② 侧帽：斜戴着帽子。形容洒脱不羁、风流自赏的装束。

③ 绿影：绿发，指乌黑发亮的头发。

④ 小楼：指自己的家。

⑤ 镇长：经常、常常。

⑥ 缁尘：黑色灰尘，即风尘。

评析

这是一篇寄给友人张见阳的寄赠之作。词中表达了作者对侍卫护从生涯的厌倦，对安闲自适生活的渴望。

"倚柳题笺，当花侧帽。"起首两句写词人风流自赏。"倚柳题笺"，谓斜倚着垂柳题作诗填词，出自南宋刘过词作《沁园春·题黄尚书夫人书壁后》中的"傍柳题诗，穿花劝酒"，这是古代文人清水映兰式的风雅。"当花侧帽"，是说在花丛中斜戴着帽子行走，这句也是有行文出处的。

"侧帽"一词，语出《北史·独孤信传》："尝因猎，日暮，驰马入城，其帽微侧。诘旦，而吏民有戴帽者，咸慕信而侧帽焉。"译成现代文就是：北周独孤信，形貌清丽，为当时美男子，所以常有人以他为模仿的对象。某天，他出城打猎，不知不觉中天色已晚，而他要赶在宵禁之前抵家，所以加鞭策马。由于马骑太快，头上的帽子被吹歪了，也来不及扶正。不明就里之人目睹此状，大感惊艳，觉得他潇洒异常。于是第二天起，满街都是模仿独孤信侧帽而行的男人。此处在"侧帽"一词前添上"当花"二字，其风流倜傥之处，比之北周独孤信，自是有过之而无不及。

"赏心应比驱驰好。"此句一出，当知词人前二句渲染自己风流自赏的意图何在了。他是"醉翁之意不在酒"：他说自己"倚柳题笺"也好，"当花侧帽"也罢，其实都是为了与鞍马驱驰的索然寡味相对比，是为了强调"驱驰"生涯使他辜负了赏心悦目的美好时光。所以接下来的两句，词人会说自己无奈地坠入滚滚红尘之中，身不由己，满头黑发早早地被生活所累，染上了白霜。"错教双鬓受东风，看吹绿影成丝早。""错教"，即不该教，亦即说明选择天涯漂泊的生涯，选择金阶侍立的职务，都是个错误。然而他有选择的权利吗？他能摆脱"天已早、安排就"的一切吗？

"金殿寒鸦，玉阶春草，就中冷暖和谁道。"所以在下阕里，他把自己比拟为殿上的寒鸦和殿阶的春草，只能整天枯寂地在一旁兀立，没有人知道他的冷暖，而他也辜负了闺中的少妇，让她只能夜夜空对霜头明月。终言之，他觉得侍卫官的生活，百无一是。在给友人张见阳，也就是本篇《踏莎行》所赠之人的信中，他曾毫不遮掩地写出了自己对仕宦生涯的无奈和幽愤："弟比来从事鞍马间，益觉疲顿，发已种种，而执行芟如昔，从前壮志，都已黯尽。"

"人生何事缁尘老"，词作最后一句诘问，力透纸背：这世间，到底有多少风尘琐事让我在无奈中悄悄老去啊？！"人生何事缁尘老"，一声感叹，重如千钧，苍茫冷落，充满了对人生的困惑和现实生活中种种不如意的苦恼……

130

临江仙 寄严荪友①

别后闲情何所寄，初莺早雁相思②。如今憔悴异当时，飘零心事，残月落花知。

生小不知江上路③，分明却到梁溪④。匆匆刚欲话分携⑤。香消梦冷，窗白一声鸡。

词解

诗云："我寄愁心与明月，随风直到夜郎西。"词云："欲凭江水寄离愁，江已东流那肯更西流。"如今，暮云过了，秋光老尽，伴明月清风共一醉的知己好友已在千里。

你的思念，何物可寄？只能憔悴，心事如落花飘零，无人知。于是，"从别后，忆相逢。几回魂梦与君同"便成了你最大的心愿。哪里知道，清晨一声鸡鸣，便已梦逐烟消水自流。

评析

此篇为寄赠之作。挚友一别，无日不思念，遂填此寄赠，表达了对挚友深切的怀念。

"别后闲情何所寄"，首句即径直抒怀而来。词之常例是起句叙景而不言情，但在

① 严荪友：即作者友人严绳孙，字荪友，江苏无锡人。详见《浣溪沙·寄严荪友》"评析"。

② "初莺"句：此谓春去秋来。初莺：指暮春时。早雁：指初秋时。

③ 江上路：江南之路。

④ 梁溪：在今江苏无锡，源出惠山，流入太湖。此处代指严绳孙的家乡。

⑤ 分携：分手。

纳兰词中，却往往是景缘情设，语因情工，词因情遣，从不拘限。词中，作者思友之心，愈益难耐，所以开篇七字就将友人去后自己寂寂无聊的心事道出。"初莺早雁相思"，对远方朋友的别思之情，无人能懂，只有那早归的雁莺能懂我的那一片心思。"初莺"，即早莺，早莺其实不早，仅是诗词里的一个意象。不仅不早，早莺啼叫，一般是春色将暮之时。"早雁"，即初秋的大雁，借指秋日。这句在言词人怀友之心无人能解的同时，又叠加了一层相思的含义，即春去秋来，无日不想念好友。"如今憔悴异当时。飘零心事，残月落花知。"三句写别后的憔悴和寂寞，明白如话。"异当时"，当时曾与友人聚集在花间草堂，谈诗论文，观摩书画，推心置腹，畅叙友情。然而如今，只有孤身一人，似是在天涯飘零，此种心事，大概只有残月落花知道了。"残月落花知"，等于不知。因为花已凋零，月已转残，它们只会勾起词人思怀往日相聚时其乐融融的情景。

　　"生小不知江上路，分明却到梁溪。"这两句写梦中情景。词人由思念至深至切而生出梦幻。在梦里，生来不知江南路的他，却来到了苏友的家乡。"分明"一词，是说梦境清清楚楚，简直就像是现实中来到了江南一样，此与"生小不知"的对比映衬，更见词人这一虚拟之笔的深挚感人。"匆匆刚欲话分携"，然而但好梦难留，正欲话别后相思时，梦中温馨的情谊却忽而消逝了，令人不胜怅惋。"香消梦冷，窗白一声鸡。"结处化用唐胡曾诗作《早发潜水驿谒郎中员外》中的"半床秋月一声鸡，万里行人费马蹄"，将其拳拳的友情，深切的怀念，表达得含婉不尽，启人联想。

131

临江仙 永平①道中

> 　　独客单衾谁念我，晓来凉雨飕飕。缄书②欲寄又还休，个侬③憔悴，禁得更添愁。
>
> 　　曾记年年三月病，而今病向深秋。卢龙④风景白人头，药炉烟里，支枕⑤听河流。

词解

　　行在羁旅的男子，思念更如春草，渐行渐远还生。家中的她，还好吗？

　　一纸憔悴寄相思？又怕她知晓自己瘦损的容颜，为我担忧为我愁。这么多年了。年年伤春，年年病在深秋。

　　他脸上沧桑更浓，不再是那个动辄一声弹指泪如丝的少年公子了。甚至没有皱眉，他只是眼眸忧郁，神色忧伤地靠在那里。在药炉烟里，支枕听河流。

评析

　　这篇《临江仙》作于永平道中，永平是指清代的永平府，其故境在今河北省东北部陡河以东、长城以南的地区，是出关通往辽东的必经之路，由此可知纳兰性德作此词时

---

① 永平：清代永平府，在今山海关一带，纳兰性德护驾巡游关外，此为必经之地。

② 缄书：将信札封口。

③ 个侬：那人，此处指家中妻子。

④ 卢龙：明清时为永平府府治所在地。

⑤ 支枕：将枕头竖起、倚靠。

是初登征程后不久。用词体咏边塞风情，宋元以来并不多见。纳兰性德几度扈驾宸游或奉命出使塞上，写了几十首边塞词，这对词史是一大贡献。其中不无豪迈的气度和壮阔的场面，但绝少开怀乐观，大多是苍凉悲怆的意绪。严迪昌《清词史》评纳兰性德的《蝶恋花·出塞》："几乎是孤臣孽子的情绪。"此篇客中卧病之作也是如此。"独客单衾谁念我，晓来凉雨飕飕。"起首二句写自己孤眠独卧的寂寞。因为身在永平道中，在山海关一带，所以言"客"；因为远离故园而无妻子好友相伴，所以言"独"。合在一起，"独客"就道出了羁旅孤独的心理感受。"单衾"，与"独客"相契，传达的是一种"罗衾不耐五更寒"的感觉，此是从身体感受而言的。有了心理、身体两方面的铺垫后，"谁念我"，这一深情感慨，就从衷心自然流发出来。"晓来凉雨飕飕"，是写单衾独卧后清晨醒时的情景，也是对"谁念我"的答言和反衬：清晓寒凉，冷雨飕飕，偌大的世界，似乎只有它们挂记着我，衬托我的忧愁。

"缄书欲寄又还休，个浓憔悴，禁得更添愁。"接下来三句写家书作毕，欲寄还休的矛盾心理：写好了书信又犹豫，家中娇妻因为自己外出而担忧、憔悴，如若收到我生病的家书，必愁上添愁，身体娇弱的她，如何经受得住呢？"缄书欲寄又还休"，与李清照词作《凤凰台上忆吹箫·香冷金猊》中的"生怕离怀别苦，多少事、欲说还休"有异曲同工之妙，也道出了词人虽在羁旅，虽在病中，但仍牵挂娇妻，关念切切的多情。

"曾记年年三月病，而今病向深秋"，下阕进一步写乡关客愁的难耐，思念闺阁中人心情的难解。"年年三月病"，不是说词人年年三月都会生一场大病，而是化用韩偓诗作《春尽日》中的"把酒送春惆怅在，年年三月病厌厌"。说自己年年三月都会伤春，都会因春愁忧思成疾；如今远在塞外，不见闺中人，只有以恹恹病躯独向深秋，谙尽孤寂滋味。

"卢龙风景白人头，药炉烟里，支枕听河流。"结尾三句，用眼前景表达无穷无尽的愁怀。深秋季节，卢龙地区风景萧疏，令飘零人物增添伤感之情，而致暗生白发。所以终日只有拖着病躯，身向药炉烟里，于客舍中支起枕头，侧耳听着隐隐的水声，而心思如游丝缕缕，水烟漠漠……

132

临江仙 长记碧纱窗外语

长记碧纱窗外语，秋风吹送归鸦。片帆从此寄天涯，一灯新睡觉①，思梦月初斜。

便是欲归归未得，不如燕子还家。春云春水带轻霞，画船②人似月，细雨落杨花。

词解

为什么总是不能忘记那些细碎的往事呢？

碧纱窗外，是你的寂寞、伊人的等待。喃喃细诉的，不是风，而是零乱的心。归鸦总是随着秋风而来，这份欲归的心情，诉向谁边？

漂泊异乡，是春风，也该把故园的柳吹拂成丝了吧？是春雨，也该把故园的花润成鲜丽了吧？然而，守望的，只有一盏昏黄的灯；入梦的，也只是那斜斜的残月。

不是你这一生只爱孤寂、只爱漂泊，而是想归都不能啊。燕子寒来暑往，路途虽远，行程虽苦，总还有到家的一日，而你呢？

又是春天了。画舫游于灯影桨声，穿于红尘扰攘。而你，任风鼓白色长袍，心淡如月光。细雨无声地落下来、落下来，杨花湿了，重了，落了，漂泊的你，也有靠岸的一天吗？

评析

这篇仍写厌恶仕宦，天涯思归之情绪。

---

① 新睡觉（jué）：刚刚睡醒。觉：睡醒。
② 画船：装饰华丽，绘有彩画之游船。

春天到来了，而分别是在去秋薄暮，长别既久，今又相思顿起，故于起句就写"长记"别时的情景。"长记碧纱窗外语，秋风吹送归鸦。"秋风袅袅，吹送寒鸦归巢，而我却不得不离家奔赴王事。碧纱窗外，你我依依话别的情景，早已长铭于心，时时念及。

接下来，"片帆从此寄天涯"，"片帆"紧承"窗外语""归鸦"而来，写自己从此羁旅天涯、漂泊他乡的孤旅之景，思归的主旨很是明显。"一灯新睡觉，思梦月初斜"是写自己在客舍的凄迷之情：刚刚睡醒，独对一灯荧荧如豆；因为天涯孤旅难耐，所以梦里也在思念故园，思念家中美妻。

下阕接前意脉，再伸欲归不得，连秋去春归的小燕子都不如的恨憾。

"便是欲归归未得，不如燕子还家。"化用顾敻词作《临江仙·碧染长空池似镜》中的"何事狂夫音信断，不如梁燕犹归"，将燕子和自己作对比，颇有深意。是啊，燕子要飞便飞，来去自如，可以随时飞回旧巢，但自己王事在身，身不由己。比着比着，他不禁希望有朝一日能与心上人倘佯在春云春水之间，欣赏着烟柳画船，沐浴着杨花细雨，享受一番舒心写意的生活。

"春云春水带轻霞"，"春云春水"化用高观国词作《霜天晓角·春云粉色》中的"春云粉色。春水和云湿"，巧妙地表现了水天一色、云映水中的景象，而"带轻霞"三字，更为这幅旖旎风光画卷，点带了几许迷离的绚烂烟霞，使其无限迷人。在如此迷魂淫魄的春景掩映下，词人携着如花似月、皓腕凝雪的妻子，步履款款，倘佯在湖边画船，看那细雨飘若晴丝，柳絮飞如雪花，真是惬意无比，浪漫无伦。

"春云春水带轻霞。画船人似月，细雨落杨花。"最后宕出一笔，描绘想象中与伊人春光共度的情景，化虚为实，极其浪漫，这就使小词更富深情远致了。

临江仙 塞上得家报，云秋海棠①开矣，赋此

> 六曲阑干三夜雨，倩谁护取娇慵②。可怜寂寞粉墙东，已分裙衩③绿，犹裹泪绡红④。
>
> 曾记鬓边斜落下，半床凉月惺忪⑤。旧欢如在梦魂中，自然肠欲断⑥，何必更秋风。

词解

当秋海棠开花的时候，它并不想绽放什么。它只是寂寞。

曾几何时，你和伊人漫步花下。那时，它是欢乐的，如水的映影，风的轻歌。

如今，伊人已逝，燕去楼空。它只有怯怯的痛，如往事，蹉跎成河。再开时，已是断肠花对断肠人。不雨也潇潇。

评析

这首词作于纳兰性德出访塞外途中，收到家书，得知自家院中秋海棠开花的消息，思绪万千，睹物思人，想起曾经与亡妻点点滴滴的生活片断，不由大发感叹。

---

① 秋海棠：多年生草本植物，叶大花小，开红花，故又称"八月春"。

② 娇慵：指秋海棠花。

③ 裙衩：比喻海棠的枝叶。

④ 绡红：生丝织的薄绢。

⑤ 惺忪：刚睡醒时眼睛模糊不清的样子。

⑥ 肠欲断：双关语，既指人，也指花。秋海棠花又名断肠花。

上阕化虚为实，从想象中落笔。"六曲阑干三夜雨"，化用冯延巳词作《鹊踏枝·清明》中的"六曲阑干偎碧树，杨柳风轻，展尽黄金缕"，写阑干曲折，秋雨绵绵。"六曲阑干"，"阑干"是唐宋词中常用意象，常常作为一种必不可少的装饰性场景，见证风景和人物心态的变化。至于"六曲"，同"六曲屏山"一样，都是诗词语言袭称。此处，纳兰性德是运用"六曲阑干"这一意象构筑出一种浮华绚丽的美景，为写秋海棠的香艳之美作铺垫。

接下来一句，写连绵的秋雨过后，秋海棠开花了。花开若何？"倩谁护取娇慵"，娇慵，原是形容女子的柔弱倦怠，这里用以形容秋海棠，显然是以人拟花：秋海棠花是如此娇艳，请谁来保护娇美又慵懒的她呢？

"可怜寂寞粉墙东。已分裙衩绿，犹裹泪绡红。"三句继续以人拟花，写花之容貌。可爱的她在粉墙的东面寂寞兀立，那好似女子之翠绿裙衩一样的绿叶，托出了粉红色的花蕾，好像是薄纱一样的花瓣上宿雨犹存。"可怜""已分""犹裹"，皆是语中含睇，笔带流连，清丽可人。

下阕追忆人之往昔。以花喻人，人比花娇。"曾记鬓边斜落下，半床凉月惺忪"，与王彦泓"可记鬓边花落下，半身凉月靠阑干"只有几字之异，实际上也正是由王诗化出，道出了花前月下的美好往事：记得你曾把花插在头上，那时，月儿高悬，洒下半床清辉。一觉醒来，花儿从鬓边轻轻滑落，望着睡眼蒙眬的你，我不由得如痴如醉。然而，"旧欢如在梦魂中"，那花辰旧欢，似是一场春梦，在醒来后，了无痕迹。

"自然肠欲断，何必更秋风"，结尾二句，系用双关，描绘了此时肝肠欲断凄苦之情。有一个美丽的传说：古时一位痴情女子，遭情郎抛弃后，肝肠寸断，伤而落泪，泪入土中，生出一花，人曰：秋海棠，又称"断肠花"。此处，"自然肠欲断"即是缘此传说，谓秋海棠本来就是断肠花，让人哀愁，哪还禁得起萧瑟秋风呢？当然这仅是双关语的表义，内在含义是：每每想起这些刻骨铭心的往事，就好像做一场秋梦，忍不住的肝肠寸断，哪还禁得起那些凄风惨雨呢⋯⋯

花虽年年开，人却一去不回来。这真是断肠人对断肠花，回忆越美就越痛苦⋯⋯

纳兰词选

临江仙 孤雁

₁₃₄

霜冷离鸿①惊失伴，有人同病相怜。拟凭尺素寄愁边，愁多书屡易②，双泪落灯前。

莫对月明思往事，也知消减年年。无端嘹唳③一声传，西风吹只影，刚是早秋天。

词解

瘦马载你，在这边塞荒地，渐行渐远。秋风萧瑟天气凉，草木摇落露为霜。一只失群的孤雁，用孤独的雁蹼划破了长空，想回到故乡。却不知，在地上，还有一个同样无依无靠的可怜人。

夜深，如愁绪盈满。家书写尽，只是无奈。在这一夜乡心两处同的时刻，月华也绝裾而去，留给你因思念而憔悴的容颜。在清晨，雁声伴你，瑟瑟寒风中，匹马单衣……

评析

孤雁在古典诗文中有着特殊的意义，它或象征天涯孤客，或比喻夫妻失偶，或喻指友朋失伴，等等。故诗人咏孤雁实系咏孤独之凄怀。这首咏孤雁之作亦如是，诗人描绘了"刚是早秋天"里一只孤独的大雁，又将人雁合一，情景合一，因而雁之孤影与人之孤独，

---

① 离鸿：失群的大雁。

② 屡易：屡次重写。

③ 嘹唳：声音响亮而凄清，这里指孤雁叫声。

交织浑融，抒发了孤寂幽独的情怀。

　　词作开门见山，写孤雁的失群惊魂。"霜冷离鸿惊失伴，有人同病相怜"，一只失群的孤雁在深夜的冷霜中凄凄独飞，那呼唤同伴的辗转哀鸣一声声划过夜空，传进愁情正炽、夜深无眠的词人耳中，让他不能不生出同病相怜之感、愁多魂销之叹。有"人"同病相怜，好一个同病相怜！一下子就把人和雁，一个天上、一个地下的距离拉近了，合二为一。

　　鸿雁在古诗词里，常作信使代称，如晏殊的"鸿雁在云鱼在水，惆怅此情难寄"，所以接下来，词人马上由离鸿想到了写信抒怀。"拟凭尺素寄愁边，愁多书屡易，双泪落灯前。"夜深人静，辗转难眠，也想写封家书将心中的苦闷说给她听，无奈愁绪太多，写了又写，改了又改，终不成书，以致最后，不由一声感叹，泪珠滚滚滴落灯前。

　　过片写家书不成后的独对明月的内心感受。因为在明月皎皎的夜晚，所有过往的回忆都会潺潺流动起来，异常明晰深刻。而每一次情不自禁的思量，都会摧折心肝，损耗青春的容貌，消减健康与寿命。所以词人袭用唐白居易的《赠内》诗——"漠漠暗苔新雨地，微微凉露欲秋天。莫对月明思往事，损君颜色减君年。"告诫自己往事已如缕如烟，切莫胡思乱想，自添愁绪。

　　然而"树欲静而风不止"，远处又无端传来一声悲怆的雁鸣，牵怀动绪不止。"无端嘹唳一声传"，"无端"一词，用得极好，表面是说"嘹唳一声"的没有来由，实际上是说自己无缘无故，不知来自何方的凄凉愁绪。最后两句"西风吹只影，刚是早秋天"，既是写雁，也是写人。孤雁和我又要在这初秋时节瑟瑟寒风中，形孤影单地上路了。一语双关，留给我们一个极富画面感的联想空间……

蝶恋花 辛苦最怜天上月

辛苦最怜天上月，一昔成环，昔昔都如玦①。若似月轮终皎洁，不辞冰雪为卿热②。

无那③尘缘容易绝，燕子依然，软踏帘钩说④。唱罢秋坟愁未歇⑤，春丛认取⑥双栖蝶。

词解

那是海上生出的明月，天涯共此时的惆怅。歌者寂寞的独语，在苍白的夜色中，踽踽独行。没有四月紫色的弹奏，没有夏花温柔的烂漫，只有枯叶，只有夕阳。

试问情深深几许？杨柳再也堆不起沉重的烟尘。寒夜的琵琶，我把你听成了万里愁肠。记不起你的名字。宋朝的柳郎琴声吟唱，所有的宋词，都是红粉知己。你待何在？脉脉人千里，风情两处，烟水万重。我写的离愁，已有千岁，只是鸿雁在云鱼在水，此情谁寄？

爱上一个人，要用一生来忘记。回忆犹如一根银针，冷不防就刺进骨髓。你是我终生的疼痛。

---

① "一昔"二句：意思是说，一月之中，天上的月亮只有一夜是圆满的，其他的夜晚就都是有亏缺的。昔：同"夕"，一夜。玦（jué）：半环形之玉，借喻不满的月亮。

② "不辞"句：意思是不怕严寒而为你送去温暖。卿："你"的爱称。

③ 无那：无奈。

④ "燕子"二句：意思是说燕子依然像过去那样，轻轻地踏在帘钩上，呢喃絮语。

⑤ "唱罢"句：意思是说哀悼过了亡灵，但是满怀愁情仍不能消解。

⑥ 认取：注视着。取：语助词。

评析

　　面对"爱情"这两个字，人们常常感叹好辛苦。这样的感情体验，到了纳兰性德笔下，获得了这样充满诗意的表述——"辛苦最怜天上月！"不是吗？你看那天上的月亮，"一昔如环，昔昔都成玦"，等得好辛苦，盼得好辛苦！

　　人间夫妇，往往如此。词人夫妇，更是如此。纳兰性德身为宫中一等侍卫，常要入值宫禁或随驾外出，所以尽管他与妻子卢氏结婚不久，伉俪情笃，但由于他的地位独特，身不由己，因此两人总是离别时多，团圆时少，夫妇二人都饱尝相思的煎熬。

　　而今，仅仅是婚后三年，卢氏年仅二十一岁芳龄，竟然离纳兰性德而去了，这给词人留下了怎样一个无法弥补的终生痛苦与遗憾！在难以消释的痛苦中，词人让心中的爱妻逐渐化作天上一轮皎洁的明月。

　　这是一个凄切的梦。词人希望这个梦真的能够实现，希望妻子真的能像一轮明月，用温柔的、皎洁的月光时刻陪伴着自己。他还想：如果高处不胜寒，我一定不辞冰雪霜霰，用自己的身、自己的心，去温暖爱妻的身、爱妻的心。

　　但是那终归是梦。尘世因缘毕竟已经断绝，令人徒唤奈何。唯有软踏帘钩的堂前燕，依然相亲相爱，呢喃絮语，仿佛在追忆这画堂深处昔日洋溢的那一段甜蜜与温馨。此情此景让人不禁想起宋人欧阳修同样的伤心和怅惘："去年元夜时，花市灯如昼。月上柳梢头，人约黄昏后。今年元夜时，月与灯依旧。不见去年人，泪湿春衫袖。"

　　词人现在的愁绪，真是剪不断，理还乱。凄苦之中，他想到了李贺。"秋坟鬼唱鲍家诗，恨血千年土中碧。"他想用哀悼来减轻内心的思念，却不知这样做，反而增添了幽恨。于是，他只有祈愿化作一只彩蝶，于来年春日，在那烂漫花丛中与爱妻的精灵形影相随、双栖双飞……

纳兰词选

136

蝶恋花 又到绿杨曾折处①

又到绿杨曾折处，不语垂鞭，踏遍清秋路。衰草连天无意绪②，雁声远向萧关③去。

不恨天涯行役④苦，只恨西风，吹梦成今古。明日客程还几许，沾衣况是新寒雨。

词解

昨夜的行程，顷刻便从春天抵达了清秋。那匹叫作忧伤的汗血马，飞驰过一路的凄凉。山高水长，你们的海誓山盟，在未及告别的古道上，已经去意彷徨。

暗夜下，倚鞍小寐。梦中，一盏青灯下读伊人的红笺，却永远看不清她的相思。而窗外盛开着一树落寞的海棠，冷冷地看你在梦中哭泣。当天光唤醒遥远的前方，你依然是跃马扬鞭的旅人。

没有梦，没有今古，只有无尽的江山在脚下。而前路，只有驿站，你如何停住脚步？

评析

又是一篇凄凉的塞上离愁别恨之作。

---

① 绿杨曾折处：曾经折柳赠别的地方。

② 无意绪：百无聊赖。

③ 萧关：古关名，故址在今宁夏固原东南。

④ 行役：因服役或公务而跋涉在外。词人于康熙二十一年（1682）八月出使黑龙江梭龙，此词即作于此时。

"又到绿杨曾折处"，词的起句用一"又"字，说明他离家已经不止一次了。过去离家，在这里折柳赠别；今番远出，又在这里折柳临歧。旧景重现，倍添惆怅。这一句，"又"与"曾"互相呼应，恰切地表达出词人对不断行役的愁烦情绪。

　　"不语垂鞭，踏遍清秋路。"词人独自离去了，他默默不语，无力地垂着马鞭，闷闷不乐的神态宛然在目。很清楚，如果纳兰性德热衷于名利，当他又一次得亲銮驾时，大概会唱出"春风得意马蹄疾""踏花归去马蹄香"之类的句子。但是，出于对仕途的厌倦，他含愁带恨地离开了京城，陪皇帝出发。而这种无聊无赖的情绪，又竟贯穿在踏遍清秋路的过程中。一路上，词人无精打采，怅然若失，似乎是魂离躯壳。

　　"衰草连天无意绪"，承"清秋"而发。凉秋九月，塞外草衰，枯草连天，当是实景。但草的枯荣，是自然现象，这里说连衰草也无聊无味地伸到天边，单调索寞，这实际上是词人自己"无意绪"的反射。"无意绪"三字，是全词之眼，整首词的描写都是围绕着这三个字展开。

　　放眼平芜，毫无意趣，抬头仰望，也是兴味索然。"雁声远向萧关去"，长空雁叫，远向萧关，它离开温暖的南方，这和征人步入穷荒一模一样。所以，听到雁声嘎然长鸣，添愁惹恨。

　　下阕。"不恨天涯行役苦"，说不恨，那不过是反语，因为从全篇的意境来看，恰恰是要表现天涯行役之恨。然而词人觉得，行役之苦毕竟是有限的，如果把它与虚度光阴之苦两相比较，那么行役之苦也不算甚。纳兰性德在一首调寄《金缕曲》的词里说过：

"两鬓萧萧容易白，错把韶华虚度。"他认为经年蹭蹬于山程水驿，等闲间白了少年头，才是最堪痛心疾首之事。为了强调这一点，下面便是"只恨西风，吹梦成今古"一句。西风，与清秋、衰草、雁声相联系。秋风起了，吹梦无踪，一瞬间便觉年华飞逝，使人有今昔云泥之叹。想到这里，词人感到这征戍的幽恨没完没了。最后两句，"明日客程还几许，沾衣况是新寒雨"。渐行渐远，道路迢递，到明日，离愁别绪又不知要添多少？何况寒雨绵绵，沾衣惹袖，这客途秋恨，比刚刚离京时一定更浓更深了。

整首词，从折柳开始，以寒雨收束，暗用《诗经·小雅·采薇》中的"杨柳依依""雨雪霏霏"之诗意，真切感人，实是词中上品。

唐多令 雨夜

丝雨织红茵①，苔阶压绣纹，是年年、肠断黄昏。到眼芳菲都惹恨，那更说，塞垣②春。

萧飒不堪闻，残妆拥夜分③，为梨花、深掩重门。梦向金微山④下去，才识路，又移军。

词解

暮雨又潇潇，点滴无聊，又将梨花瓣轻敲。梨花飘落的时候，肠断黄昏。你叹息一声，轻轻掩上了房门。

想起远方。想起远方他的春天，他的瘦损，你只能对花泣诉。"青青子衿，悠悠我心，但为君故，沉吟至今。"孤寂的夜里，你行也思君，梦也思君。奈何从此银汉路迢迢，两地煎熬，忍待何时踏鹊桥？

泪眼朦胧中，无语叹今宵。

评析

这是一首拟闺怨词。词人全从对方写来，假想雨夜黄昏时候的闺人思己之情景。词

---

① 红茵：红色地毯，这里指一地红花。

② 塞垣：边境地带。

③ 夜分：夜半。

④ 金微山：今阿尔泰山。诗词中常用来泛指边塞。

从雨中红花写起。"丝雨织红茵"，霏霏的雨是细细的，所以言"丝雨"。丝雨飘飘，朦朦胧胧，落在花瓣上，像是女子用丝线在编织着什么。这个"织"字，联想巧妙，用笔工致，将春雨的迷离之美写活了。"红茵"，本义是红色垫褥，此处形容红花开遍，犹如铺了红色的地毯。这是写花红。"苔阶压绣纹"，"苔阶"，是生有苔藓的石阶。"压绣纹"，是说阶上青苔苍苍，似是织物上的花纹。这是写阶绿。首二句以丝雨、红花、苔藓、石阶为主人公勾勒了一个冷艳凄迷的意境，为下文的女主人公的伤心断肠、寂寞相思埋下伏笔。

"是年年、肠断黄昏"，此抒情之句将首二句营造的意境在时间上进行无限延伸。"是年年"，是说红花满地、苔痕上阶的景象，黄昏悲伤的愁情，不是今年才有，而是年年如此，情意一出胸膛，便倍加深厚；语气吐出唇间，便愈益沉痛。

唐多令·雨夜

"到眼芳菲都惹恨，那更说，塞垣春。"花草满园，蝶飞燕舞，如斯好景，衬人哀伤心肠，本来就"惹恨"，更何况思念的人又远行塞垣，经久未归，年年春天，年年不能相携呢！一边是伤春惹起的幽恨，一边是远人不归牵出的幽怨，一经"那更说"三字的连接、强化，遂生成如潮水般的相思苦情。

下阕夜雨萧萧，再添心中之愁。"萧飒不堪闻，残妆拥夜分。"窗外是萧飒的风雨，不忍听闻；窗内是伤心的闺人，泪罢妆残。百无聊赖，万般无奈中，她只能寂寞地拥夜而坐。而这个时候，她又看见夜雨催落梨花，那片片飘零片片飞的白色梨花，让她不忍目睹，于是便掩上了层层的门，但是她心湖里那一圈圈又是怜、又是怨的痴情，早被引出。"为梨花、深掩重门"，化用戴叔伦诗作《春怨》中的"金鸭香消欲断魂，梨花春雨掩重门"一句，用黄昏时雨打梨花的景象，衬托了一位深怀相思之情的女子的孤寂的心态，同时又再次渲染出一种凄凉的意境、哀怨的心情。

"梦向金微山下去，才识路，又移军。"这三句写她的梦境。"金微"，即今之新疆阿尔泰山。唐贞观年间以铁勒仆骨部部地置金微都督府，乃以此山得名。此处词人说"金微"，非谓他真到了金微山，而是化用唐人张仲素诗典而已。张仲素诗作《秋闺思二首》其一云——"碧窗斜月蔼深晖，愁听寒螀泪湿衣。梦里分明见关塞，不知何路向金微。秋天一夜静无云，断续鸿声到晓闻。欲寄征衣问消息，居延城外又移军。"此处，词人"梦向金微山下去"和"才识路，又移军"两句就是分别从张诗颔联"梦里分明见关塞，不知何路向金微"和尾联"欲寄征衣问消息，居延城外又移军"化出，意思是说在梦里她到了关塞，那关塞正是她魂牵梦萦的地方，因为她的良人就出征到那里。她不由大喜：快，去金微山下找他！可是，刚刚摸清路，他又到了别处，真叫人愁绪万端，寝食难安。如此结句，含蓄隽永，朦胧要眇，在全文词意上也更推进一层，谓即使相思也是所思无处，更增添了伤痛之苦情。

踏莎美人_{清明}

拾翠[①]归迟，踏青[②]期近，香笺小叠[③]邻姬[④]讯[⑤]。樱桃花谢已清明，何事绿鬓[⑥]斜軃[⑦]、宝钗横。

浅黛[⑧]双弯，柔肠几寸，不堪更惹青春恨。晓窗窥梦有流莺，也说个侬[⑨]憔悴、可怜生[⑩]。

词解

喜欢一个人，真的好痛好难。

一开始是明亮的，全世界似乎都变粉红色。一切看在眼中都是美好，就算天崩地裂，只要还能看到他的微笑，那也没什么。可是渐渐就变了，向着我们所不能控制的地方滑过去。再也不会快乐了。

他看不到呢……无论做什么，说什么，他都注意不到，读不懂其中的意思。微笑依旧，

---

① 拾翠：本意是拾取翠鸟的羽毛作首饰，后指女子游春。

② 踏青：清明前后的郊游。

③ 香笺小叠：文中指女子的书信。

④ 邻姬：邻家女子。

⑤ 讯：通"信"。

⑥ 绿鬓：乌黑的头发。

⑦ 軃（duǒ）：下垂。

⑧ 浅黛：女子画得很淡的眉毛。

⑨ 个侬：这个人或那个人。

⑩ 生：用在形容词词尾，无义。

看在眼里却只剩沉闷的痛。

有时候真的是怎么也想不明白，爱情究竟是由谁来安排。苦苦追求的得不到，得到了的却弃之若敝屣。怎么就会这么不公平……

评析

"踏莎美人"是顾贞观自度曲。一半《踏莎行》，一半《虞美人》，合起来倒也雅致不俗。题为"清明"。清明正是游春踏青的好时节，古代有游春的习俗，本篇即是以此为题的咏节令之作。

上阕前二句说游春拾翠归来得迟了，而踏青之约日近。"拾翠归迟"，拾翠，本意是拾取翠鸟的羽毛作首饰，语出曹植赋作《洛神赋》中的"或采明珠，或拾翠羽"，后多指女子游春。比如杜甫诗作《秋兴》中的"佳人拾翠春相问，仙侣同舟晚更移"一句。"踏青期近"，"踏青"即春天出城到郊外游览。古代诗词中常以踏青和拾翠并提，如吴融诗作《闲居有作》中的"踏青堤上烟多绿，拾翠江边月更明"。这一联泛写春来游春的活动，而将春天少女的心事隐含于"迟""近"二字之中。

"香笺小叠邻姬讯"，下一句承前说邻女有约踏青。"香笺"，即信笺，大约因其出自邻家少女之手，散发着香气，所以言"香"吧。"邻姬讯"，是说收到了邻家女子的信。那信上所写为何？"樱桃花谢已清明，何事绿鬟斜亸、宝钗横。"信上写道：樱桃花已经谢了，都到了清明，你怎么还是一副慵懒无力的样子呢？"绿鬟斜亸、宝钗横"，写女主人公疏慵倦怠之貌：绸缎般的长发松松绾起，随意地斜着，一支钗禁不住，就要从流云一般的发间滑出来，可谓生动逼真，清丽轻灵。

下阕则自叙心怀，亦是对邻家少女的答复：不是我不喜欢春天的踏青，而是本来就心绪不佳，愁怀不解，实在不愿再去沾惹新恨了。"浅黛双弯，柔肠几寸"，浅黛，指女子画得很淡的眉毛。双弯，即轻轻地颦着眉头。柔肠，柔曲含情的心肠。几寸，当是几丝愁绪萦怀。这八个字，写这个少女的淡淡心事、淡淡愁，堪称清丽含婉，风韵别致。"不堪更惹青春恨。"风流含蓄之后接以率直坦露，则显得灵巧高妙。

现在，这位少女自吐心怀说不愿再去沾惹新恨了，但是此种幽幽心事又有谁知道呢？故于结处说唯有那清晓窗外的流莺明了。"晓窗窥梦有流莺，也说个侬憔悴、可怜生。"意即我心事重重地睡去，清晨从梦中醒来，即使是那婉转啼鸣的莺儿也觉得我很憔悴，惹人怜爱。结尾二句，幽思含婉，清丽轻灵，表达出百无聊赖的阑珊意绪。

139

苏幕遮 枕函香

枕函香，花径漏①。依约②相逢，絮语黄昏后。时节薄寒人病酒③，铲地④梨花，彻夜东风瘦。

掩银屏，垂翠袖。何处吹箫，脉脉情微逗⑤。肠断月明红豆蔻⑥。月似当时，人似当时否？

词解

还可以回到从前么？梨花一般的女子站在远处，静静地看着他幸福。

他，现在真的好吗？辗转反侧，不能成眠的时候，寂寞的女子总会遥望那弯月牙儿。

不知道他是否拖着疲惫的身体，走在回家的路上，偶尔抬抬头，感受一下温柔的月色。月似当时，人似当时否？

评析

这首词是写月夜怀念所爱之人的痴情。

柔情婉转，语辞轻倩，似丽人姿容初展，情态微露。

① 枕函香，花径漏：谓花径泄漏春光，致使枕头上尚留余香。

② 依约：隐约、仿佛。

③ 病酒：谓饮酒过量，沉醉如病。

④ 铲（chǎn）地：无端，平白无故地。

⑤ 逗：引发、触动，此处指逗引出感情来。

⑥ 豆蔻：多年生常绿草本植物，有肉豆蔻、红豆蔻、白豆蔻等品种，此处喻指所恋之人。

上阕从痴情入忆的感受写起。"枕函香，花径漏。依约相逢，絮语黄昏后。"起首四句写回忆里的室外情景——在花径泄露春光，枕头都留有余香的美好日子里，他与伊人在黄昏时见面，絮语温馨情意绵绵。清初满族年轻有为的贵族子弟，每日晨昏定省弓马骑射，汉文满文蒙文都需温习。一天的功课安排颇紧，惟有黄昏时分才有空闲，这也是为什么纳兰性德词中屡屡出现黄昏夕阳的字眼。除了有"月度银墙"之语，还有另外两句——"夕阳谁唤下楼梯，一握香荑。回头忍笑阶前立，总无语，也依依。"可知纳兰性德与伊人相会也多在晚间。

"时节薄寒人病酒，铲地东风，彻夜梨花瘦。"接下来写与伊人分别后，如今夜间的景况。在清寒的天气里，词人借酒消愁，沉醉不醒，而东风彻夜无息，吹落梨花满地。一夜过尽后再看满树梨花竟似瘦减不少。"彻夜梨花瘦"，明是写花，暗在写人，写经历风波后伊人的消瘦飘零。

纳兰词选

"掩银屏，垂翠袖。何处吹箫，脉脉情微逗。"下阕四句写别后词人相思成痴、痴情入幻的迷离之景。前两句写她在闺房里，寂寞地掩着屏风，青绿色的衣袖低低垂下，似是欲说还休。后两句，词人心魂则由彼处，倏然飞回此处，这时候他依稀听到了她那脉脉传情的箫声，只是不知人在何处。"何处吹箫"，箫中含情；"脉脉情微逗"，情转温软醉人。

"肠断月明红豆蔻"，接下来一句则再由幻境回到现实。写如今夜色凄清，月光照在院中的红豆蔻上，那红豆蔻无忧无虑开得正盛，让人触景伤情。"月似当时，人似当时否？"于是又联想到曾与她同处在月下的情景，而如今月色依然，人却分离，她还依稀如旧吗？月亮永恒，恋情却苦短。人，尤其是至情之人，又怎能经受住如此一问？在月的孤独落寞中，昔日繁华凋零，纳兰性德反问的这句清丽而沧桑的"月似当时，人似当时否"比起小山的"当时明月在，曾照彩云归"，更显情深、意浓，凄凄惨惨戚戚历历可见。

调笑令 明月

⑭

　　明月，明月。曾照个人离别。玉壶红泪①相偎，还似当年夜来②。来夜，来夜。肯把清辉重借？

词解

　　你已不再归来。晴朗的夜晚温凉悄然，凄凉的明月清辉下，银河早已入睡。我久已不在你的耳旁，不知你的眼泪是否还会把我记起。

　　也许在左手与右手的相偎中，有人会亲切地回想起我的过去。枕着你的名字，我无法入眠，天上一轮明月，依然固守着她的寂寞。可在我住过的窗口，不会再有你脉脉的凝视。

评析

　　词牌名为"调笑令"，始于唐，开始多写宫怨、田园、闺怨之类题材。后来随着边塞、咏史、咏怀等题材的介入，称之"调笑令"稍嫌轻薄，故又有人以严肃的名称名之，曰："转应曲。"这首《调笑令》虽是词短语浅，但情深意远，因是精妙之作。

　　"明月，明月，曾照个人离别。"起首化用冯延巳词作《三台令·明月》中的"明月，明月，照得离人愁绝"，写皎洁的明月曾用洁白的清辉照他与人离别。那与谁离别呢？

　　"玉壶红泪相偎，还似当年夜来。"玉壶红泪，用薛灵芸事典。当初，魏文帝曹丕

---

① 玉壶红泪：美人之眼泪。

② 夜来：魏文帝宫中美人，即薛灵芸，魏文帝为改名夜来。

迎娶美女薛灵芸，薛姑娘不忍远离父母，伤心欲绝，等到登车启程以后，薛灵芸仍然止不住哭泣，眼泪流在玉唾壶里，染得那晶莹剔透的玉唾壶渐渐变成了红色。待车队到了京城，壶中已经泪凝如血。所以后世便以"红泪"形容女子的伤心，也可以用来泛指悲伤之泪。此处，"玉壶红泪相偎"，是说词人独自伤心流泪吗？若是词人自己泪水涔涔，怎来"相偎"？

且看后一句，"还似当年夜来"，此句一出，豁然开朗。"玉壶红泪相偎"原是当年的情人流着眼泪与自己相依相偎的情景，这一句本来应该放在"还似当年夜来"后面的，却被词人前置了。此处"夜来"，字面意思是说当年之夜，但其实还是用薛灵芸的典故。《拾遗记》云："灵芸未至京师十里，帝乘雕玉之辇，以望车徒之盛，嗟曰：昔者言'朝为行云，暮为行雨'，今非云非雨，非朝非暮。改灵芸之名曰夜来。"由此可知，"夜来"指的就是薛灵芸。那词人两番用此典故，将明月夜与情人分手和三国时薛灵芸入宫联系在一起，究竟是何意图呢？有情人无奈离别，女子踏入禁宫，从此红墙即银汉，天上人间远相隔。这，是否又是表妹的故事？说不清。唯一能说清的，只是这最后一问：今后的夜晚，明月还会把它的清冷光辉借给我，照亮曾经的欢聚吗？

点绛唇 寄南海①梁药亭②

一帽征尘，留君不住从君去。片帆何处？南浦③沈香④雨。

回首风流，紫竹村⑤边住。孤鸿语。三生⑥定许，可是梁鸿⑦侣。

词解

好朋友要走了。这一走，梦破南楼，山长水阔知何处？

你知道，从此千帆过尽，或许不会再有他。所以你百计留他。可是来去苦匆匆，泪沾长襟，但留天涯一时，留不得漂泊一世。留君不住。好朋友走了。带着黄昏的一片晚云，他走了。思君如流水。你燃起一缕沉香，紫竹村里的风流，像一首老歌。

评析

梁药亭为了参加进士考试，长期滞留京师，故与纳兰性德相识，结为知己。药亭在《赠成容若侍中》（纳兰性德字容若）诗中写道："及尔见君子，和颜悦且康。顾念我草泽，

---

① 南海：指广东省。

② 梁药亭：作者的好友梁佩兰，字芝五，号药亭，广东人，清初著名诗人，与屈大均、陈恭尹并称为"岭南三大家"。康熙二十七年（1688）进士，官翰林院庶吉士，有《六莹堂前后集》十六卷。《清史列传》卷七十一有《梁佩兰传》可参。

③ 南浦：南面的水滨，泛指送别之处。

④ 沈香：沈香浦，在今广东南海。相传晋广州刺史吴隐之曾在这里投下沈香，故名。

⑤ 紫竹村：未详，可能是北京西郊紫竹院附近的一处村庄。

⑥ 三生：佛家语，指前生、今生和来生。

⑦ 梁鸿：字伯鸾，系汉扶风平陵人，家贫而好学，尚气节，为隐逸之士，与妻子孟光相敬如宾。

自忘躬貂珰。"足见二人之友情非同一般。但药亭仕进不利，故于清康熙二十年（1681）离京返粤，此篇大约作于是年。当药亭离京后，纳兰性德填词寄赠，表达了对他的深切怀念。

"一帽征尘，留君不住从君去。"起首一句写药亭意欲南归，留也留不住的惜别眷恋之情。"留君不住从君去"，这句虽然势平语简，但是送别之情却有几许翻转，其依本于宋蔡伸词作《踏莎行·珮解江皋》中的两句——"百计留君，留君不住。留君不住君须去。"将蔡词三句凝成的深情厚谊压缩于简短一句之中，自是含蕴深远。

"片帆何处，南浦沈香雨。"次二句，承"从君去"而发，写药亭踏上归途。南浦，出自江淹赋作《别赋》中的两句——"春草碧色，春水渌波。送君南浦，伤如之何！"本指南面的水边，后泛指水边送别之地，与陆上送别之地"长亭"相对。沈香雨，谓沈香浦之雨。沈香浦在广州市西郊之江滨，相传晋代广州刺史吴隐之曾投沉香于其中，因以得名。药亭此时正在南海（今广州市），故云。这两句是说梁佩兰将要乘船回到多雨的家乡。

"回首风流，紫竹村边住。""回首"二字一出，当知下阕开始转入回忆，词人回顾往日隐居紫竹村边，那潇洒风流的生活实在令人留恋。风流若何？是谈诗论文，观摩书画？还是推心置腹，畅叙友情？词人未有明说，只以"紫竹村"三字，隐隐点出几许隐逸情怀，淡泊情调，让读者自行联想。

结尾三句，仍出以想象之语，怀念之中更见对友人的款款深情。"孤鸿语"，孤鸿在诗词里是离别的意象，叶梦得在《贺新郎·睡起流莺语》中云："万里云帆何时到？送孤鸿、目断千山阻。"写两人之间隔着千山万水，舟船难通，只能目送征鸿，黯然魂销。此处纳兰性德也是说，药亭南去，一如孤雁南飞，令人伤感，令人寂寞。然而友人确是回到了家乡，独自悄悒，又有何用？所以接下来二句便转写对友人的赞许："三生定许，可是梁鸿侣？"梁鸿，字伯鸾，系汉扶风平陵人，家贫而好学，不求仕进，娶同县孟光为妻，夫妇二人同入霸陵山中，以耕织为业，咏诗书，弹琴以自娱。结尾处，词人出人意料地牵出佛家三生之语，谓如果说人真的有前生，那么药亭的前生定然是梁鸿一样的人物，便于谐趣中看出对药亭的一往情深。

忆王孙 暗怜双缬①郁金香

暗怜双缬郁金香，欲梦天涯思转长。几夜东风昨夜霜，减容光。莫为繁花又断肠。

词解

闺中的女子，怜惜着小院里的郁金香花，偷偷地。花开的心事，是不能说的。

梦是花朵紫色的根须，想探探情郎的天涯，是否比她的思念绵长？

春风中有些薄薄的寒冷，她的玉手有些微微的凉。如花的容颜憔悴时，她听见，忧伤在郁金香花里一瓣一瓣地敲门。

评析

这首词写闺中女子思念远方的情人，以淡语出之，平浅中见深婉，自然入妙。

"暗怜双缬郁金香，欲梦天涯思转长。"起首二句由景及人，睹物而思及远方的心上人。双缬，可作两解。一为"成双的捆在一起的"，以此修饰"郁金香"，反衬人之孑然；二是借代女子的袜子，因古代有一种女袜有丝带与衣着相连，"缬"本指那起牵连作用的丝绳，在此借指整个袜子，而"郁金香"则是袜子上的图案。

此处，若作前解，是写花，想必郁金香与二人的爱情生活有过一定的"戏份"，所以见花而思念之情变得更加强烈。若作后解，是写闺中女子因思念远人而引起的自怜爱惜。

---

① 双缬（xiè）：指郁金香成双成对。缬：拴、缚，此处谓两花相并。一说缬，指袜，郁金香为袜上图案。

此处关注的重点并非是哪一种解释更符合词人本意，而是这个"暗"字。此"暗"字用得很别致，有"私"的含义，似言事涉私情，非他人所知。

"几夜东风昨夜霜，减容光。"此二句一出，当知"暗怜双蝶郁金香"一句中，主人公"怜"的是成双成对的郁金香。这里也是言几夜的风霜又使美丽的花消褪了容光。但"减容光"又非独言花，它还可以形容女子的容颜憔悴。《莺莺传》中，元稹这样描写莺莺被张生抛弃后的绝望——"自从消瘦减容光，万转千回懒下床。不为傍人羞不起，为郎憔悴却羞郎。"此处纳兰性德是不是暗用了莺莺诗意，写女主人公因思念玉郎而辗转偏偬？若如此，则"东风""霜"云云，摧残的并非仅是郁金香了，还有她的花容月貌。

末句，"莫为繁花又断肠"，有人曾解为：说不要为花的凋谢而伤感，实际上却正是在为此而伤感，故作自我安慰之语，就比较含蓄。令人读了觉得含思婉转，哀而不伤，很合乎我国传统诗教"温柔敦厚"的旨意。此种解读，稍显迂腐。因为"莫为"，正是因思至断肠亦无可奈何的恨恨之辞，古人诗中所道的"莫"都不能简单地从字面去解，如李后主"独自莫凭栏"，并非真是劝人莫要凭栏，或表自己拒绝凭栏的态度，此句本来就是凭栏之语，"流水落花春去也"正是凭栏之见也，害怕独自上高楼，又不得不登临凭栏，此真真内心起伏无定也，而纳兰性德此词既然前有对"郁金香"的"暗怜"之语，可见词人空对落花黯然神伤，真与欧阳公"泪眼问花花不语，乱红飞过秋千去"情致一也。

忆王孙 刺桐花底是儿家

143

> 刺桐花底是儿家。已拆秋千未采茶。睡起重寻好梦赊①。忆交加②。倚著闲窗数落花。

词解

刺桐花开了。花瓣儿嫣然飘进了情窦初开的少女的心窗。总是漫天情，总是夜来香。

四月好美丽，有一种淡淡的忧伤。她坐在家门，微笑朦胧着羞红的脸。梦里花落知多少？数一片落花，就想起曾经，窗前的月光，把两个人的影子缝成一个的日子。

评析

这是篇书写童稚回忆的词章，清新自然，明白如话。稚气散漫的词人只轻轻几笔的勾画便使意象鲜明，境界全出。首句点明主人公身份为年轻女子。"刺桐花底是儿家"，儿家，即是我家，是中国古代女子口语，如张先词作《更漏子·林钟商》中云："柳阴曲，是儿家。门前红杏花。"李从周词作《清平乐·美人娇小》中云："叮咛记取儿家。碧云隐映红霞。直下小桥流水，门前一树桃花。"听来无不给人以温柔旖旎、天真烂漫之感。

接下来的"已拆秋千未采茶"一句，点明时令。古时，二月以后农事渐忙，故古人常于寒食清明后，拆掉秋千。秋千既拆，新茶未采，正是晚春时节。"睡起重寻好梦赊"，写少女春梦。酣眠之中，她做了好梦，但是醒后，美梦却渺茫难寻。"好梦赊"，好梦

---

① 赊：渺茫、稀少。

② 交加：谓男女相偎，亲密无间。

到底是何梦？

　　"忆交加。倚著闲窗数落花。"这句"忆交加"点明了好梦乃是"交加"之梦。交加一词，出于韦庄诗作《春愁》中的"睡怯交加梦，闲倾潋滟觞"。指男女相偎，亲密无间。睡梦之中，全是与心上人相守相聚的情景，醒来之后，却只有回忆。本想倚靠着闲窗，静数落花，但脑海里却满是关于两人在这窗前依偎看花的回忆。

　　这首小令与纳兰性德其他作品的风格截然不同，倒与南宋中期杨万里的诗(如《小池》"泉眼无声惜细流，树阴照水爱晴柔。小荷才露尖尖角，早有蜻蜓立上头。") 有所相似，采用白描的手法，用近乎口语的语言，描写生活细节的小情趣，生动地刻画出一个情窦初开、渴望与心上人厮守的小女儿形象。

（144）

菩萨蛮 过张见阳山居①，赋赠

车尘马迹纷如织，羡君筑处真幽僻。柿叶一林红，萧萧四面风。

功名应看镜②，明月秋河影③。安得此山间，与君高卧闲。

词解

一箪食，一瓢饮，不改其乐。那是颜回的淡泊。

采菊东篱下，悠然见南山。那是陶潜的宁静。

《圣经》云："你出自尘土，必归于尘土。"

人生在世，功名权势，终究如同镜花水月，一场空而已。与其车尘马迹，忙忙碌碌，不如垂钓碧溪，对一张琴，一溪云，一壶酒。且逍遥，信步其中。

评析

此篇为过张见阳故居之作，抒发了词人对悠闲自适的隐逸生活的向往。

"车尘马迹纷如织"，首句写己况，自己身在繁华中，门前车尘马迹来来去去。"车尘马迹"，本即熙攘之景，再加上"纷如织"，就生动地道出了都市喧嚣热闹至极的情形。那都市繁华不好吗？君不见，"宝马雕车香满路"，何其繁华，何其蔚然！然而词人觉得不好，觉得厌烦。正是因为他素来厌倦高门名阀的贵族生活，厌倦侍卫官单调乏味的

---

① 张见阳山居：在京郊西山。

② "功名"句：谓容颜易老而功名难就。

③ 秋河影：指银河。

生活，所以当他过见阳山居之所时，才会发出"羡君筑处真幽僻"的感喟，表达对见阳山居的羡慕之情。

"羡君筑处真幽僻"，"真幽僻"，幽僻在何处？在红彤彤的一林柿叶上，在萧萧作响的四面秋风中。"柿叶一林红，萧萧四面风"，两句景语，悠然恬淡，萧散疏落，既是友人居所幽静的具体体现，又是词人钦羡的缘由。上阕以己处之喧阗与友人处之清幽对比，道出心中艳羡之情。

下阕则抒发了归隐山林的渴望。"功名应看镜，明月秋河影。"二句牵出"功名"二字。功名如何？"看镜""明月""秋河"似是在说功名利禄之事无非是镜中之月，河中之影，如烟如云，虚无缥缈。而正因为功名虚幻如梦，所以要舍弃它，追求山鸟泽鱼一般闲适的生活？

非也。此处的"功名应看镜"，所用并非"镜花水月"的意象，而是用杜甫诗作《江上》中"勋业频看镜，行藏独倚楼"一句的诗意。全诗如下："江上日多雨，萧萧荆楚秋。高风下木叶，永夜揽貂裘。勋业频看镜，行藏独倚楼。时危思报主，衰谢不能休。"显然这两句诗中，杜甫是嗟叹勋业未成而容颜易老，正如金圣叹在《杜诗解》中指出的那样，"频看镜"者，老年心热人，忽忽自忘其白，妙在一"频"字。

所以纳兰性德此处所写"功名应看镜，明月秋河影"两句，并非是将功名利禄视若镜中之月，而是说，与其整日忙忙碌碌，对镜忧老，叹息不止，倒不如放下心来，栖此碧山，与友人高卧，畅叙幽情，惬怀为闲。此之句意，上承前句之"羡君筑处真幽僻"的"羡"字，说明正是由于自己放不下功名利禄，才生出"羡君"的感叹；下启尾句"安得此山间，与君高卧闲"的"安得"二字，表达了"与君高卧闲"的闲适还只是一种期盼，一种理想，不知何时才能实现。

小词质朴显露，但情深意切，不失为佳作。

菩萨蛮·过张见阳山居·赋赠

菩萨蛮 回文①

客中愁损②催寒夕，夕寒催损愁中客。门掩月黄昏，昏黄月掩门。
翠衾孤拥醉，醉拥孤衾翠。醒莫更多情，情多更莫醒。

词解

醒莫更多情，情多更莫醒。问世间，情为何物？

情是才下眉头、又上心头的缠绵，是剪不断、理还乱的悱恻。情是口角处嚖香的温柔，还是眉宇间低回的婉转。情是戒不了的瘾、治不愈的病。情是幸福时的酸楚，也是寂寥时的痛楚。情是说不清、道不明的心结，还是忘不了、放不下的牵挂。

情为何物？情在不能醒。

评析

这首小词，每两句都是反复回文。"客中愁损催寒夕"，从最后一个字"夕"倒着往前读，就是下一句"夕寒催损愁中客"。整首词倒读，也是极协音律的回文词。由于有这两个特点，每一句开头的一字和结尾的一字也要押韵，如"客—夕""门—昏""翠—醉""醒—情"皆是如此。

"回文"大多是为游戏文字所作，不过这首"回文"词却不仅仅是为了文字游戏而作。它有感情、有韵味、有意境，深入地表达了作者"情在不能醒"的无奈情绪。

---

① 回文：诗词中的一种修辞手法。即某些诗词字句，回环往复读之均能成诵。
② 愁损：愁煞，极度的忧愁。

纳兰词选

先看第一联回文句："客中愁损催寒夕，夕寒催损愁中客。"前一句写词中主人公愁绪孤寂，独身的孤冷似乎把周遭的空气都凝结了，寒冬似乎是因为他而提早来临。后一句写呼呼的寒气使得本已孤冷愁怨的主人公更加愁怨冷寂。虽是回文，但前后两句的意思并不重复，下句是作更深一层的演绎。

下一联："门掩月黄昏，昏黄月掩门。"门内人为不触景伤情，把能引起遐思的良辰美景关在门外；门外，月色撩人，昏黄多情，照着孤独掩着的门，更显落寞。前一句为情，后一句为景，亦情亦景，情景交融。

"翠衾孤拥醉，醉拥孤衾翠。"门里人漫漫长夜独坐，披着翠衾抱着酒壶，"举杯消愁愁更愁"；夜凉如水，醉意弥漫，主人公拥着翠衾觉得似乎没那么冷，像那个她就在旁边，温柔温暖……这一联，写借酒浇愁，写醉酒拥人，矛盾中见深沉蕴藉。

最后一联："醒莫更多情，情多更莫醒。"为全词精警之笔。夜风吹来，词人仿佛清醒了许多，但此情此刻，心里却更加痛苦。爱之深，痛之切啊！对于自己的"多情"，词人都有点害怕了，以至于告诫自己醒来以后不要再有多情之举。然而因为情多，清醒后却愈发痛苦，那还是不要清醒吧，毕竟在醉生梦死中，能忘记冷酷现实里的一切。全词读罢，但觉其中充满幽愁暗恨，痛苦万分。如此深厚之内蕴，恐怕绝非普通游戏之作可以道出。

菩萨蛮 飘蓬只逐惊飙①转

> 飘蓬只逐惊飙转，行人过尽烟光远。立马认河流，茂陵②风雨秋。
> 寂寥行殿③锁，梵呗④琉璃火⑤。塞雁与宫鸦⑥，山深日易斜。

纳兰词选

词解

　　天寿山的最后一抹残阳，余晖斜洒在空寂的山林深处。一阵嗒嗒的清脆马蹄声，敲碎了那里的悲凉与寂寥。时间穿梭，光阴荏苒，人生犹如没有根茎的浮萍随波流转，不知道方向，不知道尽头。熙熙攘攘的红尘中，那些曾经来来往往的人们也在岁月中渐行渐隐，没有了踪影。只见远方，一匹银鞍骏马，一位白衣公子，且行且停，且吟且叹，最终消失在一片苍茫暮色之中……

评析

　　此为过昌平十三陵的感怀之作。全词用白描之法，堆积意象，将今昔之感、兴亡之叹、黍离之悲，用景语化出，婉曲有致，厚重有力。

---

① 惊飙：狂风、暴风。

② 茂陵：一为汉武帝陵墓，在今陕西兴平东北，一为明宪宗陵墓，在今北京昌平天寿山。此处以明宪宗陵墓茂陵代指十三陵。

③ 行殿：即行宫。

④ 梵呗：指僧人作法事时的歌咏颂赞之声。

⑤ 琉璃火：即琉璃灯。

⑥ 宫鸦：栖息于行宫中的乌鸦。

起首二句"飘蓬只逐惊飙转，行人过尽烟光远"，便是意象的堆积。"飘蓬只逐惊飙转"，表面写飘蓬不定，随风乱舞，实则暗示出世界的命运如飘蓬一般不定，世界是脆弱的、轻浮的，人生亦然，只有命运的"惊飙"是主宰者，其吹向何方，人即随之何方，完全身不由己。而"惊飙"也无固定的方向，只是"转"，或此或彼，不能停驻。于是，人生、王朝、世界、命运，这一切皆是茫然无据，词人栖身其中迷失道路，完全不辨方向。

　　"行人过尽烟光远"，行人过尽，路亦不见尽头，这句描绘出一种场景上的"空旷"，虽然没有提到"我"在何处，但读者明显能感觉到"我"就在这个"空旷"的中央，孤独、无助，不知何去何从。

菩萨蛮·飘蓬只逐惊飙转

起首两句，简洁地营造出迷茫、空旷和孤独的氛围，然后"立马认河流"便顺理成章地具有了字面之外的含义：迷茫的词人需要停下来细细思考，辨别方向。此之"方向"，语带双关，既是实指在明陵一带行路的方向，更是在力图辨认人生、世界、命运的方向。辨认出来了吗？不知道，词人没说，话锋却一转，"茂陵风雨秋"，点明时间和地点，作为上阕的收尾。

但是，此之收尾，不只是点明时间和地点而已，同时在用意象的堆积传达着更深的含义。茂陵，是汉武帝的陵墓，是历代诗人经常吟咏的。明陵当中，明宪宗的陵墓也叫茂陵，所以，纳兰性德这里用茂陵二字，一是以明宪宗之"茂陵"代指整个十三陵，二是让人联想到汉武帝的茂陵。西汉之世以武帝朝为最盛，这个最盛者，这个千古一帝，最终也只不过是一抔黄土。这种对照给词人的刺激，甚为强烈，由此出发而怀古，便生出许多的情绪与感悟。

下阕更是白描。行殿，即行宫。梵呗，指僧人的唱经声。琉璃火，即琉璃灯，也即玻璃制的油灯。塞雁，大雁远渡，随季节而在江南、塞北之间往返。宫鸦，栖息在宫殿里的乌鸦。除了开头"寂寥"二字，再没有一点抒情之语，但苍凉之感跃然纸上。尤其是末一句"山深日易斜"，这是一个精彩的无理之句——此处的日斜是指日落，而太阳的易不易落和山之深不深无半点关联，纳兰性德却说：在这里，因为山很深，所以太阳容易落，于悖谬处见真理，发人深省。

采桑子
那能寂寞芳菲节①

那能寂寞芳菲节，欲话生平。夜已三更，一阕②悲歌泪暗零③。

须知秋叶春花④促，点鬓星星⑤。遇酒须倾，莫问千秋万岁名。

词解

芳菲节不会寂寞。芳菲时节，怎会不寂寞？

别人的一生，如花间闲步，庭中赏月。你的一生，却系在，浪迹天涯的马尾上。人生几何，譬如朝露，去日苦多。你只能在寒凉如水的夜，唱起一阕千年的悲歌。忧郁如你，落寞如你，凄苦如你。而浮生若梦，为欢几何？

所以，还是饮吧，饮吧。千秋万岁名，不如，这尊前一杯酒。

评析

此篇写春日独处的寂寞，抒发了人生无常、转瞬即逝、不胜今昔的感慨。词以疑问语气开篇："那能寂寞芳菲节，欲话生平。"芳菲节，春天花木繁盛时节。欧阳修在《玉楼春·洛阳正值芳菲节》中云："洛阳正值芳菲节，秾艳清香相间发。"可以想见，芳

---

① 芳菲节：指春天。

② 一阕：一首。

③ 零：落。

④ 秋叶春花：此处代指秋天、春天。

⑤ 星星：喻白色。

菲时节，姹紫嫣红、满城春色的胜景。但是此篇中，词人的心情似与佳景甚不相合——"寂寞芳菲节"。是啊，一边是莺啼燕语、百花盛开，一边是茕然独处，形影相吊，两相比衬之下，词人的内心能不感到寂寞惆怅吗？

因此，在这个时候，"欲话生平"自然是再也不能了。"生平"，指词人一生的经历景况。纳兰性德自二十二岁起便担任康熙侍卫，扈从銮驾南巡北征。侍卫一职十分辛劳，他"性耐劳苦"，恪尽职守，旦夕不懈，但是让他痛苦的并不是辛劳，而是违背理想和本性。他在八年的光阴中，熟练的弓马只能用于担任警卫和奉陪狩猎，杰出的诗才也只能用于涂写那些言不由衷的应制篇章。他的年华和精力，都被耗费在无休无止的扈驾出巡中，入仕前的一切憧憬和抱负，到头来只是一场幻梦。

如今又是一年一度的芳菲时节，但是词人却因志不得申、失去自由而悲愤哀伤不已。值此如水春夜，他却独自不成寐，捱到三更时分，愁情更浓，于是只有悲歌一曲，想到这乏味的人生则唯有"泪暗零"而已。

"须知秋叶春花促，点鬓星星。"词人风华之年，尽在枯燥的鞍马间度过，然而时光荏苒，秋叶飘零，春花盛开，年复一年地催促着人由少到老，除了徒增白发，了无生趣。

"遇酒须倾，莫问千秋万岁名。"既然理想渺茫，人世如风，等不到"人生得意须尽欢，莫使金樽空对月"的时候，那么何妨有酒就干，放诞任气？身后名不如生前一杯酒！结处化李白诗作《行路难》中名句——"且乐生前一杯酒，何须身后千载名。"颇得太白逍遥超脱之风。

采桑子 九日

深秋绝塞①谁相忆？木叶②萧萧。乡路迢迢，六曲屏山和梦遥。

佳时倍惜风光别③，不为登高。只觉魂销，南雁归时更寂寥。

词解

独在异乡为异客，每逢佳节倍思亲。遥知兄弟登高处，遍插茱萸少一人。

今日便是农历九月初九，一年一度的重阳佳节。古俗此日需登高，饮菊花酒，佩戴茱萸来消灾。你却遥遥地站在那山的高处，远眺来时路，耳畔南雁长鸣。乡愁磨损了眉头，怎么你醒也寂寥，梦也寂寥？

坐也魂消，睡也魂消。那乡路蜿蜒渐渐入了梦。梦又如何？梦中也迢迢，故园仍遥。

评析

九日，即农历九月九日，是为重阳节。古俗此日需登高，饮菊花酒，佩戴茱萸来消灾。纳兰性德此时正使至梭龙，自然佳节思亲，倍感形单影只、孤独寂寞，遂填词以寄乡情。

上阕写秋光秋色，落笔壮阔。"深秋绝塞谁相忆"，深秋，点明时令；绝塞，道出地点。秋景每以萧瑟摄人心魄，而出使之地又如此僻杳，于是词人自然而然就会发出一句诘问：有谁惦记着我呢？

---

① 绝塞：遥远偏僻之地。

② 木叶：落叶。

③ 别：与众不同。

是啊，到底"谁""相忆"词人呢？作者没有回答。他只是继续摹写落叶萧萧的肃杀萧索之景。但是思乡的琴曲已被弹起，兀自在心间缭绕盘旋。

"乡路迢迢，六曲屏山和梦遥。"迢迢，遥远之貌。杜牧在《寄扬州韩绰判官》诗中云："青山隐隐水迢迢，秋尽江南草未凋。"屏山，因屏风曲折若重岩叠嶂，或谓屏风上绘有山水图画等，故称"屏山"。六曲，指十二扇的屏风。此处，"六曲屏山和梦遥"紧接在"乡路迢迢"之后，点出了边塞山势回环，路途漫长难行，遥应了"绝塞"一词，亦将眼前山色和梦联系起来，乡思变得流水一样生动婉转，意境深广。

下阕抒写佳节思亲之意。"佳时倍惜风光别，不为登高"两句，似是出自王维《九月九日忆山东兄弟》——"独在异乡为异客，每逢佳节倍思亲。遥知兄弟登高处，遍插茱萸少一人。"词人轻描淡写地将王维的诗意化解为词意，写逢此重阳佳节，故园正风光美好，令人倍增离愁别绪。

"只觉魂销，南雁归时更寂寥。"结句又承之以景，借雁南归烘托、反衬出此刻寂寥伤情的苦况：春往秋来，雁去雁还，就算风凄雨苦，它们也要定期地、执着地返归旧乡。面对这横空雁字，远离亲朋、身处"绝塞"、独味凄凉的词人，怎能不心神摇曳，思归之情倍增？一方面，由雁的相伴而还，想到自己独自飘零异乡，恰如失群的孤雁；另一方面，也从鸿雁的定期还乡，产生人不如雁的悲哀，从而渴望着自己也能像鸿雁一样自由地往还，回到亲人朋友的身旁。

纳兰性德一向感情细腻，这阕《采桑子》却写得十分简练壮阔，将边塞秋景和旅人的秋思完美地结合起来。仅用寥寥几十字写透了天涯羁客的悲苦，十分利落。

149

采桑子 海天谁放冰轮①满

海天谁放冰轮满？惆怅离情。莫说离情，但值凉宵总泪零。
只应碧落②重相见，那是③今生。可奈④今生，刚作愁时又忆卿。

词解

遇见，若早知与你只是有缘无分的一场花事，在交会的最初，按捺住激动的灵魂，也许今夜我就不会在思念里沉沦。

遇见，你可曾知道，有时候，你我之间只隔了一道墙；有时候，只是隔了一扇门；有时候，只是隔了一丛花、一株柳的隐约相望。可是，偏偏不能再有一丝接近。

遇见，你已不在身边。无论今宵，酒醒何处，也不过杨柳岸，晓风残月，满地月光惘然。你我之间，仿若花期错落，你开在暮春，而我，盛于夏末。

于是，你成了我的水月镜花。从此，紫陌红尘，碧落黄泉。从此，天长地久有时尽，此恨绵绵无绝期。

评析

这又是一篇悼亡之作。爱妻的早亡使词人无日不伤悲，特别是会逢良辰美景之时，他更是痛苦难耐了。所以此时一逢高天朗月，其凄怀又起，怅恨悠悠。

---

① 冰轮：月亮。

② 碧落：天空。

③ 那是：哪是，岂是。

④ 可奈：怎奈。

"海天谁放冰轮满？惆怅离情。"上阕前二句因离情而责怪月亮：是谁让天宇中的月儿变得那么皎洁明亮，难道他没有看到我的离情惆怅吗？词人恼月照人，增人"月圆人不圆"的怅恨，这种借月以表达怀念之情的做法与苏东坡的"不应有恨，何事长向别时圆"，朱淑真的"多谢月相怜，今宵不忍圆"有异曲同工之妙。

"莫说离情，但值凉宵总泪零。"接下来的二句，写这种离情已不堪提起，每到凉夜，总要使人伤心落泪。只是反反复复地说离情，而不说明是怎样的离情。

"只应碧落重相见，那是今生。"直至下阕的"碧落重相见"，才知道先前所说之离情，并非一般之生离，而是凄然断肠的死别。"碧落"，语出道教《度人经》中的"始青天乃东方第一天，有碧霞遍满，是云碧落"一句。白居易的《长恨歌》里有"上穷碧落下黄泉，两处茫茫皆不见"之语，是说贵妃死后，明皇命方士通天彻地去寻。纳兰性德作此语，说明爱人亡故。然而就算碧落重逢，也正如李商隐《马嵬》诗中所说的"海外徒闻更九州，他生未卜此生休"。即使能够重见，也已不是今生的事了。

至于今生呢，偏偏在忧愁之时总会想你。"刚作愁时又忆卿"，语简情深，哀婉之处动人心魄。愁上添愁，苦上加苦。纳兰性德心思之凄婉低回，由此亦可见一斑。

采桑子 白衣裳凭朱阑①立

白衣裳凭朱阑立，凉月趖西②。点鬓霜微，岁晏③知君归不归？

残更目断传书雁，尺素还稀。一味相思，准拟④相看似旧时。

词解

　　月夜，翩翩的男子一袭白裳，凭栏而立。凉风入袂，他望月的神态是那么优雅，那么忧伤。万水千山之外，南国的故人，此时也在凭栏。

　　小桥上，月色下，目光随流水，远处，无边也无际。只是不知道，岁末了，故人为何还不归来？

　　守望的人只有凝眸，凝眸。鸿雁在云鱼在水，惆怅此情难寄。

评析

　　这是一首怀念南方友人之作。全篇形象勾勒、景物描写、心理刻画，处处表现其"一味相思"的情结。

　　上阕起首两句描写词人残夜凭栏的情景。"白衣裳凭朱阑立，凉月趖西。"词人一袭白衣，临朱栏而立，此时寒月清冷，向西落去。凭栏，是个意象，其在古诗词里多与

---

① 朱阑：红色的栏杆。

② 趖（suō）西：向西落下。趖：走，移动。

③ 岁晏：岁末。

④ 准拟：料想，希望。

离别相思、怀念远人等寂寞、哀伤、幽恨情怀相关。趄，较为生僻，原意为缓行，多指日月运行偏西。

　　"点鬓霜微，岁晏知君归不归？"两句由景物转入自身心理。"点鬓霜微"，鬓霜，形容鬓发斑白如霜。词人在句首句尾分别添加以"点""微"二字，是实写自己略微衰老，不是李白的"白发三千丈"，而是近似于苏轼《江城子·密州出猎》的"鬓微霜"。但是词人所关注的，却不是这"点""微"二字，而是"鬓霜"。因为接下来的一句就是"岁晏知君归不归"。时候已至岁末年关，南方的故人仍未归来与自己相聚，而此时词人的鬓发都已经斑白了，如此年复一年，短暂的人生能有几多促膝而谈的时光呢？

　　"残更目断传书雁，尺素还稀。"过片转写书信稀少，从另一个角度衬托怀念友人之情。"残更"，照应上文的"凉月趄西"，指夜色将尽。"传书雁"和"尺素"皆是用典。古人有"雁足传书"和"鱼传尺素"的说法，前者见于《汉书·苏武传》，后者见于古诗《饮马长城窟行》，是诗文中常用的典故。此处，词人在"传书雁"前添以"目断"二字，尽显久久守望等候之意，比起"断鸿难倩"等语又增加了许多风致，略似于赵长卿的"过尽征鸿来尽燕，故园消息茫然"。

　　"一味相思，准拟相看似旧时。"结尾二句点出相思之意。"一味"，自是承上凉月、鬓霜、岁晏、传书雁、尺素层层铺垫而来，犹如百川汇海，自然流畅。"准拟"，即希望、期待。词人希冀在不久的将来，南方的友人能够归来团聚，像旧时一样与自己把酒言欢，秉烛夜谈。结处浅淡而流丽。

151

清平乐 麝烟①深漾

> 麝烟深漾，人拥缑笙氅②。新恨暗随新月长，不辨眉尖心上。
> 六花③斜扑疏帘，地衣④红锦轻沾。记取暖香如梦，耐他一晌寒岩⑤。

词解

麝烟袅袅的时候，伊人已经驾鹤作别，悠然飘逝。花自飘零水自流。

留给你的是伤情，无计可消除，才下眉头，却上心头。留给你的是遗恨，让你梨花带雨，让你无法释怀，让你衣带渐宽。留给你的是，如落英缤纷般的点点伤心雨，碧海青天夜夜流，直流到你心深处。

在那里，零落成泥碾作尘，只有香如故。

评析

此篇亦是悼亡之作，似与《忆江南·宿双林禅院有感》词境相类。首句"麝烟深漾"，写麝香熏香在屋子里袅袅回荡，为全词铺下朦胧凄迷的氛围。"人拥缑笙氅"，"人"当指作者本人。缑笙氅，即鹤氅，用鸟的羽毛制成的外套，是古代官僚贵族时髦的披戴。

---

① 麝烟：燃烧麝香散发出的烟。

② 缑（gōu）笙氅（chǎng）：鹤氅，用鸟的羽毛制成的外套。氅：外套。

③ 六花：雪花有六瓣，故称。

④ 地衣：地毯。

⑤ 寒岩：高处的山崖。

如白居易诗作《新制绫袄成感而有咏》中的"鹤氅毳疏无实事，木棉花冷得虚名"一句。此处，词人言"缑笙氅"，是点明自己的贵族身份么？那"缑笙氅"中的"缑""笙"又是何意？

这就得从"缑笙氅"的由来说起。汉刘向所著的《列仙传·王子乔》中有载："王子乔者，周灵王太子晋也。好吹笙作凤凰鸣。游伊洛间，道士浮丘公接以上嵩高山。三十余年后，求之于山上，见桓良曰：'告我家，七月七日待我于缑氏山大。'至时，果乘白鹤驻山头。望之不得见，举手谢时人，数日而去。"后世因之把外套称为鹤氅或者缑笙氅。此处，词人用"缑笙氅"，显然并非点明富贵身份，而是借指丧服。

所以接下来两句便是："新恨暗随新月长，不辨眉尖心上。"新恨，指由爱妻逝世之旧恨所引起的新的伤心事。眉尖心上，范仲淹词作《御街行·秋日怀旧》中有"都来此事，眉间心上，无计相回避"。李清照词作《一剪梅·红藕香残玉簟秋》中也有"此情无计可消除，才下眉头，却上心头"。词人此篇融入前人愁语，化作"不辨眉尖心上"，又接于"新恨暗随新月长"句后，表明其愁情不止，愁怀无限。

"六花斜扑疏帘，地衣红锦轻沾。"过片转写雪花飞舞之景。雪花随风而飘，斜扑在稀疏的窗帘上；红锦织就的地毯，轻轻地沾着些许六花。雪花，地衣，斜扑，轻沾，意象和动作都是一派轻盈灵动之貌，词人刚刚还愁情似海，此刻内心却倏然愉悦起来。岂不是自相矛盾吗？难道是"以乐景写哀，以哀景写乐，一倍增其哀乐"？

且看结尾两句："记取暖香如梦，耐他一晌寒岩。"暖香，指春天的花香。这里借喻与妻子共度的温馨时光。一晌，谓很短的时间。寒岩，即高寒的山岩。词人的思绪陷入美好的回忆当中，因此看见眼前的雪花飞舞，不仅不觉得寒冷，反而觉得翩翩轻灵。然而一旦从回忆中抽身而出，种种温情转瞬间便消失不再，词人便觉得"一晌寒岩"都无法忍受。这样，眼前之景与还能记取的梦中情形形成极大的反差，遂使悲愁不绝。全词亦情亦景，交织浑融。语言明白如话，而情致绵长。

眼儿媚 _{林下①闺房世罕俦②}

> 林下闺房世罕俦，偕隐③足风流。今来忍见，鹤孤华表④，人远罗浮⑤。
> 中年定不禁哀乐，其奈忆曾游。浣花⑥微雨，采菱斜日，欲去还留。

词解

今夕何夕，云淡风轻。那一段沁人心脾的曲调，永远在琵琶的弦上凝而不发；那一章绝美的诗句，永远在红笺中让人沉醉；那一番闭月羞花的容貌，永远在红烛下动人心魂……那可是京城第一美人，你的心上人吗？今夕何夕，月冷星疏。

你在静默中温馨回望，唯恐今生与她失之交臂，竟许下"山无陵，天地合，乃敢与君绝"的誓言。雪纷纷，比翼齐飞；意浓浓，风雨同舟。今夕何夕，月逝西窗。

再归来，"大堂内春秋帐冷，庭院外海棠凋零"，想当初海誓山盟，看如今劳燕分飞。

曲未终，弦已断，有凰，无凤。步入中年的你，其情何堪？

评析

词人偶至旧日与心爱女子同游之地，却见物是人非，遂怀想万千。这篇即写此种感慨。

---

① 林下：称颂妇女仪度娴雅。

② 俦：同类。这句意谓其人不同凡类。

③ 偕隐：夫妻一起隐居。

④ 华表：古代宫殿、城垣或陵墓前所立石柱。鹤孤华表：比喻去世。

⑤ 罗浮：罗浮山，在广东省。

⑥ 浣花：古时蜀地风俗，以每年四月十九日为浣花日。

"林下闺房世罕俦"，林下，非言山林之下；闺房，弗指女子卧房。林下闺房，是用典。《世说新语·贤媛》中有一则故事：谢遏和张玄各夸各的妹妹好，皆是天下第一。当时有一尼姑，与二人皆识，有人就问这位尼姑："你觉得到底谁的妹妹更好呢？"尼姑说："谢妹妹神情散朗，有林下之风；张妹妹清心玉映，是闺房之秀。"此处，词人将林下、闺房并举，毕现伊人的风致绝伦、不同凡响。

夸赞完心爱女子后，词人接下来便说："偕隐足风流。"偕隐，指夫妇相偕隐居，用的是东汉鲍宣、桓少君夫妇同归乡里的典故（详见《后汉书》）。

既然心上人是谢妹妹、张妹妹一般的人物，那么若能与此女子结为夫妇，一起隐居，白头偕老，岂不是人生快事？

然而那只是美好的愿望，如烟似梦。"今来忍见，鹤孤华表，人远罗浮。"此三句，词人连用事典，抒写伊人已逝的怅然之情。"鹤孤华表"是《搜神后记》中的典故。辽东人丁令威在灵虚山学道成仙，后化鹤归来，落于城门华表柱。有少年想射它，鹤说："有鸟有鸟丁令威，去家千年今始归。城郭如故人民非，何不学仙冢累累。"后常用"鹤归华表"感叹人世的变迁。罗浮，即罗浮山。据唐柳宗元所著的《龙城录》中所说，隋时赵师雄迁罗浮，日暮于林间酒肆旁，见一美人淡妆素服出迎，与语，芳香袭人。因与酒家共饮。雄醉寝，及至酒醒，始知身在梅花树下，美人已去，雄惆怅不已，才知是遇上了梅花神。词人两番用典，写爱人故去，先前种种良愿，诸般美好，皆似醉酒之后的南柯一梦。

过片转写如今中年的哀伤。"中年定不禁哀乐"一句，用谢安事典。南朝宋刘义庆所著的《世说新语·言语》中云："谢太傅语王右军曰：'中年伤于哀乐，与亲友别，辄作数日恶。'"谢太傅这句话翻译成现代汉语即是：人到中年，很容易伤感。每每和亲友告别，就会难受好几日。词人言"中年定不禁哀乐"，实际上正是"中年伤于哀乐"的另一种表达，添一"定"字，似是强调。紧接一句，"其奈忆曾游"，伤感无奈之下，他不由得回想起当年和伊人一起游玩的情景。

何种情景？"浣花微雨，采菱斜日。"微雨洗涤花树，夕阳之下，水边采菱，诸般情形，皆同往昔。但是物是人非，佳景虽常在，丽人却永逝。所以，词人在旧地徘徊流连，将去却难以离去。这就是最后一句的"欲去还留"。不忍触及旧痛，故曰"欲去"；不能忘记旧情，故曰"还留"。词人缅怀之情，缱绻缠绵，如江水滔滔，如琴音绕梁。

少年游 算来好景只如斯

> 算来好景只如斯。惟许有情知。寻常风月，等闲谈笑，称意即相宜。
> 十年青鸟①音尘断，往事不胜思。一钩残照，半帘飞絮，总是恼人时。

词解

深爱一个人的时候，就会失去自信，便常常要问："你喜欢我什么啊？"

是啊，你喜欢我什么呢？答案其实真的很简单，爱就爱"称意"这两个字啊！

看着你，眼睛觉得舒服；听到你，耳朵觉得舒服；摸到你，手指觉得舒服；闻着你，鼻子觉得舒服……就是称意。称意了，便相宜了，此风此月不再寻常，此等谈笑亦不再等闲，心花绽放最美丽的光芒！

不需要你有万贯家财，不需要你有显赫家世，不管你做的是什么，不管你拥有的是什么。我要的是你，仅仅是你而已，除了你，其他的一切，在我眼中都是虚幻，都是不存在。

评析

晏殊的《珠玉词》中有"长似少年时"之句，此调故名"少年游"。纳兰性德此篇，耽于回忆，表达了初恋失败的痛苦。

上阕以议论、叙事出之。起首两句写只要"有情"，便无处不是"好景"。"算来好景只如斯。惟许有情知。"人常言道好景如斯，其实景物本身，本无好坏之分。在有

---

① 青鸟：神话传说中西王母的取食、传信的神鸟。后以之代指信使或传递爱情的信使。

情人心中，就算是雨打芭蕉、春花凋残、杜鹃啼血的凄凉，也可以演绎"朝朝暮暮情"的缠绵缠绵。

所以，纵是平常风光月色，平常言谈笑语，只要"称意"，就令人心满意足了，也就是接下来这三句："寻常风月，等闲谈笑，称意即相宜。"的确，只要是"称意"——不需要怎样的花容月貌，情人眼里自然有西施；不需要怎样风花雪月的刻意的浪漫，只要双手紧握，眼波流转交织，哪怕是相对无语，有情人也自会心有灵犀。纳兰性德的这一番爱情感言，直教人想起现代诗人徐志摩的一段文字："我将于茫茫人海中寻访我唯一灵魂之伴侣。得之，我幸；失之，我命。"

然而下阕却陡然转折："十年青鸟音尘断，往事不胜思。"青鸟，传说是西王母的信使，后用为信使的代称。李璟词作《摊破浣溪沙·手卷真珠上玉钩》中云："青鸟不传云外信，丁香空结雨中愁。"纳兰性德这句"十年青鸟音尘断"，想必由此化出。与心爱的人分离十年之久，对方杳无音讯，生死未卜，忆及往日情事，怎能不令人不胜深思怀念？

"一钩残照，半帘飞絮"，接下来两句再用此时情景进一步烘托相思之情难耐。一钩残月，伴照离人孤独如许；半帘飞絮，牵惹愁人思绪难平。此时此刻，相思萦怀的纳兰性德，还想着那句"称意即相宜"吗？殊不知人再合适、再称意、再相宜，若不属于自己，她的称意，带来的只有无限的伤痛，最后只有"不胜思"的"往事"，那残照的月光，那半帘的飞絮，都变成了恼人的缘由。这样的相遇，只能说是"相见争如不见"了吧？称意、相宜，又有何用？

"总是恼人时。"方点醒题旨。简淡清新，直中见曲，质而实绮。

154

浪淘沙 双燕又飞还

双燕又飞还，好景阑珊①。东风那惜小眉弯②。芳草绿波吹不尽，只隔遥山。花雨③忆前番，粉泪偷弹。倚楼谁与话春闲？数到今朝三月二，梦见犹难。

词解

画堂之上，双燕呢喃；翠帘之外，芳春阑珊。佳人独倚窗。心中的玉郎，却在何处？

暮春的花，落满伊人的眼眸，浅浅淡淡，绿绿红红，惹得她好不心烦。轻轻的风，也是玉郎的温柔；绵绵的雨，也是玉郎的细语。

伊人却低垂她美丽的容颜，泪水湿了玉绣锦罗。玉郎不常见，天涯数重山。

评析

此篇仍是作者借"闺怨"的形式抒发自己的离愁。

上阕写景，景中寓情。"双燕又飞还"，双燕飞还，指暮春时节。着一"又"字，说明弹指间，已经过去了许多年，有不胜韶华之感。而一年好景，也已阑珊。

接下来的两句说，"东风那惜小眉弯。芳草绿波吹不尽"，东风吹得春来，又将春吹去，哪里会顾惜时光如流水，年华易老，伊人之愁眉紧蹙？芳草绿波，别情无极，东风亦不能把离愁尽数吹去。末句，"只隔遥山"，交代生愁的原因：与情人关山远隔，相见无缘。

---

① 阑珊：将尽、零落、衰歇之意。

② 眉弯：指眉头紧皱。

③ 化雨：落花纷飘。

下阕写人。"花雨忆前番，粉泪偷弹。"花雨，即落花如雨。"花雨"的意象，绮艳伤感，诗人词人写春日离愁，尤喜用之。后来又由此衍生出"梨花雨""桃花雨""杏花雨"等"花雨"意象。粉泪，即女子之眼泪。以其饰粉，故云。如欧阳修词作《踏莎行·候馆梅残》中的"寸寸柔肠，盈盈粉泪"一句。女主人公看见落红如雨，便勾起心事，回忆过去的欢情，唯有暗垂粉泪。

"倚楼谁与话春闲？数到今朝三月二"，"倚楼谁与"，承上"偷弹"而来，续写无人能解的寂寞心情。"三月二"，古代以三月三日为上巳节，三月二日为上巳前一日。上巳节是游春之日，人们到水边洗濯、饮酒、欢聚等，以驱邪避祸、消除不祥。杜甫诗作《丽人行》中的"三月三日天气新，长安水边多丽人"即是如此。这三句，词人写的是女主人公的内心活动：倚楼远望，谁能与我共诉衷情，以消心中岑寂？一天天地等待期盼，明天就是欢会的上巳节了，可是仍然不见情人的踪影。

结尾句，"梦见犹难"。该女子终因相思之苦而生责怨，梦见尚难，更何况见面！词于结尾处，表达了深深的叹息。

全词无一"愁"字，却句句是愁，显示出作者遣词造句的匠心。